本书得到"南京大学白先勇文化基金"资助

南京大学白先勇文化基金·博士文库

主　　编　白先勇

执行主编　刘　俊

# 杨逵
# 及其文学研究

蔡榕滨 ◎ 著

天津出版传媒集团

天津人民出版社

图书在版编目（ＣＩＰ）数据

　杨逵及其文学研究 / 蔡榕滨著. -- 天津：天津人民出版社, 2024.1
　（南京大学白先勇文化基金 / 白先勇主编. 博士文库）
　ISBN 978-7-201-19877-4

　Ⅰ.①杨… Ⅱ.①蔡… Ⅲ.①杨逵（1905-1985）—文学研究 Ⅳ.①I206.7

　中国国家版本馆 CIP 数据核字(2023)第 192874 号

## 杨逵及其文学研究
YANGKUI JI QI WENXUE YANJIU

| | | |
|---|---|---|
| 出　　　版 | 天津人民出版社 | |
| 出 版 人 | 刘锦泉 | |
| 地　　　址 | 天津市和平区西康路35号康岳大厦 | |
| 邮政编码 | 300051 | |
| 邮购电话 | （022）23332469 | |
| 电子信箱 | reader@tjrmcbs.com | |

| | | |
|---|---|---|
| 策划编辑 | 王　玙 | |
| 责任编辑 | 王　玙 | |
| 封面设计 | 汤　磊 | |

| | | |
|---|---|---|
| 印　　　刷 | 天津新华印务有限公司 | |
| 经　　　销 | 新华书店 | |
| 开　　　本 | 710毫米×1000毫米 1/16 | |
| 印　　　张 | 16.5 | |
| 插　　　页 | 2 | |
| 字　　　数 | 210千字 | |
| 版次印次 | 2024年1月第1版 2024年1月第1次印刷 | |
| 定　　　价 | 89.00元 | |

# 总　序

　　南京大学与天津人民出版社合作出版"南京大学白先勇文化基金·博士文库"丛书。丛书以出版青年学者研究台港文学的博士论文为主，出版由南京大学"白先勇文化基金"赞助，此基金乃由"赵廷箴文教基金"负责人赵元修先生、辜怀箴女士捐赠。丛书旨在鼓励青年学者对台港文学加深研究。文学是最能沟通人类心灵的媒介，通过青年学者的研究成果，把台港文学讲解介绍给读者尤其是高校学生，会产生良好的影响，使他们对台港的社会有更深一层的了解。

　　"南京大学白先勇文化基金·博士文库"丛书第一批包括以下列七本书：

　　林美貌：《台湾当代散文批评新探索研究》

　　王璇：《空间书写与精神依归——抗战时期旅陆台籍作家研究（1931—1945）》

　　肖宝凤：《消解历史的秩序——当代台湾文学中的历史叙事研究》

　　徐诗颖：《20世纪80年代以来香港小说中的"香港书写"研究》

　　蔡榕滨：《杨逵及其文学研究》

　　宋仕振：《白先勇小说的翻译模式研究》

　　李光辉：《联合副刊文学生产与传播研究》

这些论著涉及的领域相当广阔，具体如下：

　　台湾当代散文的质与量都相当丰富，散文家辈出，尤其女性作家数量甚众，值得研究。

在全面抗战时期有一批台湾作家旅居大陆，如钟理和、吴浊流、张我军、洪炎秋等，这些人的作品及生平，在大陆较少受到关注。台湾因经过日本50年的殖民时期，光复后，国民党撤退抵台，又一次经历大变动，历史渊源相当复杂，而历史意识常常反映在文学作品中。

20世纪80年代，香港涌现新一代的作家，如钟晓阳、辛其氏、董启章等，他们笔下的"香港书写"又呈现了一种新的面貌。

杨逵是台湾日据时代享负盛名的作家，他的政治背景复杂，曾参加抗日运动，遭日本当局逮捕，光复后，因言论触怒台湾当局，被判刑坐牢。他的生平与作品对当时台湾读者有一定的影响。

宋仕振的研究比较特殊，他研究我的小说的翻译模式，主要聚焦在《台北人》的英译本上。这个英译本，由我本人、共同译者尹佩霞（Patia Yasin）以及编者——著名翻译家乔志高三人合作而成。这个译本花了五年工夫，一再润饰修改而成，修订稿原件存于加州大学圣芭芭拉校区图书馆白先勇特别馆藏中。宋仕振研究译本的修订稿，得以洞悉《台北人》的英译本是如何一步一步修改润饰而成的。

台湾《联合报》是影响力最大的一份报纸，其副刊历史悠久，在台湾文坛享有极高的声誉，曾经培养出为数甚众的台湾作家，联副的文学奖也是台湾文学界的标杆。

这些博士论著，是"南京大学白先勇文化基金·博士文库"的第一批丛书，另外，还有一些博士论著陆续进入出版流程，如尹姝红的《大转折时期的旅美左翼知识分子研究：以郭松棻为中心》、陈秋慧的《新文学传统的延续——以20世纪50年代台湾文学教育为中心的考察》等。这些论著的出版希望能激励更多青年学者投身台港文学的研究事业。这项计划完全由南京大学中文系教授刘俊先生一手促成，特此致谢。

白先勇

二〇二二年四月五日

# 目 录

# 绪　论

## 一、选题缘起及意义

　　杨逵(1905—1985 年)[①]一生八十年,均等地在两个时期、两种体制下度过。前四十年在异族殖民统治的日据时代,后四十年在国民党执政时代。杨逵怀抱着强烈的社会责任感,于日据时期参加台湾文化协会、台湾农民组合,出入牢狱数十次;国民党执政时代,两次入狱,第二次因为起草《和平宣言》而入狱十二载。尽管面对的是劫难多舛的人生,但杨逵却总能坚强面对、屹立不倒,杨逵因而被视为"压不扁的玫瑰花",被认为是台湾日据时期最富有抗争精神的人之一。

　　杨逵的文学创作是他社会实践的延伸,从其处女作《自由劳动者的生活剖面——怎么办才不会饿死呢?》(1927 年)发表直至辞世,杨逵的文学书写持续了半个多世纪。"人"是杨逵文学创作中最为关注的对象;文学大众化、现实主义,以及人道社会主义是他一直的主张,从未变更。王诗琅说:"综观整部台湾新文学运动史,迄今为止,单以影响力及掀起波浪之大来说,杨逵应是首屈一指的。"[②]张恒豪说:"他(杨逵)的道德勇气与文学实践,形成了一块不可毁灭的里程碑,是台湾新文

---

　　① 　杨逵本名杨贵,杨逵乃其最常用的笔名;其另有笔名林泗文、虚泰平、赖健儿、伊东亮、陈水性、公羊、SP、狂人等。
　　② 　王诗琅:《杨逵画像(序)》,载林梵:《杨逵画像》,笔架山出版社,1978 年,第 2 页。

学'成熟期'与'战争期'最重要的作家之一。"①

杨逵上承赖和下启银铃会，②他关注着台湾的命运走向，积极推动台湾新文学建设；他关心台湾大众民生，同时也关心着祖国大陆的未来命运。杨逵愿作为两岸文化文学交流的"桥"；中国是他心中的原乡，大陆更是他想要拥抱和靠近的对岸。

尽管目前中日两国有关杨逵的研究成果已有不少，所涉研究囊括诸多方面，有关他的小说、戏剧、家书、思想、生平、文学论述、译介等均有研究成果问世，甚至连杨逵纪念馆等都为研究者所论及。就台湾地区而言，目前以杨逵或杨逵作品为论题的博硕论文已有三十二种。但是综观几十年来的杨逵研究，还是有以下层面的不足：首先，研究基本是分文类进行，即对其小说、戏剧、诗文的研究基本是分开的，而且其中小说研究所占的比例最大，特别是集中于对《送报夫》《鹅妈妈出嫁》《模范村》等重要作品的探讨上；其次，中国台湾、日本的杨逵研究更多关注的是杨逵与中国台湾及日本的关系，而对杨逵与大陆关系的探讨则相对较少；最后，日本杨逵研究因语言优势侧重于杨逵作品译介、版本的探究，中国台湾杨逵研究则侧重于通过细微的资料爬梳探寻杨逵的生命史，对其当下意义的关注相对不足。而中国大陆的杨逵研究则相对滞后且不够深入，多侧重于对其小说的解读，目前未见直接以杨逵为论题的硕博学位论文。

不论是杨逵呈现多样风貌的文学创作，还是他那"压不扁的玫瑰花"精神；不论是杨逵作品中所具有的永不动摇的反帝反霸权的创作立场，还是他对台湾和台湾文学是中国和中国文学的一部分的坚决主张，以及努力通过"台湾文学"运动以填平省内外同胞间的误解，促进民

---

① 王诗琅：《杨逵画像（序）》，载林梵：《杨逵画像》，笔架山出版社，1978年，第2页。

② 银铃会是跨越终战前后台湾中部由台籍青年组成的文学社团，是战后初期与杨逵关系最密切的青年文学社团。参见黄惠祯：《承先与启后：杨逵与战后初期台湾文学系谱》，《台湾文学学报》2006年第6期。

族团结的良苦用心;回溯杨逵的文学创作及其在文学中所呈现的精神品格,不仅对当下文学创作发展方向而且对今天两岸交流沟通都具有重要的现实意义。

## 二、研究现状

作家周青曾在《伟大的台湾作家——纪念杨逵先生》中说:"杨先生是台湾籍作家,他的实践和著作,是属于中国人民的,也是属于东亚人民的。"[1]而杨逵研究也不仅是两岸中国学者的共同事业,早已跨越了国界。目前所知的杨逵学术性研究是由日本学者尾崎秀树于 20 世纪 60 年代揭开序幕;杨逵年表最早由日本学者河原功于 1978 年 4 月整理发表;韩国成均馆大学金喆洙 1984 年完成的论文《杨逵小说研究》是第一篇将杨逵及其作品作为研究对象的博士学位论文。以下笔者主要以中国知网、台湾学术期刊在线数据库、台湾博硕士论文知识加值系统、日本学术论文数据库,以及《杨逵全集》(第十四卷)"杨逵研究资料目录"与黄惠祯主编的《台湾现当代作家研究资料汇编 04 杨逵》"研究评论资料目录"、杨逵研究专著等文献资料来源为参考依据,从期刊论文、著作及硕博学位论文等入手,梳理中日两国半个多世纪以来的杨逵研究成果,力图呈现杨逵研究的历史脉络,把握不同历史时空下杨逵研究的不同特征。

杨逵研究肇始于 20 世纪 30 年代中期,彼时的研究比较零散。1934 年杨逵因小说《送报夫》(『新聞配達夫』)获得东京《文学评论》第二名(首奖从缺)而成为第一位进入日本文坛的台湾现代作家,对他的研究自此展开。时任评审的龟井胜一郎、窪川稻子、德永直、中条百合

---

[1] 周青:《伟大的台湾作家——纪念杨逵先生》,载赵遐秋编:《"文学台独"批判(下)》,台海出版社,2012 年,第 1278 页。

子、武田麟太郎及藤森成吉等虽然都指出了其作品的不足之处,如"形象化不足""结构不成熟""主观幼稚"等,却也都给予《送报夫》"不造作""非常具有吸引力"等肯定。①台湾文坛很快做出回应,数日后,徐琼二的《评论杨逵先生的作品〈送报夫〉》(『楊逵氏作「新聞配達夫」を評す』)刊于《台湾新民报》(1934 年 10 月);随后赖健儿②《送报夫——杨逵君的作品》(『新聞配達夫·楊逵君の作品に就て』)(《台湾新闻》1934 年 10 月)与王琴氏《送报夫——女性这样看》(『新聞配達夫——女性はかう見る』)(《台湾新闻》1934 年 11 月)③等先后刊出。"1935 年胡风将《送报夫》译成中文发表于上海的《世界知识》杂志,之后新文学研究会又将《送报夫》译成拉丁化新文字本。1936 年《送报夫》被收入巴金主编的'译文丛刊'之一的《山灵》,由文化生活出版社出版。"④《送报夫》作为第一批台湾现代文学作品进入大陆读者的视野,并很快引起广泛关注。

1.中国台湾地区的杨逵研究

台湾的杨逵研究成果最为丰硕。如上所述,台湾的杨逵研究始于 20 世纪 30 年代中期,以《送报夫》在日本获奖为契机而展开。从 20 世纪 30 年代中期直至 40 年代末,台湾的杨逵研究主要集中在对《送报夫》的分析评论上。1949 年杨逵因起草《和平宣言》被捕,自此淡出甚至消失在公众的视野里。

---

① [日]德永直、中条百合子、武田麟太郎、龟井胜一郎、藤森成吉、窪川稻子:《〈新聞配達夫〉について》,载[日]中岛利郎、河原功、下村作次郎编:《日本统治时期台湾文学文艺评论集(第一卷)》,绿荫书房,2001 年,第 291 页。
② 赖健儿为杨逵笔名,可见在此时期,杨逵有意识地在推介自己的作品。
③ 据河原功所言,《送报夫—— 一个女性的观点》亦是杨逵所写。参见[日]河原功:《不见天日十二年的〈送报夫〉——力搏台湾总督府言论统制之杨逵》,张文薰译,《台湾文学学报》2005 年第 12 期。另,该文收入杨素绢编:《杨逵的人与作品》(辉煌出版社,1976 年)中的题目为《送报夫——女性这样看》。
④ 赵遐秋编:《"文学台独"批判(下)》,台海出版社,2012 年,第 1276 页。

(1)20 世纪 70 年代

70 年代,杨逵伴随着乡土文学与台湾文学的寻根热潮重临文坛。当时的杨逵因其小说创作中抵抗日本殖民统治的姿态,迅速成为最受文化界瞩目的台籍作家。①

1973 年 12 月林载爵在《中外文学》上发表了《台湾文学的两种精神——杨逵与钟理和之比较》,这是台湾首篇以杨逵为论题的学术性论文。林载爵将杨逵的抗议精神与钟理和的隐忍精神进行了比较,并指出"不管是杨逵的抗议,或者钟理和的隐忍,他们都是扎根于乡土之上,他们的血肉里奔泻着这块泥土上的人民的欢乐和痛苦。"②

20 世纪 70 年代台湾比较重要的杨逵研究成果还有张良泽的《不屈的文学魂——论杨逵兼谈日据时代的台湾文艺》(《"中央"日报》1975 年 10 月),张良泽盛赞杨逵有别于所谓的"御用作家",是一位坚持汉魂的"叛逆作家"。③ 1975 年 5 月由张良泽选编的《鹅妈妈出嫁》出版(大行出版社),这是杨逵的第一本中文作品集。以此为契机,对杨逵《鹅妈妈出嫁》(单篇或集子)的评析成为 70 年代台湾杨逵研究的重点之一。

1976 年 10 月杨逵次女杨素绢编辑的《压不扁的玫瑰花——杨逵的人与作品》由台北辉煌出版社出版,④这是第一本关于杨逵研究的论文集。论文集收入包括王琴氏《送报夫——女性这样看》、林载爵《台湾文学的两种精神——杨逵与钟理和之比较》等在内的 25 篇论文,这是第一批杨逵研究的重要论文。

---

① 《杨逵研究评述》,载黄惠祯编:《台湾现当代作家研究资料汇编 04 杨逵》,台湾文学馆,2011 年,第 87 页。
② 林载爵:《台湾文学的两种精神——杨逵与钟理和之比较》,载杨素绢编:《杨逵的人与作品》,民众日报社,1978 年,第 108 页。
③ 张良泽:《不屈的文学魂——论杨逵兼谈日据时代的台湾文艺》,载杨素绢编:《杨逵的人与作品》,民众日报社,1978 年,第 210 页。
④ 此书后来又以《杨逵的人与作品》为题,由台北民众日报社于 1978 年 10 月出版。

1978 年 9 月笔架山出版社出版林梵(林瑞明)的《杨逵画像》,这是第一本杨逵研究专著,至今仍被视为杨逵研究的入门书籍。

(2)20 世纪 80 年代

80 年代台湾的杨逵研究有所突破,不仅对小说内涵的解读更深入,对其戏剧和书信等都有研究成果问世。① 1985 年 3 月 12 日杨逵在台逝世。之后,台湾地区举行了纪念杨逵的活动,直至 1986 年 8 月 7 日杨逵长子杨资崩发表《杨逵——我的父亲》(《联合报》)为止,近一年半时间里,共出现了近百篇以悼念、追忆为主的文章。②其中钟天启(钟逸人)《瓦窑寮里的杨逵》(《自立晚报》1985 年 3 月)与吕昱《走进历史,留下公案——左、右、统、“独”、争相拥抱杨逵》(《亚洲人》1985 年 4 月)颇值得注意。前者记录了自 1945 年第二次世界大战结束前后,至 1947 年“二二八”事件发生这一年多时间里的往事,让人们了解了文学以外的杨逵;后者则首次指出左、右、统、“独”、争相拥抱解读杨逵的现象。

80 年代中期,王晓波与张恒豪的论辩,是杨逵研究中引人关注的事件。张恒豪的《超越民族情结重回文学本位——杨逵何时卸下“首阳农园”?》(《文星》1986 年 9 月)及《杨逵有没有接受特务工作?》(《南方》1986 年 11 月)两篇文章的发表震动了台湾文坛。在前文中张恒豪以新出土的《“首阳”解除记》证实杨逵摘下“首阳”招牌,是在日本发动太平洋战争进入强弩之末的阶段而非终战后,并强调历史终归是历史,应先求事实再论是非。③在后文中张恒豪则通过肯定王丽华所概述的杨逵性格乃既不愿被对方“踏死”,也无意“踏死”对方,更不会先“踏死”自己,因此认为杨逵接受去日本从事特务工作、杨逵在台湾总督的高

---

① 20 世纪 80 年代,台湾发表的杨逵戏剧研究只有艾青山:《〈牛与犁〉不可分》,《时报杂志》1980 年第 11 期;对杨逵书信研究的只有刘林霞、向阳:《阳光一样的热——读杨逵先生〈绿岛家书〉》,《自立晚报》1987 年 3 月 12 日。

② 中国、日本、美国等地当时也举行了纪念活动,发表了相关文章。

③ 张恒豪:《超越民族情结重回文学本位——杨逵何时卸下“首阳农园”?》,《文星》1986 年第 9 期。

压下写作"皇民文学"不足为奇。①两篇论文不仅损害杨逵的形象,也严重伤及了民族尊严。王晓波旋即发表《把抵抗深藏在底层——论杨逵的〈"首阳"解除记〉和"皇民文学"》(《文星》1986 年 11 月)予以论辩。②

20 世纪 80 年代台湾杨逵研究成果值得关注的还有温万华(陈芳明)《放胆文章拼命酒——论杨逵作品中的反殖民精神》(《美丽岛》1981 年 8—10 月),文中指出杨逵作品的精神是超越时代的,"只要不公平的体制继续存在台湾一天,杨逵作品中的反抗精神就继续发挥它的力量"③。

1984 年东吴大学吴翰祺完成了其硕士学位论文写作《日据时代的台湾新文学——1920 年以降的文学,以杨逵的文学活动为中心》(『日本割據時代の台灣新文學——一九二〇年以降の文學、主に楊逵の文學活動を中心に』),这是目前所知台湾最早以杨逵为研究对象的硕士学位论文。④

1988 年 9 月陈芳明的《杨逵的文学生涯》由台北前卫出版社出版,该书共三编。第一编"杨逵的文学"收入《送报夫》《鹅妈妈出嫁》《无医村》《首阳园杂记》及《水牛》五篇作品;第二编"杨逵的生涯"收入了《我的太太叶陶》《杨逵回忆录》《二二八事件前后》《一个台湾作家的七十七年》《不朽的老兵》等杨逵自述或他人的访问稿;第三编为"杨逵的文学生涯"包括《杨逵与叶陶》《杨逵与他的同志》等八篇传记。

(3)20 世纪 90 年代

90 年代台湾的杨逵研究在戏剧研究层面有所突破。以钟肇政《劳

---

① 张恒豪:《杨逵有没有接受特务工作?》,《南方》1986 年第 11 期。

② 该文后作为《论〈和平宣言〉及"〈首阳〉解除记"》的部分内容,收入王晓波:《被颠倒的台湾历史》,帕米尔书店,1986 年。

③ 陈芳明:《放胆文章拼命酒——论杨逵作品中的反殖民精神》,载黄惠祯编:《台湾现当代作家研究资料汇编 04 杨逵》,台湾文学馆,2011 年,第 203~219 页。

④ 截至出版,笔者通过"台湾博硕士论文知识加值系统"查询到以杨逵为研究对象的博硕士学位论文,共计 32 种,其中硕论 31 种,博论 1 种。这些博硕学位论文中的十多种已改编为专著出版。

动者之歌——读杨逵剧作集》(《自立晚报》1990 年 1 月)开启序幕,此文是为杨逵首次出版的剧作集《睁眼的瞎子》(1990 年 3 月)而写的序言。在将杨逵小说与剧作进行对比后,钟肇政指出由于读者层面的差异,杨逵在这两种文类的创作理念上呈现出截然不同的样态。① 数月后,焦桐的《本地剧作家杨逵》(《台湾战后初期的戏剧》1990 年 6 月)进一步探讨了杨逵的戏剧创作。为了更深入地探索杨逵的戏剧创作,焦桐还编制了《杨逵剧作表》,逐一对《猪哥仔伯》《赤崁拓荒》《胜利进行曲》《光复进行曲》等十部中文剧作进行评述,归纳出理解把握杨逵戏剧特色的三大方向,即不屈不挠的园丁性格、强烈的民族意识与热情的理想主义者。②

　　这十年间,研究者黄惠祯与张季琳的加入值得关注,她们此后都在杨逵研究上做出了重要贡献,黄惠祯是目前为止第一位有系统、有计划地进行杨逵研究的专家。黄惠祯 1992 年完成的硕士学位论文《杨逵及其作品研究》,被认为是第一篇全面研究杨逵作品的专论,其中具创新性的部分是通过对杨逵《无医村》《泥娃娃》《鹅妈妈出嫁》《萌芽》等六篇小说的不同版本比较,对杨逵作品改写现象进行集中研究,指出杨逵有不断修改自己作品的习惯,尤其日据时期的小说在译成中文的过程中,除文辞的斟酌与情节内容的增删外,意识形态也有所变化。③另外,这篇硕士学位论文的附录对河原功所编的杨逵年表与著作目录首次进行了增补,这对此后杨逵研究的全面展开颇有助益。20 世纪 90 年代黄惠祯还发表有《融注社会意识于文学——杨逵早期的小说风格》(《日报》1992 年 8 月)、《杨逵小说中的土地与生活》("台湾的文学与环境"研讨会 1996 年 5 月)、《抗议作家的皇民文学——杨逵战争期

---

① 　钟肇政:《劳动者之歌——读杨逵剧作集》,载杨逵:《睁眼的瞎子》,合森文化事业有限公司,1990 年,第 17 页。
② 　焦桐:《台湾战后初期的戏剧》,台原出版社,1990 年,第 93~106 页。
③ 　黄惠祯:《杨逵及其作品研究》,麦田出版社,1994 年,第 132~140 页。

小说评述》(《中华学苑》1999 年 8 月)等论文,从杨逵小说的风格、内容
等层面展开分析评论。

张季琳在这期间发表的相关研究文章《日本的杨逵研究》(《中国
文哲研究通讯》1996 年 9 月)与《杨逵与入田春彦》(『楊逵と入田春
彦』)(《日本台湾文化学会会报》1999 年 5 月)①都是重要的研究成果。
在前文中她将第二次世界大战后至 1996 年其论文发表前, 在日本发
表的直接以杨逵或杨逵作品为标题的 21 篇相关文章作综览与评议,
并将其中已译成中文发表于台湾各报章杂志的 9 篇文章的中译篇名、
译者及收载情况列举呈现。虽然这篇文章比较粗简,却是对日本学界
杨逵研究的第一次整体关注,对于此后杨逵研究的全面展开颇有助
益。在后文中她通过认真细致地调查研究,不但深入探讨了杨逵和入
田春彦的关系,使入田春彦生平未知部分得以重见天日,而且为杨逵
后人找到入田春彦遗族做出了重要贡献。

20 世纪 90 年代较重要的研究成果还有叶石涛的系列文章,如《殖
民地时代的杨逵》《杨逵的〈台湾新文学〉》(均载于《台湾文学的悲情》
1990 年 1 月)、《〈台湾新文学〉与杨逵》《杨逵与台共的关系》(均载于
《走向台湾文学》1990 年 3 月)及《关于杨逵未发表的日文小说》(《台湾
新闻报》1995 年 6 月)等。叶石涛的论文从不同角度对杨逵进行了讨
论,包括以时间脉络梳理杨逵的生平、剖析杨逵与台共的关系,以及分
析杨逵对《台湾新文学》的编辑主张、介绍杨逵新出土的日文小说等。

这十年间,彭小妍主编的《杨逵全集》各卷本陆续出版、杨逵纪念
馆筹建,同时出现了不少相关研究资料。如彭小妍《杨逵作品的版本、
历史与"国家"——〈杨逵全集〉版本问题》(《联合文学》1998 年 7 月),
从版本问题入手,通过具体分析《鹅妈妈出嫁》《送报夫》《模范村》《怒

---

① 这两篇文章后来都成为张季琳博士论文《台灣プロレタリア文学の誕生——楊逵と
"大日本帝国"》(2001 年)中的部分内容。

吼吧! 中国》等作品的版本衍变,指出尽管杨逵的作品在政权嬗递中再三修改,但其修改的是随时代变化而变化的各式各样的爱国口号,而他对土地和下层民众的热爱则从未改变。①

1998 年至 2001 年,14 卷版的《杨逵全集》由台南文化资产保存研究中心筹备处陆续出版,这是杨逵研究史上具有纪念意义的事件。②

(4)2000 年迄今

21 世纪前十年间,台湾地区的杨逵研究继续向前推进。2004 年 6 月 19 至 20 日台中静宜大学召开了"杨逵文学国际学术研讨会",一批杨逵研究的论文参与讨论。其中值得关注的是魏贻君《日治时期杨逵的文学批评理论初探》、陈培丰《大众的争论——〈送报夫〉·〈国王〉·〈水浒传〉》、向阳《击向左外野:论日治时期杨逵的报导文学③理论与实践》、陈建忠《行动主义、左翼美学与台湾性:战后初期(1945—1949)杨逵的文学论述》及杨翠《杨逵的疾病书写——以绿岛家书为论述场域》。前四篇论文主要针对杨逵的文学理论批评展开研究,这是杨逵研究的一个新方向;而杨翠则论析了向来甚少被学界关注的绿岛家书。

黄惠祯此间继续发表了系列相关文章,如探讨赖和对杨逵的影响,及杨逵传承发扬赖和文学精神的贡献的《杨逵与赖和的文学关系》(『楊逵と賴和の文學的絆』)("日本台湾学会"第二回学术大会,2000年 6 月);探讨杨逵与日本友人入田春彦的文学情谊和相互影响的《杨逵与日本警察入田春彦——兼及入田春彦仲介鲁迅文学的相关问题》(《台湾文学评论》2004 年 10 月);以及主要借由第一手史料与杨逵亲友的回忆,勾画战后初期杨逵积极投入建设新台湾的各项经历,呈现

① 彭小妍:《杨逵作品的版本、历史与"国家"——〈杨逵全集〉版本问题》,《联合文学》1998 年第 7 期。

② 此前台湾已出版不少杨逵散文集、小说集、剧本集及合集,彭小妍主编的《杨逵全集》是目前相对全面呈现杨逵作品的集子。

③ 现在通常称为报告文学,本书中如书名、文章名或引文中出现时保留了"报导文学"的说法。

杨逵如何因应战后变局重新出发,并追求台湾自治与坚持台湾文化主体性精神的《战后初期杨逵的社会运动及政治参与》(《台湾文学研究学报》2006 年 10 月)等。其间,她还完成了博士学位论文《左翼批判精神的锻接:四〇年代杨逵文学与思想的历史研究》(2005 年),这是目前在台湾地区完成的唯一以杨逵为研究对象的博士学位论文。[1]该文以丰富的第一手史料为基础,对 20 世纪 40 年代杨逵的社会运动与文艺活动进行补白,并借此检视杨逵的文化立场,通过脉络化文本在历史上的位置,把台湾社会现实与杨逵的活动轨迹紧密联系在一起,以重构杨逵图像。此文对后续研究的展开具有重要的参考价值。

此外,2006 年台湾中山大学硕士徐一仙完成的学位论文《海峡两岸关于杨逵之评论》也值得关注。此前,台湾学界对大陆的杨逵研究及杨逵与大陆的关系关注相对较少。此文则以海峡两岸对杨逵的研究成果为观察对象,来评析杨逵是否成为"台湾""中国"意识形态或"文学台独论者"各自诠释或利用的政治符号。虽此文不免陷于二元对立,但将大陆学者的杨逵研究纳入研究视域则值得肯定。

2007 年 6 月人间出版社出版《学习杨逵精神》专辑,不仅刊出了当时最新出土的三篇佚文《对"新日本主义"的一些质问》《期待于综合杂志的地方》《六月十七日前后——纪念忠烈祠典礼》,还刊载了范泉、胡风等对杨逵的回忆性文章,以及横地刚、施淑、陈映真、赵稀方等中日学者的杨逵研究评论文章,对全面了解杨逵精神及其当下意义有重要贡献。

2011 年 3 月台湾文学馆出版了由黄惠祯主编的《台湾现当代作家研究资料汇编 04 杨逵》,此书分为"图片集""生平及作品""研究综述""重要评论文章选刊"及"研究评论资料目录"五辑,其中"研究评论资料目录"增补了彭小妍主编的《杨逵全集》(第十四卷)中"杨逵研究资

---

[1] 黄惠祯的博士论文在修订后,于 2009 年 7 月由台北秀威资讯科技股份有限公司正式出版。

料目录",对于了解杨逵的研究状况十分重要。

2011 年以来较重要的成果还有白春燕的硕士学位论文《普罗文学理论转换期的骁将杨逵——1930 年代台日普罗文学思潮越境交流》(2011 年),王冠祺的硕士学位论文《论杨逵与萧军的左翼书写(1931—1945)》(2012 年),以及黄惠祯的论文《杨风与杨逵:战后初期大陆来台作家与台湾作家的合作交流》(《台湾文学学报》2013 年 6 月)。白春燕从杨逵与日本普罗文学思想的渊源与差异性切入,对比 20 世纪 30 年代日本等地普罗文学思想的渊源与差异性,其援引的研究文献不限于台湾学界,也纳入日本学界的研究成果。学界对白春燕的这一研究评价较高。① 王冠祺与黄惠祯都以杨逵与大陆现代作家的关系为对象展开研究。对杨逵人际交往的研究以往多侧重于其与日本友人入田春彦,与台湾籍作家赖和、张深切等的关系,杨逵与大陆现代作家的关系虽也常会被提及,但深入研究的少,王冠祺与黄惠祯的研究在此层面上都有所突破。

2013 年 3 月 8 日"杨逵、路寒袖国际学术研讨会"在台中科技大学召开,中国和日、韩、新、马的 50 位学者出席了会议,发表杨逵研究论文约 40 篇,其中的 10 篇已以《阅读杨逵》命名结集出版(台湾文学馆,2013 年 3 月)。该论文集分为"文学史上的杨逵""日本思潮的影响""作品叙事分析""互文阅读"四个部分。

2016 年 7 月黄惠祯的专著《战后初期杨逵与中国的对话》由联经出版。此书通过勾画战后初期杨逵与中国现代文学、大陆赴台人士间的对话,呈现杨逵在面对政治与文化双重转型时的精神图像。

2016 年 9 月杨翠的《永不放弃:杨逵的抵抗、劳动与写作》由台北蔚蓝文化出版。此书是继林瑞明《杨逵画像》后的第二本杨逵传记。作为杨逵的嫡亲孙女,杨翠用第一手资料,以时间为序,深情地向读者呈

---

① 徐秀慧:《推荐序》,载白春燕:《普罗文学理论转换期的骁将杨逵——1930 年代日普罗文学思潮越境交流》,秀威资讯科技股份有限公司,2015 年,第 5 页。

现了杨逵一生中最重要的事件。该书被论者评为"认识杨逵的最好读本"①。

总之,2011 年以来台湾地区的杨逵研究愈趋多元,不但涉及杨逵的"中国文艺丛书"选辑策略、戏剧创作、人际关系、战后初期的行动选择,甚至如《杨逵全集》的编辑结构等问题也得到了关注。

2.日本的杨逵研究

拉开杨逵研究新序幕的是出生于殖民地台湾的日籍学者尾崎秀树。1960 年代初,尾崎秀树即撰写了《台湾文学备忘录——台湾作家的三部作品》(『台灣文學についての覚え書——台湾人作家の三つの作品』)(《日本文学》1961 年 10 月)与《决战下的台湾文学》(『決戦下の台灣文学』)(分两期刊载于《文学》1961 年 12 月、1962 年 4 月)。②前文通过杨逵的《送报夫》、吕赫若的《牛车》和龙瑛宗的《植有木瓜树的小镇》,指出按照年代顺序读三部作品,可以看出台湾作家的意识从抵抗到放弃,进而屈服的一个倾斜过程。③后文关涉 1940 年至战争结束五年间的台湾文坛,肯定了杨逵"皇民时期"的戏剧《扑灭天狗热》表面上遵循国策,实际上却包含着杨逵所特有的痛烈讽刺。④ 1972 年尾崎秀树发表了第一篇学术性的杨逵专论《台湾出身作家文学的抵抗——谈杨逵》(『台灣出身作家の文學的抵抗——楊逵のこと』)(《中国》),追溯了杨逵作为台湾出身作家的苦难境遇,阐述了杨逵文学中的抵抗意识,并且敏锐指出"皇民化时期"的杨逵曾经"以适应日本国策的姿态,

---

① 宋泽莱:《推荐序》,载杨翠:《永不放弃:杨逵的抵抗、劳动与写作》,蔚蓝文化出版股份有限公司,2016 年,第 6 页。

② 以上两文均收入[日]尾崎秀树:《旧殖民地文学的研究》,陆平舟、间ふさ子合译,人间出版社,2004 年。

③ 《台湾文学备忘录——台湾作家的三部作品》,载[日]尾崎秀树:《旧殖民地文学的研究》,陆平舟、间ふさ子合译,人间出版社,2004 年,第 239~240 页。

④ 《决战下的台湾文学》载[日]尾崎秀树:《旧殖民地文学的研究》,陆平舟、间ふさ子合译,人间出版社,2004 年,第 194~195 页。

发表了许多把抵抗深藏在底层的作品"①。

1978年4月,日本学者河原功来台专访杨逵后发表《杨逵和他的文学活动》(『楊逵—その文學的活動』)(《台湾近现代史研究》),其中包括人物介绍、年表、著作目录及参考文献四部分,这是杨逵研究史上的一个里程碑。河源功的《杨逵和他的文学活动》为之后的杨逵研究的全面开展奠定了基础。

20世纪80年代,日本学者塚本照和的《杨逵作品〈新聞配達夫〉、〈送报夫〉的版本之谜》(《台湾文学研究会会报》1983年11月)详细列举出除杨逵"原稿"(后篇)外的十多种《送报夫》版本,通过具体实例以确证这些版本间的相异之处,并分析其差异产生的缘由。这不仅是首次参照杨逵手稿进行的学术性研究,也是杨逵作品版本研究的肇始,为杨逵研究开拓了新路径。下村作次郎《茅盾〈大鼻子的故事〉》(『茅盾の「大鼻子的故事」』)(《咿哑》1984年12月)、《关于台湾作家赖和的〈丰收〉》(『台灣の作家賴和の「豊作」について』)(《天理大学学报》1986年3月),这两篇是最早针对杨逵的译介活动进行专文评论的文章。②在前文中下村作次郎指出杨逵对茅盾《大鼻子的故事》的翻译整体上是忠实原著的直译,并且通过探讨原作内容而提出杨逵选译此作大概是由于《大鼻子的故事》题材与台湾光复时的时代精神相通;③后文则强调杨逵将赖和介绍到日本有着重大意义,并通过对比指出杨逵《丰收》日文翻译增强了原作中主人公反抗的心理,是加入了译者自身理解的译作。④

---

① [日]尾崎秀树:《台湾出身作家文学的抵抗——谈杨逵》,载杨素绢编:《杨逵的人与作品》,民众日报出版社,1978年,第35页。
② 这两篇文章均收入[日]下村作次郎:《从文学读台湾》,邱振瑞译,前卫出版社,1997年。
③ 《台湾作家与中国新文学——杨逵译〈大鼻子的故事〉》,载[日]下村作次郎:《从文学读台湾》,邱振瑞译,前卫出版社,1997年,第136页。
④ 《赖和的〈丰收〉》,载[日]下村作次郎:《从文学读台湾》,邱振瑞译,前卫出版社,1997年,第103~123页。

　　20 世纪 90 年代，日本学界的杨逵研究也有所突破，比如山口守《假面语言照射之事——关于台湾作家杨逵的日本语作品》（『仮面の言語が照射するもの——台灣作家楊逵の日本語作品について』）（《昭和文学研究》1992 年 9 月）从语言的角度出发，通过分析杨逵被迫使用非母语的所谓"假面语言"从事创作的现象，来解读杨逵日据时期文学书写里日语文化的特殊性，这是杨逵作品研究的新角度。而塚本照和的《谈杨逵的〈田園小景〉和〈模范村〉》（《赖和及其同时代的作家：日据时期台湾文学国际学术会议论文》1994 年 11 月）通过对比杨逵的小说《田园小景》与《模范村》，继续对杨逵作品版本问题给予关注。河原功《杨逵〈送报夫〉的成立背景——杨逵的处女作〈自由劳动者的生活剖面〉和伊藤永之介的〈总督府模范竹林〉〈平埔蕃〉》（『楊逵「新聞配達夫」の成立背景——楊逵の處女作「自由勞働者の生活斷面」と伊藤永之介の「總督府模範竹林」「平地蕃人」から』）（『よみがえる台灣文學——日本統治期台灣作家と作品』1995 年 10 月）则用影响比较的方法，分析了杨逵的《送报夫》与《自由劳动者的生活剖面》及日本作家伊藤永之介《总督府模范竹林》《平埔蕃》的关系，并推测了杨逵《送报夫》的创作背景。这是研究杨逵作品的新视角。此外，星名宏修《〈怒吼吧！中国〉在中国与台湾的上演史——反帝国主义的记忆及其变形》（『中國·台灣における「吼えろ中國」上演史——反帝國主義の記憶とその變容』）（《琉球大学文学部纪要　日本东洋文化论集》1997 年 3 月）及《杨逵对〈怒吼吧！中国〉的改编》（『楊逵改編「吼えろ支那」をめぐって』）（『台灣文學研究の現在』1999 年 3 月）则在分析杨逵剧作《怒吼吧！中国》上有很大突破。

　　21 世纪以来日本学者的杨逵研究也继续推进，在杨逵的作品内涵、作品改写现象、作品译介情况、与日籍学者关系、与普罗文学关系及殖民地书写等方面都有相关的研究成果问世。近年来，日本杨逵研究较为重要的学者有垂水千惠与清水贤一郎。垂水千惠侧重于关注杨逵与普罗文学关系，并发表了多篇论文。比如《为了台湾普罗大众文学的确立——杨逵的一个尝试》(《后殖民的东亚在地化思考：台湾文学场域》2006 年 4 月)，通过考察杨逵发表《送报夫》至《台湾新文学》创刊期间的言论，探讨《台湾新文学》创刊后杨逵所关心对象的变迁及其致力于何种文学的探索。清水贤一郎参与了《杨逵全集》的翻译校订工作，他侧重关注的是杨逵作品的译介问题，为此他撰写了如《台、日、中的交会：谈杨逵日文作品的翻译》(『臺、日、中的交會：談楊逵日文作品的飜譯』)(『大学院国際広報メディア研究科言語文化部紀要』2002 年 3 月)、《台湾·日本·中国的交会——杨逵〈送报夫〉的中文翻译及其他》(『台湾·日本·中国のはざまで—楊逵「新聞配達夫」の中国語訳その他』)(『アジア遊学』2003 年 2 月)。

截至 2021 年 2 月，通过"日本学术论文数据库"可搜寻到博士论文 5 篇，分别由东京大学张季琳、立命馆大学谢建明、熊本大学欧薇蘋、东京大学谢惠贞和御茶水女子大学的尤美所作，其中前 4 篇实为中国台籍学子在日本大学攻读博士学位而撰写的学位论文；后一篇为日籍学子所做。这些博士论文中，张季琳的论文尤其值得关注，该文中最为出色的是《杨逵与沼川定雄——台湾普罗文学家与台湾公学校日籍教师》(『楊逵と沼川定雄——台湾人プロレタリア作家と台湾公学校日本人教師』)及《杨逵对鲁迅的接受——台湾普罗作家与总督府警察的交友》(『楊逵の魯迅受容——台湾人プロレタリア作家と総督府警察官の交友』)两个章节。沼川定雄与入田春彦对杨逵的影响已众所周知，但此前两人的生平经历却是一团迷雾，而张季琳通过扎实、稳健的实证方法，通过调查得以解明，这在杨逵研究中是一个突破。对入田春彦的研究部分，张季琳早于博士学位论文完成前，即将其以《杨逵与入田春彦》为题发表于《日本台湾文化学会会报》(1999 年 5 月)，此文的发表受到学界关注，张季琳也因此获"第一届日本台湾学会奖"(2001 年 6 月)。

值得一提的是,虽然日本并无杨逵研究专著出版,但却出版有杨逵作品集。1999 年 7 月由河原功编《杨逵》一书由绿荫书房出版,其中收有杨逵《自由劳动者的生活剖面——怎么办才不会饿死?》《猪哥仔伯》《忆赖和先生》等小说、戏剧、散文共计 18 篇。此外,杨逵部分作品如《送报夫》《泥娃娃》《增产之背后》等也被收进一些日人所编的文学作品集中。如 2017 年 8 月由楜沢健编《事件:寻找真相》(『事件:闇の奥へ』)(森话社出版),书中收有《送报夫》;而中岛利郎编《"台湾新报·青年版"作品集》(绿荫书房,2007 年 2 月)中收有台湾日据时期台日作家作品共计 37 篇,杨逵作品有 5 篇。

3. 大陆的杨逵研究

由于胡风的译介,杨逵及其文学创作于 20 世纪 30 年代引起大陆文学界的关注。《送报夫》更是作为第一批台湾现代文学作品进入大陆读者的视野。1936 年 8 月周钢鸣在《山灵:朝鲜台湾短篇集》(《读书生活》)中称杨逵是台湾的青年前进作家,同时肯定《送报夫》的取材是血的历史事实。[①]

1945 年台湾结束了半个世纪的日据时期回归祖国怀抱,然而陈仪政府的恶政却使省籍矛盾极为尖锐,以致 1947 年发生了"二二八"事件。"二二八"事件发生的两个月后,范泉就写作了《记杨逵》,他既肯定了杨逵在日据时期当一般人俯首于日帝威武时,始终独树一帜,不曾被任何人御用,未曾替军阀的侵略政策宣传,同时也对杨逵在"二二八"期间可能的遭遇表示忧虑。[②] 1949 年杨逵因起草《和平宣言》被捕,自此淡出甚至消失于公众视野。

大陆再度掀起对杨逵的关注与研究,已是 20 世纪 80 年代了。武

---

① 柳书琴:《〈送报夫〉在中国:〈山灵:朝鲜台湾短篇集〉与杨逵小说的接受》,《台湾文学学报》2016 年第 12 期。
② 范泉:《记杨逵》,载陈映真编:《学习杨逵精神》,人间出版社,2007 年,第 42 页。

治纯、梁翔踪的《台湾老作家杨逵及其作品》(《读书》1980年3月)揭开序幕。此文简要介绍了杨逵坎坷却乐观的一生,侧重介绍了杨逵《送报夫》《鹅妈妈出嫁》及《春光关不住》这三篇小说。

20世纪80年代,还有如张禹《忆杨逵》(《清明》1980年6月)[1],吉翔《杨逵的〈野菜宴〉》(《书林》1980年5月)等介绍性文章,让大陆读者有机会认识杨逵其人其文。

80年代大陆值得关注的杨逵研究成果是胡风《介绍两位台湾作家——杨逵和吕赫若》(《人民政协报》1984年1月)、张禹《杨逵·〈送报伕〉·胡风——一些资料和说明》(《新文学史料》1987年11月)、包恒新《浅论杨逵与鲁迅》(《学习月刊》1987年12月)、陈子善《杨逵的〈鲁迅先生〉》(《鲁迅研究动态》1989年6月)等文。同时期日本及中国台湾学界对杨逵与中国新文学的关系研究尚未正式展开,这四篇文章可算是杨逵研究中的突破。胡风在《介绍两位台湾作家——杨逵和吕赫若》中披露了译介《送报夫》时的心境,留下了珍贵的历史回忆记录;张禹与杨逵及胡风都有过交往,他是台湾战后赴台的大陆学者,曾与杨逵一起合编过《文化交流》杂志,他在《杨逵·〈送报伕〉·胡风——一些资料和说明》中提供了重要的第一手史料。而今,杨逵与鲁迅的关系仍是杨逵研究的焦点之一,而包恒新与陈子善二文则是较早关涉此论题的文章。

值得一提的是,20世纪80年代大陆已出版不少台湾文学史的相关著作,如封祖盛《台湾小说主要流派初探》(1983年)、汪景寿《台湾小说作家论》(1984年)、白少帆《现代台湾文学史》(1987年)和古继堂《台湾小说发展史》(1989年)等,杨逵也进入了这些文学史的编写之中。其中,有关杨逵的论述均侧重介绍其生平并分析其小说的思想内容和

---

① 张禹《忆杨逵》刊于《清明》第三期1980年6月,彭小妍主编的《杨逵全集》(第十四卷)"杨逵研究资料目录"中误录为"1980年3月"。

艺术手法。

20 世纪 90 年代,大陆继续有台湾文学史相关的著作问世,而这十年间杨逵研究就主要出现在一些台湾文学史论著中。比如刘登翰等《台湾文学史》(上)(1991 年)、《台湾文学史》(下)(1993 年)、陆士清等《台湾文学新编》(1993 年)及王震亚《台湾小说十二家》(1993 年)等都有关于杨逵的研究论述。这些论述除阐述其人其文在日本殖民统治下的民族意识和抗争精神外,也涉及对其战后文学活动的关注。

21 世纪以来,2004 年 2 月 2 日至 3 日由中国作家协会、中共广西壮族自治区党委宣传部共同主办的"杨逵作品研讨会"在南宁召开。两岸与会代表共 66 人,会议围绕"追忆杨逵""杨逵文学的精神、品格和属性""杨逵文学的主题思想""杨逵文学的艺术成就""台独谎言批判"五个方面展开研讨,会议上集中出现了一批杨逵研究论文。大陆学者的论述侧重针对杨逵的小说创作展开,突出强调杨逵的中国属性,如刘红林《日文写作的中国属性——论杨逵小说的文化特质》,庄若江《殖民统治下的中国文化的标识——论杨逵小说的文化精神》,赵遐秋《杨逵的中国文学视野——从新生报〈桥〉的论争看杨逵的中国作家身份》等。其中大陆学者黎湘萍《"杨逵问题":殖民地意识及其起源》①,刘登翰、朱立立《庶民认同、民族叙事与知识分子形象——论杨逵日据时期的文学书写》②视角相对新颖,黎湘萍提出了杨逵问题不只是一个文学的问题,而且是第三世界的"殖民地/现代性"的共同问题。杨逵之所以不断地被评论、解读,乃是由于杨逵用他的文学作品所形象化表现的关于现代资本主义、帝国主义和"殖民地"诸问题,至今仍然在发展着,仍然没有得到很好的解决。③刘登翰、朱立立则从庶民认同、民族叙

---

① 此文后于 2004 年发表于《华文文学》。

② 此文后更题为《论杨逵日据时期的文学书写》,于 2005 年 6 月发表于《中国现代文学丛刊》。另,此次研讨会也有来自台湾地区的学者参与并提交论文,蓝博洲的《杨逵与台湾地下党关系的初探》一文视角相对新颖。

③ 黎湘萍:《"杨逵问题":殖民地意识及其起源》,《华文文学》2004 年第 5 期。

事与知识分子乌托邦情结方面,深刻反省了杨逵日据时期的文学创作和思想理念。① 2005 年 10 月安然、鲍晓娜编《杨逵文集》由北京台海出版社出版,文集共四卷七册,分别为小说卷三册、戏剧卷一册、书信卷一册与诗文卷二册。

　　21 世纪以来,大陆杨逵研究面向渐趋丰富,比如有关注杨逵杂文创作、戏剧书写、绿岛家书、文学理论建设、与台湾学生民主运动的关系、其主编的《台湾新文学》杂志,以及战后语言转变对杨逵的影响等。大陆在杨逵研究方面较值得关注的学者有方生、朱双一、樊洛平、胡星亮等。方生曾是台大麦浪歌咏队领队,在台期间与杨逵有过较多联系,作为事件亲历者,其撰写发表的《杨逵与台湾学生民主运动》(《台声》2001 年 1 月)②值得注意。此文除了澄清“四六”事件中杨逵被捕的原因,即不仅因为杨逵同情和支持学生的民主运动,更重要的是撰写了反映台湾民众心声的《和平宣言》;此文还分析了杨逵对包括麦浪歌咏队在内的台湾歌咏、舞蹈、戏剧等新文艺活动,及爱护支持从事这些活动的青年人的原因。朱双一对战后初期台湾文坛的胡风影响、杨逵文学观的特殊面向及其实践等命题有深入的挖掘;樊洛平出版了大陆目前唯一的杨逵研究专著《冰山底下绽放的玫瑰——杨逵和他的文学世界》(2006 年),该著分八章,对杨逵的生平、交际、编辑生涯、理论建构、小说、戏剧及绿岛家书等进行了较全面的梳理和探讨。③胡星亮发表的《在狱中传递台湾现代戏剧精神——杨逵在 1950 年代台湾剧坛的意义》(《西南民族大学学报》2012 年 9 月)则是大陆聚焦杨逵戏剧创作的重要论文,该文提出 20 世纪 50 年代的台湾剧坛上,正是杨逵在绿岛

---

　　① 朱立立、刘登翰:《论杨逵日据时期的文学书写》,《中国现代文学研究丛刊》2005 年第 3 期。

　　② 方生的《杨逵与台湾学生民主运动》于 2001 年 2 月还刊于《新文学史料》,该文与 2001 年 1 月发表在《文艺理论与批评》上的《杨逵与台大麦浪歌咏队》内容大致相同。

　　③ 此书后来又由人间出版社于 2008 年 5 月出版。

的特殊境遇中创作的那些戏剧，传递了台湾现代戏剧精神，延续了五四文学的传统。①

另外，值得一提的是，隋欣卉在其博士论文《台湾光复初期的国语运动与国语文学(1945—1948)》中肯定了光复后"国语运动"及《桥》副刊论争中杨逵创作和活动的积极贡献和意义；马泰祥硕士论文《〈台湾新文学〉(1935—1937)研究》以杨逵创办的《台湾新文学》杂志及其文学同人为整体研究对象，呈现 20 世纪 30 年代台湾左翼文学运动。2019 年 5 月中国工人出版社出版了杨逵的《绿岛家书》，该书收录了杨逵绿岛期间书写于 1957—1960 年的 107 封家书。2020 年 4 月《学术评论》刊载了刘小新的论文《杨逵的意义》，该文提出了阅读《杨逵全集》的八个维度，同时指出："深刻阐发杨逵精神是当代台湾重构左翼认识论与实践论的一项重要任务。"②令人比较遗憾的是，迄今尚未见到大陆直接以杨逵为论题的硕博学位论文。

## 三、写作思路与研究方法

综上所述，可以发现自 1934 年《送报夫》在日本获奖，尤其是 20 世纪 70 年代随着乡土文学的论争，杨逵作为最富抗日精神的日据时期作家进入学界视野后，中国和日本学界对杨逵的共同关注一直持续至今。

日本的杨逵研究贡献最突出的是尾崎秀树、河原功及塚本照和：尾崎秀树是真正意义上的杨逵研究的开启者，他不仅有首开之功，且能深刻把握杨逵文学的精神本质，将杨逵"皇民时期"的书写定位为"把

---

① 胡星亮：《在狱中传递台湾现代戏剧精神——杨逵在 1950 年代台湾剧坛的意义》，《中国现代文学研究丛刊》2012 年第 9 期。

② 刘小新：《杨逵的意义》，《学术评论》2020 年第 4 期。

抵抗深藏在底层"①;河原功《杨逵及其文学活动》首先整理出杨逵的生平、作品目录及参考文献,这对之后的杨逵研究实有奠基之功;塚本照和《杨逵作品〈新聞配達夫〉〈送报夫〉的版本之谜》则最早指出杨逵的创作版本问题,对此后的杨逵文学研究引述的正确性有不容忽视的意义。而且自从塚本照和之后,日本学界对杨逵的研究更致力于版本学与译介方面,这无疑与日本学者的日语语言优势直接相关。

台湾地区的杨逵研究已成为显学。研究现状具有三个特点,首先是研究面向细致多元,成果丰硕。在文学创作、绿岛家书、理论构建、编辑、翻译及交际等多重维度都有较细致深入的探讨,《杨逵全集》的编辑结构、杨逵纪念馆等论题也都有人展开研究。迄今为止,台湾地区以杨逵或杨逵作品为研究对象完成的硕博学位论文有 32 篇,杨逵研究相关专著有十多种。其次是研究者众多,部分研究者与杨逵或其家人有过交往,常以第一手资料介入研究,显示出在地优势。最后,台湾部分研究者对杨逵进行了较为长久持续的关注,撰写了系列文章,如叶石涛、陈芳明、黄惠祯等。

大陆的杨逵研究成果,目前笔者所能查阅到的相关期刊论文数量近六十篇,研究专著相对较少,也欠缺博硕学位论文。21 世纪以来,大陆的杨逵研究日益增多。大陆学者的杨逵研究也有自身的特点,即聚焦于杨逵的祖国意识、杨逵文学的殖民批判性及庶民身份认同等问题;在台湾本土化思潮泛滥的语境中,在"台独分子"竭力篡改杨逵精神、抹除杨逵的中华民族意识的现状下,大陆学者的杨逵研究论述对于正本清源有着极为重要的意义。必须指出的是,杨逵虽早在 20 世纪 80 年代初就进入大陆的现代文学史著作中,但正如贾振勇在《文学史·杨逵形象·述史肌质》中指出的:"内地出版的文学史著作对杨逵及其

---

① [日]尾崎秀树:《台湾出身作家文学的抵抗——谈杨逵》,载杨素绢编:《杨逵的人与作品》,民众日报出版社,1978 年,第 35 页。

作品的叙述,已经形成稳定模式。"①在论题的维度和论述的深度上都还存在较大的掘进空间。

中国与日本的杨逵研究界一直有着良性互动和合作交流,如论文集《压不扁的玫瑰花——杨逵的人与作品》与《学习杨逵精神》专辑虽在台湾出版,但是收录了中日学界相关的研究成果。相关专题会议也很好地搭建起两岸多家单位合作协同和两岸学者交流对话的文化平台,如2013年在台中科技大学召开的"杨逵、路寒袖国际学术研讨会"由台中科技大学联合台湾文学馆、香港大学、复旦大学、厦门大学等十多个单位共同举办。不过需要正视的是,不同地区的杨逵研究存在着因意识形态的差异而带来的不同和对立的观点,甚至不乏恶意扭曲与篡改事实的现象。我们应警惕并摒弃"门户之见",关注杨逵精神的现实意义与思想价值,同时注意重回历史现场,相对客观地还原杨逵的生命历程、书写创作真貌。

总之,杨逵复杂丰富的人生历程及文学书写,使得杨逵研究的开展有着无限的可能性。而大陆杨逵研究的不足之处,正是本人进行深入研究的方向。本书以杨逵及其文学为研究对象,首先通过分析杨逵四个历史时期文学书写风格的嬗变,呈现台湾不同时期的社会面貌;其次通过剖析杨逵日据时期创作文本中一直关注的几类人,来剖析当时的社会问题;再次通过探析战后初期杨逵对鲁迅、茅盾、郁达夫、郑振铎译介的原因,并将杨逵的文学书写与以上四位中国现代作家的部分作品进行对读,来确证杨逵的祖国情怀和认同意识;最后从当下众声喧哗论杨逵的现象入手,分析杨逵现实主义文学创作、抗争不屈的人格精神、对两岸关系的思考等方面在当下的意义,以呈现杨逵的价值。总之,本书力图通过在原有研究基础上的深度挖掘,拓宽杨

① 贾振勇:《文学史·杨逵形象·述史肌质》,载黎活仁、林金龙、杨宗翰编:《阅读杨逵》,秀威资讯科技有限公司,2013年,第2页。

逮研究领域,让此旧话题更富有新意;通过追溯历史始末,相对客观地还原杨逵及其文学书写;通过杨逵文学重回历史现场,窥探其所处的社会样貌;在论析杨逵当下意义中力证其价值。

本书由绪论、正文五章构成。绪论部分介绍了本书的选题缘起及意义,中国、日本的杨逵研究现状,以及写作思路和研究方法。第一章主要从纵向上讨论杨逵不同历史时期创作风格嬗变中所呈现出其时政治环境与文学风气的变迁。杨逵主要的文学书写历经了四个时期:日据时期、战后初期、绿岛时期、出狱以后。在不同的时期杨逵的创作风格会有所变化。本章通过分析杨逵在日据时期、战后初期、绿岛时期及出狱以后不同的文学书写特质,以此反观不同时期的社会环境与文学风尚。第一节侧重以杨逵的评论杂文、小说、戏剧为主要研究对象,通过对文本的分析得出杨逵日据时期的书写基本以七七事变为界,创作风格基本是从直言斥责到曲笔隐微;所关注的重点大致是由阶级矛盾为主而转至反映民族矛盾为主。第二节通过分析杨逵台湾战后初期的创作文体、内容特点,得出由于时代转变、语言转换的缘故,在文类上,此时期杨逵小说创作量骤然减少,短诗创作量明显增加;而且尽管杨逵此时期在书写内容上与日据时期有了极大的不同,但是他仍然在切实践行着自身的文学主张。第三节通过梳理杨逵绿岛时期的创作,剖析绿岛时期成为杨逵重要创作时期的缘由,得出杨逵尽管被围于困境,身陷囹圄,但是他却依然能够绝处逢生,是因为杨逵在逆境中找到一种适于书写的方式。杨逵也正是以巧妙的书写策略既得以规避了绿岛监狱中的严厉检查制度,又切实地践行了自身的创作理念,传递出家国情怀。第四节梳理杨逵出狱以后的创作,从时代背景及作家心态来论析狱后的杨逵,分析在这段可算得上是其创作生涯最长时期中却创作量不多的原因,且通过对作品的分析,得出杨逵在此期间仍然切实践行他的文学理念。

第二章主要以杨逵日据时期的文学创作为研究对象来呈现台湾

被殖民期间的社会图谱。该章从杨逵的文本入手,聚焦杨逵笔下以日据时期为历史背景的文学书写,分四节剖析杨逵文本中主要关注的几类人及相关的社会问题。第一节,以杨逵笔下日据时期台湾知识分子为中心,分析了杨逵笔下对日据时期知识分子的多样性书写,兼及台湾殖民时期教育问题,突显杨逵对台湾知识分子有所批判中委以启智重任的良苦用心。第二节,以杨逵笔下日据时期台湾医职人员为中心,分析杨逵笔下出现众多医职人员的原因,兼及台湾殖民时期医疗问题,关注杨逵作品中对日据时期台湾医患畸形关系的书写特点,呈现杨逵寄予医者救赎台湾民众的深切希望。第三节,以杨逵笔下众多工农形象为中心,阐析日据时期杨逵书写众多台湾工农的缘由,兼及台湾殖民时期婚恋、信仰、女性问题;关注杨逵对殖民时期台湾工农书写的异同点,呈现了日据时期深陷于"工业日本、农业台湾,压迫台湾"政策下窘困的台湾工农共同的不幸;同时在比较中论析了杨逵笔下的农民,相比与同时期的工人,普遍更加不幸的本质原因。第四节,以杨逵笔下日据时期台湾孩童为中心,聚焦了时代环境中贫困家庭孩童的不幸,兼及了台湾殖民时期生养问题,呈现出杨逵对孩童疼惜中寄予的希望。

　　第三章从杨逵战后初期对中国四位现代名家鲁迅、郁达夫、茅盾、郑振铎作品的译介情况谈起,通过将杨逵的文学书写与以上四位作家部分作品进行对读,一方面厘清杨逵译介这几位大陆作家作品的缘由,另一方面也实证杨逵的祖国情怀和认同意识。第一节从杨逵与鲁迅的情缘谈起,论析杨逵译介《阿Q正传》缘由,杨逵与鲁迅创作的同中之异,以及杨逵借用《阿Q正传》中"阿Q画圈"部分进行延伸书写的原因。第二节从杨逵的介绍性短文《茅盾先生》中的错误谈起,论析杨逵选译茅盾的《雷雨前》《残冬》以及《大鼻子的故事》等三篇作品的良苦用心。第三节从杨逵与郁达夫的情缘谈起,指陈杨逵的介绍性短文《郁达夫先生》中的错误及不清晰之处,杨逵选译郁达夫《出奔》《微雪的早晨》的缘由；并将杨逵《天国与地狱》与郁达夫《沉沦》进行比较，从而得出尽管两位作家因性格及创作风格的不同，使两篇小说存在着较大的差异，但他们作为中国现代觉醒的两岸知识青年都坚持着反帝反封建的方向，共同表达了深沉的时代郁愤。第四节从杨逵对郑振铎的小说《黄公俊之最后》译介情况谈起，聚焦杨逵选译该文本的缘由。

第四章以杨逵绿岛时期戏剧为研究对象。杨逵因撰写《和平宣言》被判十二年的监禁，在极不自由的囚牢中，杨逵却依然坚持垦殖其未竟的文学田园，并用心观照社会现实，对台湾地区的建设及命运走向进行了积极的思考，完成了不离岛的离岛书写。①该章以杨逵绿岛时期的剧作为主要研究对象，分三节探究此期间其书写特色。第一节从追溯杨逵与戏剧的接触史谈起，侧重通过将杨逵绿岛时期的戏剧创作与其日据时期、战后初期的戏剧、小说等进行比较，得出杨逵绿岛时期在戏剧创作中的文学努力与用心。第二节通过归纳杨逵绿岛时期戏剧中的聚焦点，得出杨逵虽然身陷囹圄却依然关心社会现实，在戏剧中进行其不离岛的离岛书写。第三节通过剖析绿岛时期杨逵戏剧创作的技巧，呈现杨逵如何在身处牢狱中既坚持了文学书写，实现了戏剧创作的高产，又切实地践行了其创作理念。

第五章主要探讨杨逵当下的意义。该章从当下众声喧哗论杨逵的现象，到杨逵写实主义文学创作、抗争不屈的人格精神、对两岸关系的思考等方面在今日的意义，以此力证杨逵永恒的价值。第一节从杨逵甫才离世便成为各家各派争相诠释对象的事实谈起，侧重分析两岸学术界众声喧哗论杨逵的现象及原因。第二节从杨逵文学创作成就谈起，论及杨逵作为文学家对台湾新文学建设发展的贡献，关注杨逵对台湾报告文学创作的推动作用，及杨逵文学书写承上启下的作用。第

---

① "不离岛的离岛书写"是套用杨翠"不离岛的离岛文学"的提法，参见杨翠：《不离岛的离岛文学——试论杨逵〈绿岛家书〉》，载黄惠祯编：《台湾现当代作家研究资料汇编04 杨逵》，台湾文学馆，2011 年，第 241~290 页。

三节从人间出版社出版的专辑《学习杨逵精神》,以及陈映真文论《学习杨逵精神》谈起,结合杨逵的文学作品,归纳得出杨逵一以贯之的精神特质。即脚踏实地,屹立不倒的精神;坚持庶民立场,以天下为己任;包容辩证,国际主义思想,并论析杨逵精神当下的意义。第四节从杨逵与胡风、范泉的情缘谈起,涉及杨逵晚年应艾奥瓦大学"国际作家工作坊"之邀赴美,与中国大陆作家代表团作家们的交流,结合杨逵的文学创作论述杨逵对祖国大陆的关注,及对祖国的认同,指出杨逵对两岸关系的思考在今日的现实意义。

本书采用文本解释、文献资料分析、比较研究及译介研究等方法,进入杨逵及其文学研究。通过查找自 20 世纪 30 年代中期直至当下与杨逵研究相关的理论专著、期刊、学位论文、会议论文、网站等,全面了解国内外杨逵研究的历史脉络与理论线索。结合杨逵创作的时代背景,在与台湾同一时期作家的文学创作进行比较中,对杨逵的相关作品进行全面细致深入地解读,以充分剖析杨逵文学的独特性与文学思想内涵。通过厘清杨逵对中国 20 世纪 30 年代的几位文学家鲁迅、郁达夫、茅盾、郑振铎的译介缘由,以确证杨逵的祖国认同意识。通过对杨逵绿岛时期剧作的研究,呈现其身陷囹圄时的书写特色。从今日众声喧哗论杨逵的现象出发,探讨杨逵当下的意义,呈现杨逵创作价值及其人格高标。

# 第一章　创作风格嬗变中的历史面向

　　杨逵一生八十年,从异族殖民统治的日据时代跨度至国民党执政时代。杨逵的人生劫难多舛,但是无论面对何种危险、遭受何种委屈,他总能坚强以对、无怨无悔,杨逵也因此被视为"压不扁的玫瑰花"。

　　杨逵首先是一位社会活动家,然后才成长为一名作家。尤其是在20世纪30年代初,当台湾左翼政治运动已呈断裂之态、社会运动难以进行之后,杨逵才将写作作为社会运动的延伸,开始真正投入文学书写中。尽管杨逵并非专职作家,他一生中还做过诸如送报夫、清道夫、挑土工、小贩、园艺工人等职业。但是不论如何,杨逵的文学生涯也持续了半个多世纪,即从1927年发表处女作《自由劳动者的生活剖面——怎么办才不会饿死呢?》①,至1985年辞世前两天在基督教青年会(YM-CA)举行的戴国辉教授欢迎会上发表的致辞《杨逵最后的演说》②。虽然杨逵一生命运多舛,创作几经停顿,与诸多高产作家相比,其作品总量不算多。但终其一生,杨逵也为后人留下了小说、戏剧、诗歌、评论杂文、书信等十四册。③在这些不同的文类中,就数量而言,杨逵的杂文评

---

　　① 此前很多评论者将《送报夫》视为杨逵的处女作,如王诗琅:《序》,载林梵:《杨逵画像》,笔架山出版社,1978年,第5页。

　　② 《杨逵最后的演说》为杨逵逝世前两天出席戴国辉教授返台欢迎会上的致辞,杨逵演说时无题目,王晓波就当时现场录音整理,并为其定题。

　　③ 《杨逵全集》共计十四册,由彭小妍主编,于1998—2001年由文化资产保存研究中心筹备处陆续出版。《杨逵全集》包括戏剧卷二册、翻译卷一册、小说卷五册、诗文卷二册、谣谚卷一册、书信卷一册、未定稿一册、资料卷一册。

论最多,远远超过其他文类的作品。据不完全统计,杨逵在世时已发表的及未发表的杂文评论近两百篇;①但是就影响力而言,杨逵作品中被关注最多的是小说。杨逵曾自言,相对于其他文类,小说比较成功,他自身比较满意的作品《送报夫》《鹅妈妈出嫁》和《模范村》也都是小说。②尤其是《送报夫》它既是杨逵的成名作,也被视为杨逵的压轴大作。③同时,其小说中抵抗日本殖民统治的姿态,也是 20 世纪 70 年代杨逵能重登文坛成为最受台湾文化界瞩目的台籍作家的重要原因。④

从时间跨度上看,杨逵的书写创作活动主要历经了日据时期、战后初期、绿岛时期及出狱以后四个时期。⑤阅读杨逵的作品会发现他每个时期的书写内容、文类比重与风格都会有所变化。本章以时间为经,通过分析杨逵在日据时期、战后初期、绿岛时期及出狱以后四个时期的文学书写特质,反观不同时期的政治环境与文学风尚。⑥

① 杨逵曾说过自己的作品有小说、诗、剧本和评论文章,其中小说数量比较多。参见梁景峰:《我要再出发——杨逵访问记》,载彭小妍编:《杨逵全集(第十四卷)》,文化资产保存研究中心筹备处,2001 年,第 165 页。但依据《杨逵全集(第十四卷)》"杨逵作品目录"可见,其书写的杂文评论远远超过小说。

② 梁景峰:《我要再出发——杨逵访问记》,载彭小妍编:《杨逵全集(第十四卷)》,文化资产保存研究中心筹备处,2001 年,第 165 页。

③ 叶石涛:《杨逵的文学生涯》,载黄惠祯编:《台湾现当代作家研究资料汇编 04 杨逵》,台湾文学馆,2011 年,第 239 页。

④ 黄惠祯:《杨逵研究评述》,载黄惠祯编:《台湾现当代作家研究资料汇编 04 杨逵》,台湾文学馆,2011 年,第 87 页。

⑤ 对杨逵创作生涯的分段主要参考杨翠的提法,参见杨翠:《不离岛的离岛文学——试论杨逵〈绿岛家书〉》,载黄惠祯编:《台湾现当代作家研究资料汇编 04 杨逵》台湾文学馆,2011 年,第 260 页;另,"出狱以后"指的是杨逵绿岛刑期届满获释之后。

⑥ 杨逵有不断修改自己作品的习惯,不少作品在创作后又几经更改。为此,本书凡涉及多种版本的作品,笔者尽量采用该作第一次发表的版本为研究对象。

# 第一节  日据时期：从直接书写到曲笔隐微

日据时期是杨逵创作生涯的第一个阶段。自 1927 年 9 月发表处女作《自由劳动者的生活剖面——怎么办才不会饿死呢?》至 1945 年 8 月日本天皇宣布无条件投降、台湾结束日本殖民时代，这期间大致十八年。但是杨逵在这个时期中的近四年间，即 1938 年至 1941 年，全力垦殖"首阳农园"，基本无作品问世。为此，杨逵在日据时期的创作约有十四年。

日据时期杨逵的作品主要涉及了小说、戏剧、评论杂文、诗歌及翻译。[①]就数量而言，这个时期杨逵的书写中评论杂文最多，超过百篇，小说 35 篇。[②]杨逵的小说大部分完成于这一时期，[③]《送报夫》《鹅妈妈出嫁》《模范村》等杨逵自身较满意的小说作品都是这期间问世的。[④]杨逵创作的戏剧在总量上并不多，仅 19 部，完成于日据时期的有 5 部，即《猪

---

① 黄惠祯指出，杨逵在日据时期还有一则口述作品《掩埋在地理中默默地发挥巨大的力量》(『地理に埋もれて地味に働く大きな力』，《台湾新报》1944 年 7 月 18 日)，参见黄惠祯：《左翼批判精神的锻接：四〇年代杨逵文学与思想的历史研究》，秀威资讯科技股份有限公司，2009 年，第 496 页。因笔者未能见到此作，因此本书不加论述。

② 这里的数据均包括杨逵在世时已发表与未发表的作品。另，黄惠祯指出杨逵有一篇名为《归农》的未完成的小说手稿，至今未发表；据黄惠祯判断该作应为杨逵自行改写其小说《归农之日》。参见黄惠祯：《左翼批判精神的锻接：四〇年代杨逵文学与思想的历史研究》，秀威资讯科技股份有限公司，2009 年，第 500 页。因笔者未见该作，且依黄惠祯所言该作应为改写作品，故本论统计杨逵小说总量时未将其计入。

③ 目前所知杨逵在世时已发表的小说共有 26 篇(日据时期 21 篇)，未发表小说有 15 篇，有几篇作品虽然目前仍未知其明确完成时间，但从创作特点看，其中 14 篇应该是完成于日据时期。

④ 杨逵在接受梁景峰采访时曾说："我自己认为《送报夫》《鹅妈妈出嫁》和《模范村》在内容意义上和写作技巧上较为成功。"参见梁景峰：《我要再出发——杨逵访问记》，载彭小妍编：《杨逵全集(第十四卷)》，文化资产保存研究中心筹备处，2001 年，第 165 页。

哥仔伯》《父与子》《扑灭天狗热》《怒吼吧！中国》[1]《都是一样的呀》[2]。这5部戏剧，尤其前4部都是杨逵较为重要的剧作。除此之外，在日据时期，杨逵还进行了诗歌创作。杨逵一生创作的诗歌共56首，[3]日据时期仅完成了《孩子们》《送别老师》《病儿》《别伤心哪——写给女儿》4首。另外，杨逵在此期间还完成了两种翻译：中译了拉美卓斯和乌司卓鲁美智野农合著作品《马克司（思）主义经济学》的第一册《价值论》、日译了赖和汉文小说《丰收》。

综观杨逵日据时期的作品，其书写大体可以七七事变为界分为两个阶段。第一阶段从1927年9月发表处女作到1937年底，第二阶段大致从1942年至1945年8月。如上所述，日据时期杨逵完成的所有文类中评论杂文数量最多，远远超过其他文类。因此下面以杨逵日据时期完成的评论杂文为研究对象，分析前后两阶段的转变特点，并呈现其时政治局势与文学风尚的变迁。

第一阶段评论杂文关注点大致可归纳为四点：一是对台湾地区及日本文坛的关注；二是重视组织与协作，积极培养台湾文学新人；三是向大众推荐优秀文艺作品；四是通过评论杂文不断书写下自身的文学观。第二阶段杨逵评论杂文的书写主要侧重以下三个方面：一是以回忆形式书写过往的人事；二是动情地记录台湾地区的民俗风情；三是创作"肯定""志愿兵"和"征兵制"等貌似顺应"皇民化政策"的作品。以

---

① 《怒吼吧！中国》原为俄国诗人、剧作家 Tretvakov（1892—1939）所作，南京剧艺社周雨人等曾改编公演，日本学者竹内好于1943年5月将此中文版译为日文，杨逵日文版是根据竹内好日文版改编的。参见杨逵：《怒吼吧！中国》，黄木译，载彭小妍编：《杨逵全集（第一卷）》，文化资产保存研究中心筹备处，1998年，第215页。

② 《都是一样的呀》为未定稿作品，完成时间未明确，但原稿写于标明"首阳农园"的稿纸上，为此可以确定是日据时期的作品。

③ 这里的数据包括杨逵在世时已发表与未发表的。此处统计主要参考[日]河原功，黄惠祯：《杨逵作品目录》，载彭小妍编：《杨逵全集（第十四卷）》，文化资产保存研究中心筹备处，2001年，第412~416页，以及黄惠祯：《翼批判精神的锻接：四○年代杨逵文学与思想的历史研究》，秀威资讯科技股份有限公司，2009年，第496~498页。

下先阐析其第一阶段评论杂文中的四个关注点：

第一，对台湾地区及日本文坛的关注。杨逵日据时期第一阶段的评论杂文中有不少是聚焦台湾文坛的，如《台湾文坛·一九三四年的回顾》(1934年12月)、《台湾的文学运动》(1935年10月)、《台湾文学运动的现况》(1935年11月)、《台湾文坛近况》(1935年11月)《台湾文坛的明日旗手》(1936年6月)等。这些文章从追溯台湾文学史到观照当时台湾文学状况，至展望台湾文学发展未来，这样的书写与杨逵素来为台湾文学的有心人不无关系。尤其20世纪30年代初，当社会运动严重受挫后，杨逵开始将写作视为社会运动的延伸，从而真正投身于文学书写中。除此之外，进行如此内容的书写也与日本文坛对杨逵的助力有关。早在留学东京之时(1924—1927年)，杨逵就认识了当时日本著名的左翼文学家秋田雨雀、岛木健作、窪川稻子、叶山嘉树、前田川广一郎、德永直、贵司山治、中野重治、宫本百合子及武田麟太郎等。杨逵的处女作《自由劳动者的生活断面——怎么办才不会饿死呢？》与成名作《送报夫》后来也分别刊发于日本杂志《号外》与《文学评论》上。而且根据河原功的研究，《送报夫》的创作不仅受到日本左翼作家伊藤永之介小说《总督府模范竹林》和《平地蕃人》的启发，而且杨逵将小说主人公设计为送报夫也是为了回应当时《号外》创刊号上的短文《一个送报夫的疑问》及第三号《被炒鱿鱼的小工》的卷首语。①此外，众所周知，杨逵还因《送报夫》被《文学评论》授予第二奖(首奖缺)，从而成为第一位进军日本文坛的台籍作家。以《送报夫》得奖为契机，杨逵与日本文坛间的交流互动也愈加紧密。杨逵与日本文坛的密切关系在其杂文书写中可见一斑，比如在《艺术是大众》(1935年2月)中，杨

---

① [日]河原功：《楊逵『新聞配達夫』の成立背景——楊逵の處女作『自由勞働者の生活斷面』と伊藤永之介の『總督府模範竹林』『平地蕃人』から》，载[日]下村作次郎、中島利郎、藤井省三、黄英哲编：《よみがえる台灣文學——日本統治期台灣作家と作品》，东方书店，1995年，第557~585页。

递写道：

> 　现在，对我台湾文坛而言，与日本文坛之间的关系要比与中国文坛的交流来得密切。要掌握我台湾文坛，自先得认识日本文坛，为了决定我们的出路，必须观察日本文坛的动向。①

在杂文《恳求》（1935 年 8 月）中，杨逵提及受"文学案内社"邀稿，拟从该刊十月号起分四次左右，以"台湾文学界的历史与现状"为题撰写文章。其预定撰稿内容如下：一是台湾文学运动史，二是现状，三是主要作家及其经历与背景，四是主要作品介绍。尽管当时杨逵自言"由于笔者初出茅庐，别说是正确的历史，就连现今状况也唯恐知识太浅薄。特别是作者与作品方面，由于笔者平日为生活奔波，阅读不多，因此对于是否能正确地介绍，感到戒慎恐惧"。但是杨逵又自觉"这实在是将台湾文学介绍给日本文坛千载难逢的机会，若加以推辞又未免太轻率"②。为此，"文学案内社"邀稿可视为杨逵关注并书写台湾文学发展脉络系列文章的重要促成原因，《台湾的文学运动》（1935 年 10 月）、《台湾文学运动的现况》（1935 年 11 月）、《台湾文坛的明日旗手》（1936年 6 月）等文章随后陆续刊登于《文学案内》。另外，也正是缘于将台湾文学介绍给日本文坛的初心，当杨逵接到《文学案内》贵司山治氏拟在新春号上刊登台湾作家的作品，并指名由其担纲的来函后，③杨逵即遴选日译了赖和的汉文小说《丰收》并寄给《文学案内》。

值得一提的是，杨逵创办《台湾新文学》（1935 年 12 月—1937 年 6

---

①　杨逵：《艺术是大众的》，邱振瑞译，载彭小妍编：《杨逵全集（第九卷）》，文化资产保存研究中心筹备处，2001 年，第 139 页。

②　杨逵：《恳求》，林郁芯译，载彭小妍编：《杨逵全集（第九卷）》文化资产保存研究中心筹备处，2001 年，第 336 页。

③　杨逵：《请投寄可代表台湾的作品》，邱振瑞译，载彭小妍编：《杨逵全集（第九卷）》，文化资产保存研究中心筹备处，2001 年，第 426 页。

月)也曾受到日本左翼文坛极大的支持。比如《台湾新文学》创刊号上就以"对台湾新文学所寄予的希望"为题，刊出了德永直、新居格、桥本英吉、叶山嘉树等 16 位日本作家对杨逵所问询的两个问题，即"殖民地文学的前进道路"与"给台湾编辑者作家读者的训言"的回复文字。①而杨逵的文学主张，以及后来的办刊思路也都受到贵司山治、德永直等日本作家的影响，比如《台湾新文学》不仅采用《文学案内》以"杂志之友"的方式经营，而且还承袭了《文学案内》创刊号上以一篇一百元的奖金征集作品的做法。②

　　第二，重视组织与协作，积极培养台湾文学新人。杨逵是个富有强烈责任感与高效行动力的人。他在反殖民运动中有过两次决裂：1929年退出台湾农民组合；1935 年离开台湾文艺联盟，创办"台湾新文学社"及其刊物《台湾新文学》。尤其是第二次，使杨逵"被当时及战后部分文艺界人士质疑'破坏文联团结'"③。事实上杨逵并非不重视组织与协作。1926 年杨逵与几位同志在日本共组"文化研究会"，并参与推动成立"东京台湾青年会社会科学研究部"，"团结就是力量"正是此研究部宣传文案中的信条之一。④此外，或者是对贵司山治在《论进步的文学者的共同合作—— 一个具体个人方案的提议》(1935 年 6 月)中倡导的进步作家合作建议给予认可与回应。⑤在这个时期的书写中，杨

---

① 转引自[日]德永直等：《臺灣の新文學に所望する事》，载[日]中島利郎、河原功、下村作次郎编：《日本统治期台湾文学文艺评论集（第二卷）》，绿荫书房，2001 年，第 210~221 页。

② [日]垂水千惠：《为了台湾普罗大众文学的确立——杨逵的一个尝试》，王俊文译，载柳书琴、邱贵芬编：《后殖民的东亚在地化思考：台湾文学场域》，台湾文学馆筹备处，2006 年，第 124 页。

③ 赵勋达：《〈台湾新文学〉(1935—1937)的定位及其抵殖民精神研究》，台南市立图书馆，2006 年，第 2 页。

④ 杨翠：《永不放弃：杨逵的抵抗、劳动与写作》，蔚蓝文化出版股份有限公司，2016年，第 67 页。

⑤ [日]垂水千惠：《谈台湾普罗作家杨逵所怀抱的矛盾与纠葛》，林雪星译，载吴佩珍编：《中心到边陲的重轨与分轨(下)》，台大出版中心，2012 年，第 207 页。

逵除了表现出对台湾文学发展的关注外,他还极力呼吁有志于开拓台湾文学、建设进步文学之路的人们要同心团结①,建成"进步作家的共同战线"②。

然而不论是《杨逵、张深切,谁在说谎?》(1935 年 6 月),还是《不必打灯笼——文联团体的组织问题上——》(1935 年 6 月),抑或《关于 SP》(1935 年 6 月)、《团体与个人——几点具体的提案》(1935 年 6 月)、《迎接文联总会的到来——提倡进步作家同心团结》(1935 年 7 月)等文章中,均可见到杨逵对文联团体组织运作的不满及对自身作为文联成员之一未能很好尽责的自我检讨,与力图改变文联组织问题的苦心直谏。在杨逵看来,文联是文学运动的团体,建设及统一"全方位的进步的文学"是文联的使命所在,因此绝不可以有特殊阶级或小民主主义的界限。③杨逵指出,为了实现开拓与建设台湾文学,文联应该采取的组织形态必须是有能力提升反映台湾现实的作品质与量的。为此,他认为文联最重要的是要在大众中培育作家,并唤起成名作家对台湾现实面的注意。在对文联及其刊物《台湾文艺》失望后,杨逵离开了文联,并另起炉灶创办了"台湾新文学社"及其刊物《台湾新文学》。正如上文所述,杨逵此种做法"被当时及战后部分文艺界人士质疑为'破坏文联团结'"。④当然,也有不少研究者撰文为其辩驳,比如陈芳明指出,杨逵之所以在加入文联不到一年的时间就主动选择退出"与其说是意气之争,倒不如说是意识之分";陈芳明通过事实论证说明杨逵做出这样的选择,是由于和文联领导人张深切在文学理念上产生了不可调和

① 杨逵:《迎接文联总会的到来——提倡进步作家同心团结》,林郁芯译,载彭小妍编:《杨逵全集(第九卷)》,文化资产保存研究中心筹备处,2001 年,第 330 页。
② 杨逵:《进步的作家与共同战线——对〈文学案内〉的期待》,邱振瑞译,载彭小妍编:《杨逵全集(第九卷)》,文化资产保存研究中心筹备处,2001 年,第 278 页。
③ 杨逵:《不必打灯笼——文联团体的组织问题上——》,涂翠花译,载彭小妍编:《杨逵全集(第九卷)》,文化资产保存研究中心筹备处,2001 年,第 244 页。
④ 赵勋达:《〈台湾新文学〉(1935—1937)的定位及其抵殖民精神研究》,台南市立图书馆,2006 年,第 2 页。

的冲突。①叶石涛通过研究指出，杨逵离开文联的原因固然是由于文学路线的歧见，然而导火线是《迈向绅士之道》的刊载问题，即身为《台湾文艺》日文编辑的杨逵决定选用该文，而总编辑张星建则反对，两人间的冲突遂演变成文联的内讧，最后导致杨逵离开。②陈芳明与叶石涛的研究都证明了杨逵离开文联并非任意而为、单纯为反对而反对。杨逵曾在《"台湾新文学社"创立宣言》(1935 年 11 月)自述如下：

> 八月十一日举行的全岛文艺大会上，议决通过了向全岛各报请求开放文艺版的案子。可是到现在为止，还看不出岛内作家活动的舞台有扩大的趋势。在文艺大会上，全体人员都赞成这项决议案；由此可见，对慢慢抬头的台湾新文学家而言，可以让他们活动的舞台非常狭窄。处在这种状态下，如果没有什么人肯提供舞台，当然就只好靠我们自己的双手打造了。
>
> "台湾新文学社"更会尽最大的努力，把各种出版品推广到大众之中。我们就打算用这些方法，一气呵成解决品质提升和大众化等问题。③

杨逵在《台湾新文学》发刊词中也申明：

> 我经过深思熟虑，得出的结论是，为了台湾的作家与读者们，迫切需要建设适于台湾现实的文学机关。但是似乎谁也不愿意给他们。作家与读者到了这样的地步，只能积少成多，集起自己零碎

---

① 陈芳明：《台湾文坛向左转——杨逵与三〇年代的文学批评》，《台湾文学学报》2005年第 12 期。
② 赵勋达：《〈台湾新文学〉(1935—1937)的定位及其抵殖民精神研究》，台南市立图书馆，2006 年，第 2 页。
③ 杨逵：《"台湾新文学社"创立宣言》，涂翠花译，载彭小妍编：《杨逵全集(第九卷)》，文化资产保存研究中心筹备处，2001 年，第 420~421 页。

的钱,来建设这样一个舞台,自我勉励下去,这也就是"台湾新文学社"的创成记。①

依据以上几段文字可见,杨逵创立"台湾新文学社"并发行刊物《台湾新文学》是有良苦用心的,即为了更好开拓建设台湾新文学与实践文艺的大众化。1937 年随着日本侵华战争的进一步深化,台湾的"皇民化运动"进一步展开。"台湾总督府"规定 4 月 1 日起,一切学校、商业机关都不准使用汉文,台湾各报章杂志的汉文版也一律撤废。《台湾新文学》1937 年 6、7 月合刊号后,因语言问题即停刊未继。虽然《台湾新文学》存在时间并不长,从 1935 年 12 月创刊到 1937 年 6 月停刊,仅持续了一年半时间,只发行了十五期,但是其所取得的成绩却是有目共睹的。黄得时曾说过:《台湾文艺》和《台湾新文学》前后的三年间,其文学成就就超过了过去十年的总和。②

第三,向大众推荐优秀文艺作品。杨逵曾经呼吁文联应该承担起在大众中培育作家的责任,倡议文联除了采取有效组织形态、提供大家创作舞台外,还要给大家读书研究的机会。杨逵在《"台湾新文学社"创立宣言》中所提出的方针之一,即要"给予文学研究者或爱好者充分的读书研究机会"③。为此,毫无疑问创立"台湾新文学社"是杨逵践行自己主张的实际行动。此外,尤其是在七七事变前杨逵也向大众推荐了不少优秀文艺作品(包括杂志),比如中国杰出电影《人道》、日本进步杂志《文学案内》、中国现代作家萧军小说《第三代》,包括他自己的作品《灵笺》《送报夫》等。值得注意的是,杨逵在向大众推荐自己的作

---

① 杨逵:《创刊词》,载[日]中岛利郎、河原功、下村作次郎编:《日本统治期台湾文学文艺评论集(第二卷)》,绿荫书房,2001 年,第 209 页。

② 转引自赵勋达:《〈台湾新文学〉(1935—1937)的定位及其抵殖民精神研究》,台南市立图书馆,2006 年,第 1 页。

③ 杨逵:《"台湾新文学社"创立宣言》,涂翠花译,载彭小妍编:《杨逵全集(第九卷)》,文化资产保存研究中心筹备处,2001 年,第 420 页。

品时,使用了笔名,比如《送报夫——杨逵君的作品》(1934 年 10 月)、《灵笺与迷信——〈革新〉杂志上的杨逵与赖庆》(1934 年 11 月)两文均以笔名"赖健儿"发表。杨逵的自荐文中可见到的是,他不仅在文学书写中切实地践行自己的文学主张,即以真实诚恳的态度,为普罗大众发声;而且他对自己的文学书写充满了自信。如在《送报夫——杨逵君的作品》写道:

> 《送报夫》这篇作品的确充满张力,充分表现出弱者的心声。不仅如此,它既不是时下流行的哀叹,也不是自暴自弃、无政府主义般的怒吼;而是一种真实诚恳有秩序的人生道路,读后仍然鲜明地残留在脑海中。①

《灵笺与迷信——〈革新〉杂志上的杨逵与赖庆》写道:

> 《灵笺》与《送报夫》都是普罗小说中的前卫作品,新颖、独创,具有不可抗拒的张力,紧抓读者不放,驱使他们前进,给读者一种绝妙的感受;相反地,(赖庆的)《迷信》与《女性悲曲》则是资产阶级小说的附庸,虽然题材不错(《迷信》开首十行写得很好),但缺乏独树一帜的特色和新意,主题不连贯,叙述极为混乱,最后变成不知所云,若没有足够的耐性,恐怕难以卒读。②

当然,杨逵确实有对自身文学书写自信的资本,不仅因为他的作品确实值得共赏;而且在上述两文发表前,他刚刚凭借小说《送报夫》

---

① 赖健儿:《送报夫——杨逵君的作品》,邱振瑞译,载彭小妍编:《杨逵全集(第九卷)》,文化资产保存研究中心筹备处,2001 年,第 87 页。
② 赖健儿:《灵笺与迷信——〈革新〉杂志上的杨逵与赖庆》,邱振瑞译,载彭小妍编:《杨逵全集(第九卷)》,文化资产保存研究中心筹备处,2001 年,第 93 页。

斩获东京《文学评论》第二奖(首奖缺),成为第一位进入日本文坛的台籍作家。

第四,通过评论杂文不断书写自身的文学观。杨逵曾经对文学最高目的有如下定义:"所谓的文学,是为了要向人传达思想感情,而以文字来进行的手段。因此,文学的最高目的在于最充分、最精确地表现自己的思想感情,最完整地传达给他人。"①那么作家如何进行文学书写才能最充分、最精确地表现自己的思想感情,并将自己的思想感情最完整地传达给他人? 对此杨逵也用系列文章进行了解答,论及了分析文学形式与内容的辩证关系、关涉文学书写语言等问题。杨逵坚持倡导真实的现实主义、艺术之"台湾味"与文艺大众化。在虑及实现文艺大众化的路径时,杨逵提倡报告文学书写,在《输血》(1937 年 7 月)中他指出:

> 作家若是守着文坛的象牙塔,始终使用文坛特有的语言,那么对大众而言,文坛就是异域,文坛语言就是外国语。因此,应先打破这个藩篱。要达到这个目的,必须从地方和大众输入新血,而这种输血工作必须透过报导文学来进行。②

为了更好地倡导报告文学写作,杨逵不但自己写下多篇报告文学作品,如《台湾地震灾区勘察慰问记》(1935 年 6 月)、《台湾地震灾记——感想二三》(1935 年 6 月)、《逐渐被遗忘的灾区——台湾地震灾区劫后情况》(1935 年 7 月)等;并且还于 1937 年 2 月至 6 月间,先后发表了《谈"报导文学"》(2 月)、《何谓报导文学》(4 月)、《报导文学问

---

① 杨逵:《评江博士之演讲——谈白话文学与文言文学》,涂翠花译,载彭小妍编:《杨逵全集(第九卷)》,文化资产保存研究中心筹备处,2001 年,第 105 页。

② 杨逵:《输血》,邱慎译,载彭小妍编:《杨逵全集(第九卷)》,文化资产保存研究中心筹备处,2001 年,第 536 页。

答》(6 月)等理论文章,成为台湾最早有系统地提出报告文学的论述者,被视为台湾报告文学第一人。①

七七事变后,台湾军司令部随即发表强硬声明,禁止台湾民众"非国民之言动",但凡涉及重要社会政治问题与事件的作品都被殖民当局列为严格审查范围。1937 年 8 月 15 日始台湾进入战时体制,殖民当局对台湾民众的管控更为粗暴。不但禁止台湾民间传统戏剧、音乐演出,还禁止传授传统武术,对民间传统的宗教祭祀也加以限制与禁止。② 1941 年"皇民奉公会"成立后,台湾社会环境更加严苛。七七事变前的台湾文坛热闹非凡,不只是岛内报纸,连《大朝》(《大阪朝日新闻》台湾版)都为台湾文学提供许多舞台;当时许多台湾文学的骑士们齐聚在这些舞台上,并肩奋战。七七事变后,台湾文坛在高压状态下变得沉寂无声了。③在这样的历史环境中,杨逵评论杂文书写的侧重点也有所转变。

如果说七七事变前,杨逵评论杂文侧重聚焦台湾文学的宏观或微观层面,那么七七事变后,杨逵除了在 1943 年间参与以西川满、滨田隼雄为首的《文艺台湾》派进行论争而发表杂文《拥护"粪现实主义"》(1943 年)直接表明自己拥护现实主义文学的立场、表达对日人作家长期以来的外地文学论与浪漫主义耽美文风的不满之外。④他更侧重于或者以回忆形式书写过往人事,或者动情地记录台湾的民俗风情,或者创作"肯定""志愿兵"和"征兵制"等貌似顺应"皇民化政策"的作品。

一是,以回忆形式书写过往人事。比如《纳鞋底》(1942 年),该文由

---

① 林淇瀁:《台湾报导文学书写策略分析》,《台北教育大学语文集刊》2013 年第 23 期。
② 《高唱欢喜的青春之歌——寻找新民主同志会林如埻》,载蓝博洲:《寻找祖国三千里》,新星出版社,2018 年,第 177~178 页。
③ 杨逵:《台湾文学问答》,涂翠花译,载彭小妍编:《杨逵全集(第十卷)》,文化资产保存研究中心筹备处,2001 年,第 24 页。
④ 《拥护"粪现实主义"》杨逵当时是以"伊东亮"笔名发表的。大约同时期,杨逵还作有一篇题为《插秧比赛》的短文,文中对西川满、滨田隼雄等人充满了讽刺,但此作杨逵生前并未公开发表。

见妻子在灯光下纳鞋底忆起三十多年前母亲为自己及兄弟姐妹缝制鞋底的事。《忆赖和先生》(1943年)中,杨逵回顾了十四五年前首次见到赖和先生的感受,赖和先生曾经替他改稿、在生活中给予帮助的过往与赖和先生离世后民众的反映等。①《一只蚂蚁的工作》(1943年)中,杨逵回忆起创作处女作《自由劳动者的生活剖面——怎么办才不会饿死呢？》的情景。

二是,动情地记录台湾地区的民俗风情。比如《民众的娱乐》(1942年)中,杨逵回忆往昔正月十五"元宵暝"、正月十九"天公生"等节庆活动,以及布袋戏、讲古等台湾地区原有的民众娱乐形式,并提出"奉公班"的做法必须立足于台湾民俗。②《土地公》(1942年)中,杨逵回忆了三月初三、五月初五、七月初七、九月十九、七夕等传统节日的应景食品,并书写了拜土地公的趣事,同时指出"不管是什么样的(民俗)形式,平凡无奇的人生还是偶尔要有这类的变化才行。"③杨逵对台湾传统民俗风情的书写,暗含着他对殖民当局钳制台湾民众,破坏台湾文化、风俗的态度;可视为他反对殖民同化政策、坚持现实主义文学精神、坚守台湾传统文化的一种隐晦方式。杨逵这类写作与吕赫若在"皇民化时期"创作《风水》《合家平安》《石榴》;与黄得时、杨云萍、吴新荣等人在当时参加编写《民俗台湾》,努力记录、保存台湾独特的民生民俗;④与简国贤、吕泉生、王井泉等人通过戏剧演出,以表面顺应"皇民化政策"姿态来呈现台湾特有民俗风情的努力有异曲同工之处。

---

① 《忆赖和先生》是在赖和先生去世后,受《台湾文学》之邀所作的悼念性文章。
② 杨逵:《民众的娱乐》,涂翠花译,载彭小妍编:《杨逵全集(第十卷)》,文化资产保存研究中心筹备处,2001年,第11页。
③ 杨逵:《土地公》,涂翠花译,载彭小妍编:《杨逵全集(第十卷)》,文化资产保存研究中心筹备处,2001年,第46页。
④ 《民俗台湾》创刊,本是总督府为了更好推行"皇民化运动"的举措之一,但实际上不论是该刊实际发起人池田敏雄,还是主要的执笔者之一金关丈夫都是对台湾抱着同情之心的日本人,因此《民俗台湾》在当时为保存台湾民俗文化起了很大的作用。而此期间杨逵的《民众的娱乐》《土地公》等文就发表在该刊上。参见[日]池田敏雄:《植民地下台湾の民俗雑誌》,载台湾近现代史研究会编:《台湾近现代史研究Ⅱ》,绿荫书房,1993年,第121~127页。

三是，创作"肯定""志愿兵"和"征兵制"等貌似顺应"皇民化政策"的作品。随着战线拉长，1942年4月1日后日本在台湾陆续实施陆军特别志愿兵制度、征兵制度及海军特别志愿兵制度等，强征台湾青年男子与日本青年一样去当兵。据台湾总督府《台湾统治概要》统计，从1942年到1944年三年间，一共有六千余名（汉族四千二百余名和一千八百余名少数民族）台湾人"志愿"入伍陆军。被胁迫参加"海军特别志愿兵"的台湾青年一共有一万一千余名。陆、海军的"志愿兵"加起来共计有一万七千多人。①与此同时，殖民当局也正处心积虑地将台湾文学变成"皇民化运动"的宣传工具。1943年"台湾文学奉公会"成立。在这样的历史情境下，杨逵似乎也逐渐以适应日本国策的姿态进行书写。②其时他所作的《瞧！拉保尔的天空》（1944年11月）、《骑马战》（1944年11月）、《老雕和油豆腐》（1944年12月）等评论杂文，皆是"肯定""志愿兵"和"征兵制"。比如杨逵在《老雕和油豆腐》中写道："十年以后，阿亮十六岁，阿清十五岁。两人头碰头，一起填写着少年航空兵志愿书。"③在《瞧！拉保尔的天空》中则写道："班导师刘建国老师却不等他们毕业，就去当航空兵了。孩子们说，我们的老师成了航空选手，开心极了。他们很高兴，这下子樱班的海、陆、空精锐都齐全了。"④

　　在笔者看来，陈火泉《关于〈道〉这篇小说》中的一段话可用来解释杨逵这种书写转变，即"皇民化时期"在日本帝国主义高压统治下，你既不能面对面地作正面文学，就只好将悲哀与苦涩隐藏于字里行间……如果有的读者对故事中的主角表示欣赏，我劝你倒不必；相反

---

① 《注仔与黑仔——"二二八"台北武斗总指挥李中志及其弟弟》，载蓝博洲：《寻找祖国三千里》，新星出版社，2018年，第242页。
② ［日］尾崎秀树：《台湾出身作家文学的抵抗——谈杨逵》，载杨素绢编：《杨逵的人与作品》，民众日报社，1978年，第35页。
③ 杨逵：《老雕和油豆腐》，涂翠花译，载彭小妍编：《杨逵全集（第十卷）》，文化资产保存研究中心筹备处，2001年，第185页。
④ 杨逵：《瞧！拉保尔的天空》，涂翠花译，载彭小妍编：《杨逵全集（第十卷）》，文化资产保存研究中心筹备处，2001年，第189页。

地,如果有的读者对故事的主角有所谴责,我劝你也不必;因为故事中的那些言论和作为,完全是时代和环境逼出来的。①换言之,杨逵评论杂文书写风格从前期的直接书写转变为曲笔隐微,可视为他在殖民高压统治下所采取的一种应对策略,即"以适应日本国策的姿态,发表了许多把抵抗深藏在底层的作品"②。

那么以七七事变为界,沉寂了近四年后复出文坛的杨逵,其文学创作前后期又有着怎样的不同? 下面笔者将侧重以小说、戏剧、诗歌为对象,继续阐析杨逵日据期间的文学书写特色。

杨逵曾说过:

　　我决心走上文学道路,就是想以小说的形式来纠正被编造的"历史",历来的抗日事件自然对于我的文学发生了很大的影响。至于描写台湾人民的辛酸血泪生活,而对殖民残酷统治型(形)态抗议,自然就成为我所最关心的主题。③

检视杨逵日据期间的文学作品,笔者认为杨逵此期文学创作所关注的重点大致由反映阶级矛盾为主转至以反映民族矛盾为主,其创作风格基本也从前期的直接书写到后期的曲笔隐微。

陈芳明曾论述指出:"无可否认的,参与三〇年代文学工作的作家往往为两个议题感到苦恼,一是民族立场,一是阶级立场。这两种立场之间的协商与冲突,正是当时第三世界知识分子所共同面临的问题。"④

---

①　林瑞明:《骚动的灵魂——决战时期的台湾作家与皇民文学》,载林瑞明:《台湾文学的历史考察》,允晨文化实业股份有限公司,1996年,第318页。

②　王晓波:《论〈和平宣言〉及〈"首阳"解除记〉》,载王晓波:《被颠倒的台湾历史》,帕米尔书店,1986年,第25页。

③　陈芳明:《放胆文章拼命酒——论杨逵作品中的反殖民精神》,载黄惠祯编:《台湾现当代作家研究资料汇编04 杨逵》,台湾文学馆,2011年,第204页。

④　陈芳明:《台湾文坛向左转——杨逵与三〇年代的文学批评》,《台湾文学学报》2005年第12期。

虽然杨逵具有强韧的民族精神,且日据时期杨逵所处的环境是殖民地社会,他的民族意识和阶级意识难以全然分而视之。同时,日据时期台湾社会的主要矛盾应该是殖民与抵抗殖民之间的关系。此外,杨逵也曾说过:"(坚决反抗异族统治的基本觉悟)就是我返台后所有写作和参加民族运动的动力。"①然而检视杨逵七七事变前的文学作品,相较而言,其中反映出的阶级意识明显要强于民族意识。王美薇在论文《普罗的知音——试论杨逵战争期(1942—1945)社会主义色彩作品中本土意识的偷渡》中也指出:"自1934年之后(《送报夫》获奖后)四年间的作品主题,着眼于普罗大众的阶级抗争,以社会主义色彩来凸显阶级之间不公平的剥削压迫,揭发资本资产阶级的丑恶面,来实践社会运动的理想,是他自己(杨逵)觉得值得努力的方向。"②

综观杨逵此期间的创作,如处女作《自由劳动者的生活剖面——怎么办才不会饿死呢?》(1927年)中以日本青年伊藤的惨死,饥饿老人战栗着的骨节嶙峋、皮包骨的手指,仿佛为了活下去而挣扎着的样子等,写尽了资本家敲骨吸髓的卑劣与被压迫而濒临死亡的工人们的不幸。如在《送报夫》(1932年)中,杨逵虽然也写及了因制糖公司强收土地而陷入悲惨境遇的台湾农民,但他用了同样的篇幅书写了在东京与杨君一样被恶鬼般派报所老板糟蹋的送报夫们的境遇,呈现了无论在哪个国度,资产阶级对无产阶级的压迫与剥削都是一样的事实,即"世界上只有两种人,一种是压迫阶级,一种是被压迫阶级"③。在充满死亡意识的小说《死》(1935年)中,杨逵通过奢华无比且残忍至极的富户与

---

① 梁景峰:《我要再出发——杨逵访问记》,载彭小妍编:《杨逵全集(第十四卷)》,文化资产保存研究中心筹备处,2001年,第142页。

② 王美薇:《普罗的知音——试论杨逵战争期(1942—1945)社会主义色彩作品中本土意识的偷渡》,载《第一届台湾文学研究生学术论文研讨会论文集》,台湾文学馆筹备处,2004年,第137页。

③ 杨逵口述、许惠碧笔记:《台湾新文学的精神所在——谈我的一些经验和看法》,载彭小妍编:《杨逵全集(第十四卷)》,文化资产保存研究中心筹备处,2001年,第33~34页。

穷困凄惨的贫民阿达叔们的鲜明对照,传达出鲜明的阶级情感。寓言故事《顽童伐鬼记》(1936 年)则以跨国性视野,关涉了移民/工等资本主义国际化议题。此外,小说《灵笺》《难产》《水牛》《蕃仔鸡》《田园小景——摘自素描簿》及戏剧《猪哥仔伯》等作品中,虽然也将故事的背景设置于日据时期,但是这些作品同样更突出了资本家、地主、富豪与工农大众之间的阶级矛盾。这些作品中资本家、地主、富豪灯红酒绿的奢靡生活与工农阶级处于水深火热之中,饱受死亡威胁的不幸;资本家、地主、富豪的为富不仁与工农阶级间的互助友善;地主、富豪的为虎作伥欺压民众与工农阶级的团结抗争等形成了鲜明对照。

杨逵阶级思想与民族思想的形成都与他留学东京时期有密切关系。1924 年,年仅 19 岁的杨逵因不满家里安排的婚姻与希望汲取更多的新知,中学肄业负笈东渡。尽管少年时期杨逵已经觉察到日本殖民统治下的很多问题,但是到日本后随着年龄的增长和知识的增加,他慢慢对事物有了更深的认识。尤其是在第一次世界大战后,世界各地民族自决和自由民主的呼声日高,几乎所有被殖民者都有了这种乞求。在这样的历史情境中,杨逵也有了坚决反抗异族统治的基本觉悟。此外,留学日本期间的艰辛生活对杨逵阶级思想的形成也产生了重要影响。留日期间杨逵尝到了人生中最为艰困的滋味,他经常身无分文,甚至常常"早上喝开水,中午番薯混一餐,晚上空肚子"。经济情况不稳促使杨逵到处做零工度日,他送过报纸、当过临时邮差,也做过水泥工。①当时日本正处于经济萧条的时期。由于其时日本普罗列塔利亚文学运动也正如火如荼地展开,②杨逵于是积极参加到社会运动中,同时研读社会科学,并开始阅读马克思的经典巨著《资本论》。1928 年杨逵

---

① 杨逵:《我的回忆》,载黄惠祯编:《台湾现当代作家研究资料汇编 04 杨逵》,台湾文学馆,2011 年,第 109~112 页。

② 叶石涛:《杨逵的文学生涯》,载黄惠祯编:《台湾现当代作家研究资料汇编 04 杨逵》,台湾文学馆,2011 年,第 238 页。

写作了《当面的国际情势》,在文中他深刻分析了当时的国际形势,并呼吁全世界无产阶级要动员全势力、集中全势力对帝国主义战争的危机进行彻底斗争。大约在同一时期,杨逵着手翻译拉美卓斯和乌司卓鲁美智野农合著的《经济学概论、经济学及苏维埃经济的理论》中的《价值论》部分。[1]而七七事变前杨逵的多数小说、戏剧,可视为其对社会经济问题的生动阐释。

七七事变后,当台湾的文化活动几乎被"皇民化运动"淹没之际,杨逵为表示宁饿死也不为敌伪所用的决心,隐居并全力垦殖首阳农园。[2]然而在终战前夕,在"文学翼赞国策"的大背景下,台湾作家的自主权完全丧失。他们甚至无处回避被动员被操控的命运,连不发声的权利都被剥夺,杨逵正是如此。结合杨逵日据时期的经历与创作情况,可知杨逵七七事变后近四年间,确实因为"全力垦殖首阳农园"而甚少创作。但是"皇民奉公会"成立后,杨逵的创作却渐多,甚至发表了不少貌似顺应"皇民化政策"的作品。1942 年后,杨逵的文学创作有了较此前明显的转变。就作品关注点而言,以小说尤为突出,从之前反映阶级矛盾为主逐渐转变为以反映民族矛盾为主。正如黄惠祯指出的:"(此期杨逵)小说创作已不只是工农阶级的代言人,除了迂回曲折地批评日本的治台政策外,更进一步揭发日本穷兵黩武的罪行。"[3]

杨逵在《鹅妈妈出嫁》后记中明确地表述了他写作《鹅妈妈出嫁》与《泥娃娃》的意图:

> 七七事变后战线一直扩大,延伸到东南亚,日本军阀陷入泥沼不可自拔,才知道人民力量的不可欺;这只狼便穿上羊皮,假慈

---

① 此译文收录于《杨逵全集》(第十四卷),尽管未知其始译于何时,但此译作由工农文库刊行会于 1931 年出版。

② 杨逵:《日本殖民统治下的孩子》,载彭小妍编:《杨逵全集(第十四卷)》,文化资产保存研究中心筹备处,2001 年,第 28 页。

③ 黄惠祯:《杨逵及其作品研究》,麦田出版社,1994 年,第 78 页。

悲起来了。高唱"东亚共荣圈",高唱"打倒英米帝国主义",动员文化界提倡"共存共荣"……一九四一年四月九日"皇民奉公会"成立,当年十二月八日太平洋战争开始,台湾总督府官方杂志《台湾时报》编辑植田君找我要稿,我给他写了《泥娃娃》和《鹅妈妈出嫁》,我的意图是剥掉他的羊皮,表现他这只狼的真面目。①

尽管七七事变前杨逵的小说中也有将故事背景设置于日据时期的,甚至在《蕃仔鸡》中也写作了殖民体制下台籍工人被区别对待的现象。但是如前文所述,当时杨逵作品中更突出反映的是阶级矛盾。七七事变之后,尤其在1941年4月9日"皇民奉公会"成立后,当台湾文学界逐渐被全面染成"皇民文学"之际,杨逵文学创作的内容也有了变化,作品的关注焦点已由阶级矛盾转向民族矛盾了。如《无医村》中主要反映的是殖民时期的医疗问题,《鹅妈妈出嫁》则旨在揭示日本军阀提倡的"共存共荣"的虚假性,《泥娃娃》《犬猴邻居》等更是将重点落至对"志愿兵制度"的批判上。②

1942年后,杨逵的文学创作除了内容有所转变外,创作风格也大致与评论杂文一样从直接书写到曲笔隐微。由于时局愈加紧迫,殖民当局也加快将台湾新文学推入"皇民化运动"和"决战时期"体制的进程。1943年春"台湾文学奉公会""日本文学报国会台湾支部"成立,台湾作家的处境更加艰难。他们甚至连不说话的权利都没有,多少都被迫写了与"决战""共存共荣"有关的作品。如果说此前杨逵作品中爱憎情感还能较直接地表达出来,那么此后的小说,如《犬猴邻居》《增产之背后——老丑角的故事》等,则与前面所论及的《老雕和油豆腐》《瞧!拉保尔的天空》《骑马战》等杂文一样,似乎是以适应日本国策的姿态

①　杨逵:《鹅妈妈出嫁"后记"》,载彭小妍编:《杨逵全集(第五卷)》,文化资产保存研究中心筹备处,1998年,第429~430页。

②　《泥娃娃》《犬猴邻居》同时还批判了人的劣根性。

进行的书写。《犬猴邻居》《增产之背后——老丑角的故事》不但"肯定""志愿兵"和"征兵制",甚至还表示了愿为日本国战死的决心。《犬猴邻居》中写道:"对林坚来说,拉牛车的、老百姓的和家人的毫不矫饰的'万岁'声,却让他觉得心里踏实愉快。他(林坚)想,为了国家(日本),自己可以安心地死去了。"①

《增产之背后——老丑角的故事》,原本就是"应邀之作"。"抗日末期(一九四四年六月),台湾总督府情报课,邀请台籍作家分赴各处产业结构,实地参观战时体制,以撰写《报告文学》,呼应日本帝国主义的南进政策。本篇系杨逵先生应邀前往石底炭坑,观察煤矿工人生活所撰述的小说。"②为此,对作品中存在着"那种跟随美的东西,宁愿让自己跃入危险境地,这种纯粹的心情,该是美丽的日本精神之萌芽吧"③,这样"称颂"日本精神的文字也就不难理解了。此外,小说《红鼻子》、戏剧《怒吼吧! 中国》是以反对英美帝国主义为主要内容,也符合了当时日本国策,为此这两部作品不但得以出版,《怒吼吧! 中国》还得以公开演出。不过,杨逵在"决战体制"下创作的这几篇作品,甚至于"参赞国策"的"应邀之作"《增产之背后——老丑角的故事》与龙瑛宗《死于南方》(1942 年)其实是一样的,即表面上看是以适应日本国策的姿态进行书写,其实都不过是在当时严峻时局下的曲笔隐微,杨逵是将抵抗深藏在作品的底层。④

比如小说《泥娃娃》显在可见的是,杨逵痛批专发国难财的台湾人富冈之流的卑劣行径;实际上小说不仅通过林文钦一家的不幸以揭示

---

① 杨逵:《犬猴邻居》,叶笛补译,载彭小妍编:《杨逵全集(第八卷)》,文化资产保存研究中心筹备处,2000 年,第 170 页。

② 杨逵:《增产之背后——老丑角的故事》,钟肇政译,载彭小妍编:《杨逵全集(第八卷)》,文化资产保存研究中心筹备处,2000 年,第 87~88 页。

③ 杨逵:《增产之背后——老丑角的故事》,钟肇政译,载彭小妍编:《杨逵全集(第八卷)》,文化资产保存研究中心筹备处,2000 年,第 87 页。

④ [日]尾崎秀树:《台湾出身作家文学的抵抗——谈杨逵》,载杨素绢编:《杨逵的人与作品》,民众日报社,1978 年,第 35 页。

日本军阀提倡"共存共荣"的虚假性,同时在"我"与长子的交谈中还暗讽了日军征伐的非正义性。"虽然大家都说,对于坏家伙,要惩罚他。可是,什么人才是坏人,你知道吗?""当然知道。欺负弱小的,一定是坏家伙了。偷窃人家的东西的,也是坏人。"①

在《犬猴邻居》中也可以真切感受到杨逵为逃避检查而给小说套上合理外衣的良苦用心,"作者之所以敢写出这个大逆不道的东西,是因为希望在我们所有的邻居当中,全部国民都抱持严峻精神反省,将盘踞在我们内心角落的桀骜不驯赶出,以便贯彻真正的邻居精神"②。

杨逵将自己真正创作意图隐藏在作品中。首先,因为有像邻长陈辉这样的"犬"与甲长刘通这样的"猴",为此日本军阀所倡导的"灭私奉公"邻居精神并未能真正践行。其次,通过青年林坚离别盲母出征时的感伤也暗示了所谓的"志愿兵制度"的非"志愿"性与残酷性。再次,虽然杨逵表面上批判的是富冈、陈辉、刘通等台湾人所具有的劣根性,但实际上也暗含了日本军阀"圣战"必败的信念。因为战争非正义、"志愿兵制度"无人性,且后方还有那么多如陈辉与刘通之流的"犬""猴"在横行,为此日本军阀必然失败。尽管《红鼻子》《怒吼吧! 中国》看似在迎合日本军阀高喊的"打倒英美帝国主义"呼声中写下的英美国家侵华的历史剧,但是因为两部作品皆作于抗战期间,为此在无形中都影射了日本的侵略战争。③

《增产之背后——老丑角的故事》是杨逵饱受争议的小说。从钟肇政曾经对是否翻译这篇作品持极为谨慎的态度也可见一斑。④如上所

---

① 杨逵:《泥娃娃》,涂翠花校译,载彭小妍编:《杨逵全集(第五卷)》,文化资产保存研究中心筹备处,1998 年,第 343 页。

② 杨逵:《犬猴邻居》,叶笛补译,载彭小妍编:《杨逵全集(第八卷)》,文化资产保存研究中心筹备处,2000 年,第 161 页。

③ 杨逵:《光复前后》,载彭小妍编:《杨逵全集(第十四卷)》,文化资产保存研究中心筹备处,2001 年,第 13 页。

④ 张恒豪:《超越民族情结重回文学本位——杨逵何时卸下"首阳农园"》,《文星》1986年第 9 期。

述,这篇作品是杨逵在"总督府"邀约下,参观石底炭坑的实地见闻。不可否认,这篇小说的主题多少含有配合决战政策,鼓吹日台融合、增产报国,与颂扬大和精神的意味。对这篇"含有扭曲自我、呼应时局的意味"的小说,张恒豪曾经撰文认为:

> 假如,这是出自杨逵的原意,我并不觉得诧异,究竟形势比人强,那像是一段被倒吊起来的岁月,价值悬空,信仰崩溃,炸弹在眼前开花,死亡在暗处招手,人们无法掌握自己,看不清局势的演变,不敢妄想今天的命运,这种不愿捏死自己而与世推移的论调,毋宁是可以理解的。[①]

从表面上看,此作确有配合决战政策、呼应时局的意味,但是从杨逵剖析创作时的心态看,不难洞察他在被迫创作时的痛苦、挣扎和努力寻找策略的用心:

> 有人要求我写决战作品,为了构思,我抽掉了三根烟。伟人的英雄功绩,当然是应该大书特书的主题。但是,我缺乏那方面的知识。因此,我想写蚂蚁一样孜孜勤于工作的国民,和那些化身为牺牲的棋子、默默做战争行列的基石的国民的生活。[②]

笔者认同张季琳指出的此作中在战时体制下,杨逵作为民众作家、行动主义作家的立场并没有失去的观点:第一,作为作家,他继续对民众现实生活给予密切关注;第二,作为农园经营者,他强化与民众

---

① 张恒豪:《超越民族情结重回文学本位——杨逵何时卸下"首阳农园"》,《文星》1986年第9期。

② 杨翠:《永不放弃:杨逵的抵抗、劳动与写作》,蔚蓝文化出版股份有限公司,2016年,第131页。

现实生活有直接关系的蔬菜生产;第三,通过矿山见闻的书写对内台融合寄予希望,同时也暗含了杨逵摸索民众生活向上的途径。①此外笔者还认为,杨逵将自身的反抗意识非常巧妙地隐藏在作品中,比如对矿山社长、所长的物化书写,"社长学起了猴子的模样,往坑上攀缘而上","社长成了一只蚯蚓般地上去";②比如对人们叫骂声戏谑似的书写"我记下这些人的叫骂声。我总是在研究各种不同叫骂声的效力"③;还比如在作品中原佣工老张告诉"我"被临时征调到矿山的事,以及老张与"我"之间关于小说真实性的富有深意的对话:

> 老张:"不过我也不是自己愿意才跑来的。在召集人(指"我")那儿干活的时候,真是快活的日子。"
>
> 老张:"最后的地方不太有趣。好像是捏造的。小说嘛,本来就是捏造的,但是被看穿是捏造的,那就不行啦。"
>
> "我":"怎么会跑到这样的地方来呢?我是人家要我来看看才来的,已经心惊胆战啦。动不动就动手动刀的。"④

总之,杨逵将抵抗意识隐藏于这些富有嘲讽意味的书写中。

以上笔者侧重分析了杨逵日据时期评论杂文、小说与戏剧等文学书写的特色。最后,值得一提的是杨逵日据时期写作的语言问题。杨逵曾说过:"对关心文学的人来说,台湾的语言是最根本的问题,这也是

---

① 张季琳:《戦时下の杨逵——「増産の蔭に」をめぐって》,载[日]藤井省三、黄英哲、垂水千惠编:《台湾的"大东亚战争"》,株式会社精兴社,2002年,第133~142页。
② 杨逵:《增产之背后——老丑角的故事》,钟肇政译,载彭小妍编:《杨逵全集(第八卷)》,文化资产保存研究中心筹备处,2001年,第76页。
③ 杨逵:《增产之背后——老丑角的故事》,钟肇政译,载彭小妍编:《杨逵全集(第八卷)》,文化资产保存研究中心筹备处,2001年,第80页。
④ 杨逵:《增产之背后——老丑角的故事》,钟肇政译,载彭小妍编:《杨逵全集(第八卷)》,文化资产保存研究中心筹备处,2001年,第54~55页。

殖民地文学上一个很大的烦恼根源。"①日据时期的台湾确实存在着多语杂存的现象。殖民当局强制推行的日语、台湾地区原有的方言、台湾旧知识分子向来使用的传统文言，以及五四运动后由大陆发展的现代白话文等，这些语言长期并存且相互渗透。早在 20 世纪 20 年代初，新旧文学论争展开的时候，对语言文字改革的关注与"话文"建设的课题就已经开始。比如陈炘、陈端明、黄呈聪、黄朝琴、张我军、赖和、黄石辉等人纷纷撰文，他们的意见虽然不一，甚或文辩不休，但不可否认，他们都在为台湾文学的发展建言献策。

　　杨逵从小就受日语教育，而且据其所言，日据时期他完全没有汉文的素养。②但是作为出生并成长于台湾的人，杨逵是懂得闽南语的。日据时期杨逵也曾尝试用闽南语写作，而且在战前，其闽南语文章也已在《台湾新民报》刊出来了。③结合杨逵的创作年表可知，杨逵在《台湾新民报》上登出的用闽南语书写的作品，应该是发表于 1935 年的小说《死》，此作乃是杨逵日据时期唯一以闽南语书写发表的小说。④陈芳明曾根据黄石辉的《答负人》（《南音》1932 年 6 月 13 日），指出杨逵在《台湾新闻》（1932 年）发表过一篇与"话文"建设相关的文章，但他遗憾地表示由于尚未获见该文，至今未能获知其立场与观点。⑤其实杨逵尝试用闽南语进行书写的做法，正表明了他对台湾语言文字改革、"话文"建设的关注与态度。当然，正如杨逵自言的由于"用闽南语从事文

---

　　① 杨逵：《台湾的文学运动》，涂翠花译，载彭小妍编：《杨逵全集（第九卷）》，文化资产保存研究中心筹备处，2001 年，第 363 页。

　　② 戴国辉：《杨逵忆述不凡的岁月——陪内村刚介先生访问杨逵于日本东京》，载黄惠祯编：《台湾现当代作家研究资料汇编 04 杨逵》，台湾文学馆，2011 年，第 175 页。

　　③ 戴国辉：《杨逵忆述不凡的岁月——陪内村刚介先生访问杨逵于日本东京》，载黄惠祯编：《台湾现当代作家研究资料汇编 04 杨逵》，台湾文学馆，2011 年，第 177 页。

　　④ 日据时期，杨逵还用闽南语书写过另一篇小说《剁柴囝仔》（未发表），以及几篇评论杂文，如杨逵在世时已发表的《当面的国际情势》、未发表的《劳动者阶级的阵营》《革命与文化》等。

　　⑤ 陈芳明：《台湾文坛向左转——杨逵与三〇年代的文学批评》，《台湾文学学报》2005 年第 12 期。

学的表现,在文字学上看,尚不很成熟",杨逵用闽南语尝试创作并未成功,"自家的造语太多,以后我自己看了,也搞不太清楚我自己究竟写了些什么"①。因此,日据时期杨逵的创作基本是用日语完成的,杨逵还因此被评论者称为"日语作家"。

## 第二节 战后初期:从热情拥抱到质疑问诘

> 未曾见过的祖国 / 隔着海似近似远 / 梦见的,在书上看见的祖国 / 流过几千年在我血液里 / 住在我胸脯里的影子 / 在我心里反响。/ 啊! 是祖国唤我呢 / 或是我唤祖国……
>
> 风俗习惯语言都不同 / 异族统治下的一视同仁 / 显然就是虚伪的语言 / 虚伪多了便会有苦闷 / 还给我们祖国啊! / 向海叫喊:还给我们祖国啊!

巫永福作于战争末期的这首诗歌《祖国》,不仅怒揭了日本殖民当局所谓"共存共荣""一视同仁"的欺骗本质,写尽了台湾民众在异族统治下的苦难不幸,而且深情地传递出对祖国的孺慕之情。

1945 年 8 月 15 日,日本天皇通过广播宣布投降,台湾终于结束了历时五十年的异族殖民时期,台湾民众终于得以回归祖国怀抱,寻回了失去半个世纪的"根"。巫永福曾经向海而叫的"还给我们祖国啊!"已然成真。

---

① 戴国辉:《杨逵忆述不凡的岁月——陪内村刚介先生访问杨逵于日本东京》,载黄惠祯编:《台湾现当代作家研究资料汇编04 杨逵》,台湾文学馆,2011 年,第176~178 页。

战后初期①,台湾民众欢欣鼓舞迎接祖国来人。据史料记载,1945
年 10 月 17 日国民党入台接管的先头部队陆军第 70 军的 75 师在基
隆港登陆时,"台湾万千民众扶老携幼,争先恐后拥往基隆,'箪食壶
浆,以表欢迎'"。在军队从基隆火车站登上开往台北专列时,三十万市
民夹道欢迎,竟从基隆一直排到台北火车站,长达八十多公里。他们时
而鼓掌欢呼,时而高唱《欢迎国军歌》:


　　　　台湾今日庆升平,

　　　　仰见青天白日清,

　　　　哈哈!

　　　　到处欢迎,

　　　　到处欢声。

　　　　六百万民同欢乐,

　　　　壶浆箪食表欢迎。②


那时的台湾民众充满对未来新生活的期待,正如杨逵说的:"那时候,
我们就觉得光复以后,在大家兴奋的心情之下,向民族、民权、民生努
力建设,台湾一定可以成为三民主义的模范省。"③

　　自从日本天皇宣布无条件投降后,台湾社会即面临着新的变化。
战后的台湾,国民政府替代日本殖民者治理台湾,日本警察乃至台人
日警都已不再出来维持社会秩序了。对那些长久以来处于日本殖民体

---

　　① 黄英哲曾将台湾"战后初期"界定为 1945 年 10 月 25 日国民党正式接收台湾以后,
至 1949 年 12 月国民党因内战败退到台湾为止。而黄惠祯则认为,"战后"一词应指"战争结
束以后",而且讨论杨逵在战后初期的作为,不应忽视从口据过渡到国民党正式接收的这两
个多月时间。笔者在本书中采用黄惠祯的界定。另,黄英哲界定的"战后初期"与现所公认的
"光复初期"实为同一时期。本书中多次出现"光复初期"的提法,为保留原貌。
　　② 何况:《拥抱阿里山:一九四五年光复台湾纪实》,解放军出版社,1998 年,第 248 页。
　　③ 杨逵:《光复前后》,在彭小妍编:《杨逵全集(第十四卷)》,文化资产保存研究中心筹
备处,2001 年,第 13~14 页。

制下的台籍有志知识分子而言,莫不认为发挥理想、施展抱负、投身建设台湾的大好时机已然来临。杨逵也不例外。

自从 1944 年 7 月 1 日开始就多处于蛰伏状态的杨逵,在战后第二个月便复出了,自此出入杨逵瓦窑寮的人也大为增加。后任台中市长的杨基先、后任台中市议长的蔡先於和林献堂等地方知名之士都曾为其瓦窑寮的座上客,青年学生更是往来不绝。几乎每天都有访客,人多时,十多个人围在一起,少时也有两三人。①面对着百废待兴的台湾,杨逵不但自觉"去殖民化",与叶陶一同加入中国国民党、参与国民党台中市党部的筹备工作,积极投身战后台湾的重建;而且还再度站立于群众之前,自觉地担负起教化民众的重任,②为促进台湾民众更好地学习祖国语言文化而努力。杨逵响应蒋介石号召的"新生活运动",组织民众、带领民众,成立"新生活促进队",指导"民生会";他将"首阳农园"改名为"一阳农园",并创办了台湾战后最早发行的杂志《一阳周报》③介绍孙文思想和三民主义、转载大陆地区五四运动以来的白话文学作品,比如孙文的《总理语录》《中国工人解放途径》《中国革命史纲要》,以及达夫的《三民主义大要》和茅盾小说《创造》。同时,他还以《一阳周报》作为平台邀请台湾各界人士以各自擅长的体裁书写个人意见,集思广益谋求台湾社会的重建。④杨逵还加入台湾评论社,担任《和平日报》"新文学"栏编辑,编辑出版《文化交流》杂志,主编《台湾力行报》副刊"新文艺",创办《台湾文学丛刊》杂志,编印中日文对照"中国

---

① 钟逸人:《瓦窑寮里的杨逵》,在黄惠祯编:《台湾现当代作家研究资料汇编 04 杨逵》,台湾文学馆,2011 年,第 125~132 页。

② 钟逸人在《瓦窑寮里的杨逵》中写道:"这个时期(战后初期),杨贵已开始注意到教育民众的重要性。"参见黄惠祯编:《台湾现当代作家研究资料汇编 04 杨逵》,台湾文学馆,2011 年,第 131 页。笔者认为,杨逵对民众教育问题其实一直是关注的(可参见本书第二章第一节及第四节),只是战后杨逵更为积极地投入到教化民众的实际行动中。

③ 叶芸芸:《试论战后初期的台湾知识份子及其文学活动(一九四五—一九四九年)》,载台湾文学研究会编:《先人之血·土地之花》,前卫出版社,1989 年,第 64 页。

④ 黄惠祯:《三民主义在台湾——杨逵主编〈一阳周报〉的时代意义》,《文史台湾学报》2011 年第 3 期。

文艺丛书"。据统计,战后初期杨逵自己创办、参与创刊、担任编辑的报刊乃至出版社就多达 7 种。①杨翠曾说过:"战后初期,杨逵以'一匹狼'的孤身战斗性格,以及跨组织结盟的开放性格,跨界奔走于各种权力光谱之间,寻求交流、合作、协商、对话,全力投身台湾社会的重建工作。这短短四年,几乎可以说是杨逵人生最活跃的四年。"②

然而期望越大,失望就越大。国民党派往台湾的"接收大员"巧取豪夺、胡作非为,与"三民主义"的民族、民权、民生原则完全背道而驰,致使台湾民众再度陷入痛苦的深渊。为此他们从原先的欢欣鼓舞,转变为失望至极,甚至强烈愤慨。这在吴浊流《波茨坦科长》、谢哲智《拾煤屑的孩子》以及钟理和《故乡》系列作品中多有反映。戴国辉在《杨逵忆述不凡的岁月》中,记录了杨逵的如下说法:

> 最明显的表现在当时(光复初期)的老百姓的言说里。他们都这么说:那不是什么三民主义,而是三眠主义。老百姓又这么说:教科书上所写的"你是台湾人,我是台湾人,他是台湾人"这样的句子,发音稍微改成闽南话来读,将变成意思完全不一样的话。也就是变为"捏死台湾人,饿死台湾人,踏死台湾人"这样的淘气话。这样的说法,在老百姓之间,挂在嘴上,贴在墙壁上,到处可见,而且逐渐扩大。①

---

① 此处统计主要参考黄惠祯:《文学年表》,载黄惠祯编:《台湾现当代作家研究资料汇编 04 杨逵》,台湾文学馆,2011 年,第 68~72 页。

② 杨翠:《孤岛,与一匹狼的相遇》,载黄惠祯:《战后初期杨逵与中国的对话》,联经出版事业股份有限公司,2016 年,第 8 页。

③ 戴国辉:《杨逵忆述不凡的岁月》,载黄惠祯编:《台湾现当代作家研究资料汇编 04 杨逵》,台湾文学馆,2011 年,第 179 页。

而且,据说当时在台湾还流传着这样一首新民谣:

> 台湾光复,欢天喜地;
>
> 四大家族,抢天劫地;
>
> 贪官污吏,花天酒地;
>
> 警察蛮横,昏天黑地;
>
> 人民痛苦,怨天尤地。[①]

亲历历史现场的钟理和曾说过:

> 当时(1946年)台湾在久战之后,元气丧尽。加之,连年风雨失调:先有潦患,潦没田禾;后有旱灾,二季不得下莳。尤以后者灾情之重,为本省过去所罕见。天灾人祸,地方不宁,民不聊生,谣言四起。[②]

在这样的社会背景下,终于爆发了震惊中外的"二二八"事件。检视杨逵在其间创作的诗歌,其中也多以反映台湾战后初期贪官污吏横行、奸商倚势欺负良民、台湾民众痛苦不幸为主要内容,如《勤》就颇具讽刺地书写了官商狼狈为奸、为敛财而不择手段:

> 你勤没我勤
>
> 透暝透日算盘不离身
>
> 交官结吏合作禀
>
> 抢购囤积转轮轮

---

① 何况:《拥抱阿里山:一九四五年光复台湾纪实》,解放军出版社,1998年,第256页。
② 蓝博洲:《幌马车之歌》,生活·读书·新知三联书店,2018年,第78页。

为著钱财不顾身

算盘抱到阎罗阵①

　　《上任》《营养学》《却粪扫》《不如猪》等诗歌一面书写出富人们"应有尽有"②"买肉来饲狗"③，另一面则书写出穷苦民众"日日难度"不如猪狗可以"食肉""食米"，只能"食草根配番薯"④，还因为"无米食饿到叫! 叫! 哮! "⑤

　　此外,在这个时期里杨逵的评论杂文中也有类似的反映,如《倾听人民的声音》《为此一年哭》《阿 Q 画圆圈》《"二二七"惨案真相——台湾省民之哀诉》等作品大胆呈现了台湾民众在国民党执政后的不幸处境:"很多的青年在叫失业苦,很多的老百姓在吃'猪母乳'炒菜 ,死不死生无路,贪官污吏拉不尽,奸商倚势欺良民,是非都颠倒,恶毒在横行"⑥;社会毫无言论自由"说几句老实话,写几个正经字却要受种种的威胁"。⑦在杨逵看来,台湾民众真是"打碎了旧枷锁,又有了新铁链"。⑧为此,杨逵大胆指陈陈仪政府未兑现初抵台湾(1945 年 10 月 25 日)在松山机场演讲时所许诺的"三不"原则("不撒谎、不偷懒、不揩油"),可

　　① 杨逵:《勤》,载彭小妍编:《杨逵全集(第九卷)》,文化资产保存研究中心筹备处,2001 年,第 39 页。
　　② 杨逵:《上任》,载彭小妍编:《杨逵全集(第九卷)》,文化资产保存研究中心筹备处,2001 年,第 24 页。
　　③ 杨逵:《童谣》,载彭小妍编:《杨逵全集(第九卷)》,文化资产保存研究中心筹备处,2001 年,第 28 页。
　　④ 杨逵:《民谣》,载彭小妍编:《杨逵全集(第九卷)》,文化资产保存研究中心筹备处,2001 年,第 34 页。
　　⑤ 杨逵:《生活》,载彭小妍编:《杨逵全集(第九卷)》,文化资产保存研究中心筹备处,2001 年,第 29 页。
　　⑥ 杨逵:《阿 Q 画圆圈》,载彭小妍编:《杨逵全集(第十卷)》,文化资产保存研究中心筹备处,2001 年,第 232 页。
　　⑦ 杨逵:《为此一年哭》,载彭小妍编:《杨逵全集(第十卷)》,文化资产保存研究中心筹备处,2001 年,第 229 页。
　　⑧ 杨逵:《为此一年哭》,载彭小妍编:《杨逵全集(第十卷)》,文化资产保存研究中心筹备处,2001 年,第 229 页。

谓"礼义廉耻之邦,在这一年来给我们看到的,已经欠了一个信字"①。当然,尽管对国民政府施政不满,但是在这些作品中,杨逵还是真诚地提出希望,即国民党执政者能够"倾听人民的声音"②,"来编排一剧建设的新戏"。③

在"二二八"事件中,杨逵一家也深受影响。杨逵次子杨建曾在《"二二八"之后的杨家人》中回顾了当时还是小学五年级学生的他亲历"二二八"事件的些许鲜明难忘的残断影像:为了躲过"二二八"的"风火头",父母曾带着家人在二水、田中、社头等地游走躲藏;某个深夜,四个便衣闯入家中用黑头车将父母带走;父母下落不明,全家既焦急又茫然;得知父母行踪,却不知他们将被判处何种刑罚而忧惧无措等,④不足千字的文章中所显露出的惊慌、痛苦、无措,令人无比揪心。

尽管当时社会乱象不断,但是台湾有识之士却一直未曾放弃战后文化的重建工作。"二二八"事件后不过九个月,即1947年11月,在《台湾新生报》"桥"副刊上展开了一场关于台湾新文学诸问题的论争。这场论争持续了近一年半,至1949年3月才结束。这基本是一场在台湾进行的中国左翼文学运动内部的议论,其间涉及了台湾文学的大众性、文学的指导思想(即历史唯物论)、新现实主义、革命浪漫主义、台湾新文学的属性,台湾新文学运动的统一战线等问题。⑤其实早在这场论争之前,杨逵即创作有《纪念台湾新文学二开拓者》⑥《幼春不死!赖

---

① 杨逵:《阿Q画圆圈》,载彭小妍编:《杨逵全集(第十卷)》,文化资产保存研究中心筹备处,2001年,第232页。
② 杨逵:《倾听人民的声音》,邱慎译,载彭小妍编:《杨逵全集(第十卷)》,文化资产保存研究中心筹备处,2001年,第227页。
③ 杨逵:《阿Q画圆圈》,载彭小妍编:《杨逵全集(第十卷)》,文化资产保存研究中心筹备处,2001年,第232页。
④ 杨建:《"二二八"之后的杨家人》,载康文荣编:《土匪婆V.S.模范母亲——杨逵的牵手叶陶》,杨逵文学纪念馆,2007年,第125页。
⑤ 陈映真:《序》,载蓝博洲:《消失在历史迷雾中的作家身影》,联合文学出版社有限公司,2001年,第7页。
⑥ 文中林幼春先生简介部分由庄幼岳执笔。

和犹在! 》《文学重建的前提》《台湾新文学停顿的检讨》等文章,不仅动情地追忆了台湾新文学的两位先锋人物林幼春与赖和,指出"(尽管他们)现在都死了;他们的肉体也许是毁了,但是他们的精神永远存在下一代青年的心窝里"①;同时还书写下他对台湾新文学建设的思考。至于1947年11月至1949年3月的这场论争,杨逵更是积极参与其中。他不仅于1948年3月、6月先后在《新生报》上发表《如何建立台湾新文学》《"台湾文学"问答》两篇文章,而且1948年6月至12月半年间,还在《中华日报》《海潮》《力行报》等不同刊物上发表6篇相关文章。检阅杨逵战后初期所撰的文章,可知当时他关于台湾文学建设的主张核心系"文艺大众化",即"坚持深入民众,为民众写作"②,"切切实实地表现人民的真实心情"③。

当然,"文艺大众化"不仅是杨逵自日据以来一贯的文学主张,也是台湾战后初期这场文学论争中大家达成的共同意识。早在1942年,延安文艺界就开展了一场轰轰烈烈的整风运动,这场运动不仅更加明确了文艺为人民大众服务的方向,同时也指明了文艺为大众服务的根本途径,即"中国的革命的文学家艺术家,有出息的文学家艺术家,必须到群众中去,必须长期无条件地全身心地到工农兵群众中去,到火热的斗争中去"④。1948年初春,中国正值解放战争白热化之际,共产党为了加强"统一战线"更努力推动知识分子"到民间去""向群众学习"。而与台湾这场文学论争开始的几近同一个时期,1948年3月香港也展开了"文艺大众化"讨论,并于同月创刊《大众文艺丛刊》、推出"文艺的

---

① 杨逵:《幼春不死! 赖和犹在! 》,载彭小妍编:《杨逵全集(第十卷)》,文化资产保存研究中心筹备处,2001年,第236页。

② 陈映真:《序》,载蓝博洲:《消失在历史迷雾中的作家身影》,联合文学出版社有限公司,2001年,第8页。

③ 杨逵:《如何建立台湾新文学》,载彭小妍编:《杨逵全集(第十卷)》,文化资产保存研究中心筹备处,2001年,第242页。

④ 转引自朱栋霖、朱晓进、龙泉明编:《中国现代文学史(1917—2000)(上)》,北京大学出版社,2007年,第289页。

新方向"特辑,此特辑迅即在国统区与香港文坛引起热烈回响。可以说当时大陆、香港、台湾近于同一时期展开了"文艺大众化"运动。[①]为此,杨逵这个时期所主张的"文艺大众化""坚持深入民众,为民众写作"[②],"切切实实地表现人民的真实心情"[③]。在某个层面上也可视为对当时兴起的"文艺大众化"运动的呼应。当然,在战后初期特殊的历史背景下,杨逵有这样的主张,除了是对台湾新文学建设路径的认真思虑,与对当时兴起的"文艺大众化"运动的呼应外,也是杨逵借机给予国民党执政者的一种苦心谏言,即要健全舆论,要好好倾听人民的声音,改变那种"包而不办"的坏风气,还人民以民主,给人民以言论、集会、结社的自由。

战后初期,除了诗歌创作与评论杂文的书写之外,杨逵所涉及的较为重要的文类还有翻译。1947 年 11 月至 1948 年 8 月间,杨逵先后出版中日文对照本"中国文艺丛书"三辑:《阿 Q 正传》《大鼻子的故事》《微雪的早晨》。[④]三辑丛书主要收录的分别是杨逵对中国现代名作家鲁迅、茅盾、郁达夫部分作品的译介。杨逵曾在《台湾新文学停顿的检讨》中说过:

> 由于日本极力阻碍祖国和岛内的文化交流,而且是长期如此,所以导致我们现在必须苦于多重隔阂。为了弥补这个鸿沟,我

---

① 徐秀慧:《解殖与国族想象——1948 年香港〈大众文艺丛刊〉与台湾〈桥〉副刊论争的"新中国""新文化"想象》,载柳书琴、邱贵芬编:《后殖民的东亚在地化思考:台湾文学场域》,台湾文学馆筹备处,2006 年,第 134~138 页。

② 陈映真:《序》,载蓝博洲:《消失在历史迷雾中的作家身影》,联合文学出版社有限公司,2001 年,第 8 页。

③ 杨逵:《如何建立台湾新文学》,载彭小妍编:《杨逵全集(第十卷)》,文化资产保存研究中心筹备处,2001 年,第 242 页。

④ 东华书局的"中国文艺丛书"第一辑后出书广告中共列六种书目,除了以上三种外,郑振铎著、杨逵翻译的《黄公俊的最后》也列在其中,并注明"印刷中",但该书至今仍未能得见,可能未曾出版。参见彭小妍编:《杨逵全集(第三卷)》,文化资产保存研究中心筹备处,1998 年,图七。另,该作郑振铎原题为《黄公俊之最后》,援引处保留原貌。

们必须付出过人的努力。具体的做法如下：作家的交流、刊物的交换，以及作品的交换等等，形形色色，但我们必须一一切实实行，克服这个困难。①

杨逵向台湾民众介绍大陆现代名家作品，毫无疑问正是"为了弥补这个鸿沟"，加强两岸文化交流所付诸的实践。

值得注意的是，战后初期杨逵的小说创作仅有《种地瓜》《归农之日》。就创作时间而言，这两篇小说是杨逵在进入战后初期最早的创作成果，它们均发表于 1946 年 3 月。就内容而言，这两篇小说都是以日据为时代背景、自况意味明显的作品，特别是《归农之日》反映的是杨逵 1934 年辗转高雄内惟寿山山麓以砍柴为生的经历。因此，可将这两篇小说视为其日据时期创作的延续。

相较而言，战后初期更能反映杨逵思想动态的是诗歌与杂文评论。从表面上看似乎有悖杨逵"决心要做一个小说作者"②的最初志向。但究其原因，除了时代转变使杨逵书写意图与最早的创作初衷"把这些被歪曲了的历史纠正过来"③有了不同之外，语言的转变也是杨逵战后初期创作文类比重较日据时期有所变化的重要原因之一。山口守就曾指出要读懂杨逵的文学，其创作语言的多元性是不能被忽视的。④此前，已有不少研究者曾论及创作语言转换后杨逵"文风突变"的问题。

---

① 杨逵：《台湾新文学停顿的检讨》，邱慎译，载彭小妍编：《杨逵全集（第十卷）》，文化资产保存研究中心筹备处，2001 年，第 224 页。
② 杨逵：《日本殖民统治下的孩子》，载彭小妍编：《杨逵全集（第十四卷）》，文化资产保存研究中心筹备处，2001 年，第 22 页。
③ 杨逵：《日本殖民统治下的孩子》，载彭小妍编：《杨逵全集（第十四卷）》，文化资产保存研究中心筹备处，2001 年，第 22 页。
④ ［日］山口守：《杨逵——殖民地的眼光》，载［日］藤井省三、黄英哲、垂水千惠编：《台湾的"大东亚战争"》，株式会社精兴社，2002 年，第 129 页。

比如张朝庆指出：

> 和日文小说相较，杨逵的中文小说不仅量少（只有《死》《春光关不住》《才八十五岁的女人》《大牛和铁犁》等四篇），而且篇幅也变短了。尤其光复后创作的《春》《才》《大》三篇，比起昔日洋洋洒洒的《送报夫》《难产》《模范村》等日文小说，简直是小巫见大巫！[①]

郭胜宗指出创作语言变化是影响杨逵战后小说书写的重要因素之一：

> 大战结束后，语言工具改变，继之政治黑狱，他后来创作小说反而是在绿岛囹圄之中，在质与量上，已不如日据时期的光辉，文字朴素无华。[②]

马泰祥则直接指出创作语言变化对杨逵产生了重要影响：

> 作家（杨逵）光复后中文"中介语"的创作状态，不仅影响了作家创作技巧，更重塑了作家的创作文化心理。杨逵光复后中文创作的文学史意义，应当被纳入语言转换经验视阈中加以重审。[①]

张朝庆虽然更侧重于将杨逵绿岛时期的中文小说与日据时期日文小说进行较为具体地比较分析，但是在某个层面上，却也正说明了语言转换对杨逵创作有着长远的影响。

---

[①]　张朝庆：《杨逵及其小说、戏剧、绿岛家书之研究》，台南大学硕士学位论文，2009年，第176页。

[②]　郭胜宗：《杨逵小说作品研究》，彰化师范大学硕士学位论文，2009年，第131~132页。

[③]　马泰祥：《文风嬗变、语言转换与文学史评价——论杨逵光复后的中文创作》，《台湾研究集刊》2017年第2期。

尽管,对战后初期语言转换问题,台湾文学论中确实存在不少类似如下的"刻板说法":"一九四五年台湾光复,国民党政权代日帝统治台湾,于是日据时代养成的台湾知识分子和作家遭逢了噩运:语言的急速转换,使台湾知识分子失语失聪,作家被迫出文坛"。①

　　但事实上,据材料显示,战后初期台湾同胞对"国语运动"响应之热烈,出人意料。社会上各种普通话补习班如雨后春笋般涌现,报名就读者争先恐后。学员中,年长的六七十岁,年轻的十几岁,有家庭妇女、职业妇女、职工、商贩、人力车夫等。而且课堂里气氛十分热烈。②在这样的历史情境中,杨逵学习普通话也是极为自觉的,他曾说过:"光复不久我立刻出版了中国语原文和日文翻译并列的书,鲁迅的《阿Q正传》。这也是为了学习标准语的目的起见所刊行的。"③

　　但是日据五十年,至日本投降、台湾重归中国,长期的日语教育已经开始显示出成效,台湾的文化界逐渐转由日语独占,日语的读书市场开始形成。据统计,当时六百多万台湾人口中,使用日语人口至少占70%。④战后国民政府为使台湾人"去日本化""再中国化"采取的包括普通话学习的系列文化重建工作固然必要,但也不免操之过急。比如战后初期,"行政长官公署"为应对过渡期而准许报纸、杂志有日文版面,但是自1946年10月25日起就开始废止了报纸日文栏。如此举措对杨逵这样完全缺乏中文的素养,从小开始就一直受日文教育,且战后才正式开始学习中文⑤的作家而言,不能不带来一定的困扰,因为"一

---

① 陈映真:《序》,载蓝博洲:《消失在历史迷雾中的作家身影》,联合文学出版社有限公司,2001年,第1页。
② 许长安:《光复初期台湾的国语运动》,载杨彦杰编:《光复初期台湾的社会与文化》,福建教育出版社,2011,第225页。
③ 杨逵:《一个台湾作家的七十七年》,叶石涛译,载彭小妍编:《杨逵全集(第十四卷)》,文化资产保存研究中心筹备处,2001,第264页。
④ [日]黄英哲:《战后台湾文化重建(1945—1947)》,江苏大学出版社,2016年,第106页。
⑤ 杨逵:《一个台湾作家的七十七年》,叶石涛译,载彭小妍编:《杨逵全集(第十四卷)》,文化资产保存研究中心筹备处,2001年,第262页。

般来说,二十岁以后所学的语文很难用来写文学性表现"①。因此,创作语言转变是战后初期杨逵短诗创作数量较日据时期明显增加的重要原因之一。②战后初期的杨逵也曾在不同文章里多次呼吁成立翻译机构以解决因语言转变而带来的不便问题,如《台湾新文学停顿的检讨》中杨逵写道:

> 文学的停顿的第二个因素,我们必须求诸语言问题。……创造我们自己新的文、言一致辞,会是今后长期的一大艰巨事业。尽管如此,我们的文学活动却不可能延后到那个时候,过渡时期的办法如下:我们应该立刻成立一个强而有力的翻译机构,负责译介各自以方便的语言所写成的作品等等事宜。③

《如何建立台湾新文学》中杨逵也写道:

> 文艺工作者的团体成立后,由各报副刊编者协助物色翻译人员从事翻译并揭载以日文写的文艺作品。④

总之,从 1945 年 8 月日本战败至 1949 年 4 月杨逵因起草《和平宣言》被捕,台湾战后初期近四年的时间,几乎可以说是杨逵人生中最活跃的时期。然而杨逵这个阶段的创作却比之日据时期明显减少。究

---

① 杨逵:《一个台湾作家的七十七年》,叶石涛译,载彭小妍编:《杨逵全集(第十四卷)》,文化资产保存研究中心筹备处,2001 年,第 264 页。

② 杨逵的诗歌基本为短诗,大多数都只有几十个字而已。在日据时期,1927—1945 年间,仅创作了 4 首诗歌;在战后初期,从 1945 年 8 月至 1949 年 4 月,不满四年的时间里便创作了共计 17 首的诗歌。

③ 杨逵:《台湾新文学停顿的检讨》,邱慎译,载彭小妍编:《杨逵全集(第十卷)》,文化资产保存研究中心筹备处,2001 年,第 224 页。

④ 杨逵:《如何建立台湾新文学》,载彭小妍编:《杨逵全集(第十卷)》,文化资产保存研究中心筹备处,2001 年,第 244 页。

其原因,除了这段创作期相对于近十四年的日据创作期而言过于短暂外,也与语言跨越、战后初期社会政治时局动荡有关。当然也与这一时期杨逵通过编辑活动为台湾新文学重建,投入了大量的时间和精力有关。正如前文所述,战后初期杨逵自己创办、参与创刊、担任编辑的报刊乃至出版社多达 7 种。①

检视杨逵台湾战后初期的创作,在文类上,此期间杨逵的作品涉及了小说、诗歌、评论杂文、翻译与口述作品。其中仍以评论杂文最多,共计 21 篇;诗歌创作上则相较于殖民期间有所增加,共计 17 首;小说仅有《种地瓜》《归农之日》2 篇;翻译"丛书"4 辑;口述作品 1 则。②在这些作品中, 最能反映时代特征及杨逵当时心境的应为诗歌与杂文评论。简略而言,这个时期杨逵书写涉及的内容主要有三个方面:一是介绍孙文思想和三民主义,这些内容多刊于《一阳周报》;二是直面社会现实,把握战后初期时代脉动,发表感时伤怀的诗歌与时评,如《上任》《倾听人民的声音》《为此一年哭》;三是致力于台湾文学重建,坚持战后左翼文学路线,如《台湾文学重建的前提》《台湾新文学停顿的检讨》。

杨逵曾经在《论"反映现实"》中对何为好文章有过明确的界定,即"好的作品须要有透彻的认识、坚强的意志与胆敢地表现现实。这些要素的综合是作品的潜在力量,也就是使读者从而感到力量的源泉"③。而杨逵在战后初期较之日据时期创作内容的明显转变,其实正是他对自身"表现现实"文学主张的切实践行。

---

① 此处统计主要参考《文学年表》,载黄惠祯编:《台湾现当代作家研究资料汇编 04 杨逵》,台湾文学馆,2011 年,第 68~72 页。

② 这里的数据包括杨逵在世时已发表的与未发表的。此处统计主要参考[日]河原功、黄惠祯:《杨逵作品目录》,载彭小妍编:《杨逵全集(第十四卷)》,文化资产保存研究中心筹备处,2001 年,第 395~447 页。黄惠祯:《左翼批判精神的锻接:四〇年代杨逵文学与思想的历史研究》,秀威资讯科技股份有限公司,2009 年,第 496~500 页。另,黄惠祯指出,杨逵此期有口述作品一则,无题,系 1949 年 2 月与麦浪歌咏队座谈时即席吟诵的,现仅存内容为"麦浪、麦浪、麦成浪:救苦、救难、救饥荒"。

③ 杨逵:《论"反映现实"》,载彭小妍编:《杨逵全集(第十卷)》,文化资产保存研究中心筹备处,2001 年,第 265 页。

# 第三节　绿岛时期：委婉中书写家国情怀

　　1949 年 1 月 20 日，陈诚就任台湾省政府"主席"，他认为共产党成功的主要因素之一为"宣传、渗透、无孔不入"。为此，他采取了一系列政治措施如管制出入境，肃清"共谍"；设立台湾省保安司令部，举发与肃清中共间谍；宣告戒严等，使台湾社会进入肃清匪谍、猎共与"白色恐怖"的时代。① 胡平在《海角旗影——台湾五十年代的红色革命与白色恐怖》中写道：

　　　　1949 年 5 月 20 日零时起，台湾开始进入迄今世界上时间最长——38 年的军事戒严期。在台湾岛内全面肃清共产主义和左翼文人，以"匪谍""叛乱"等罪名整肃异己。据部分解密档案保守统计，有超过 4000 人被枪毙，约 12000 人被判监禁，累计刑期超过了 10000 年……②

　　而据刘育嘉在《台湾史文献析论》中给出的统计数字，仅"从一九四九年'四六事件'（又称：台大师大学生事件），到一九六〇年的'雷震案'，十年之间，发生一百件以上的政治案件，有二千人被处决，八千人受重刑。这一万人中，冤案、错案或假案的牺牲者有九千人之多"③。

　　在这种令人寒栗、逼人窒息的社会氛围中，杨逵因为撰写了一篇呼吁停止内战、消除省籍矛盾的《和平宣言》，而被国民党政府以"不满现实，就是左倾，你会反抗日本统治，也会反抗我们的政府"④的叛乱罪

---

　　①　刘育嘉：《台湾史文献析论》，洪叶文化事业有限公司，2003 年，第 407 页。
　　②　胡平：《海角旗影——台湾五十年代的红色革命与白色恐怖》，二十一世纪出版社，2013 年。
　　③　刘育嘉：《台湾史文献析论》，洪叶文化事业有限公司，2003 年，第 392 页。
　　④　杨逵口述、杨翠笔录：《我的心声》，载彭小妍编：《杨逵全集（第十四卷）》，文化资产保存研究中心筹备处，2001 年，第 66 页。

名投入监狱,被关押了十二年(1950—1961 年)之久。对此,杨逵常常以诙谐的口气调侃自己领了世界最贵的稿费,平均一个字换了四天半的"无钱饭"。①对此事件的始末原委,杨逵自身也有所交代,如杨逵口述、何昀录音整理的《"二二八"事件前后》与杨逵口述、王丽华记录的《关于杨逵回忆录笔记》。

被自己热心等待的所谓"祖国"官员以叛乱罪名收监,尤其是因为倡导"和平"而招致牢狱之灾,杨逵的痛苦不言而喻。十二年的囚牢生涯对一个普通人而言尚且是极为痛苦的。身为父亲、丈夫,家庭顶梁柱的杨逵在有家归不得的情况下曾是那样急切地发出对受伤家庭的祷祝,却又显得那么无力与彷徨。②况且杨逵又是具有强烈社会责任感的人,这牢狱生活对他而言无疑更是难以想象的折磨;且被判入狱时的杨逵 43 岁,正处于壮年期。尽管绿岛时期,杨逵依然笔耕不辍,利用做工、上政治课、唱军歌的空隙,③完成了戏剧、小说、杂文评论等多种文类且数量可观的创作。④但是绿岛这段长达十二年的囚牢生活却不仅改变了其人生轨迹,对其创作生涯而言也不能说是毫无影响的。杨逵曾自言"我最有用的三十年因此'报销'"⑤,而后遗症之一便是杨逵 1982 年在接受《前进广场》专访时所说的:"心里的话不能讲,歌功颂德的谎言我不愿说,因此常常不知如何下笔,我现在觉得笔比锄头还重,快拿不动了。"⑥

---

① 杨逵:《追求一个没有压迫,没有剥削的社会——访人道的社会主义者杨逵》,载彭小妍:《杨逵全集(第十四卷)》,文化资产保存研究中心筹备处,2001 年,第 266 页。

② 向阳:《阳光一样热——读杨逵先生〈绿岛家书〉》,载杨逵:《绿岛家书》,晨星出版社,1987 年,第 9 页。

③ 杨逵口述、王丽华记录:《关于杨逵回忆录笔记》,载彭小妍编:《杨逵全集(第十四卷)》,文化资产保存研究中心筹备处,2001 年,第 74 页。

④ 杨逵曾说过自己在绿岛写了十余篇,但实际上绿岛时期杨逵的作品不止如此。见杨逵:《压不扁的玫瑰花——杨逵访谈录》,载彭小妍编:《杨逵全集(第十四卷)》,文化资产保存研究中心筹备处,2001 年,第 237 页。

⑤ 杨逵:《压不扁的玫瑰花——杨逵访谈录》,载彭小妍编:《杨逵全集(第十四卷)》,文化资产保存研究中心筹备处,2001 年,第 237 页。

⑥ 许素兰:《普罗文学家——杨逵(三)》,http://www.china.com.cn/chinese/archive/278096.htm。

　　当然，尽管如上所述十二年的牢狱生活确实对杨逵产生了不可逆转的伤害，不过检视杨逵的创作生涯，这段囚徒时期却也是他重要的创作期之一。在这期间，杨逵创作了 14 部戏剧、4 篇小说、14 首诗歌、38 篇评论杂文，书写有百封家信，同时还收集、改写、创作了为数不少的谚语（歇后语）、童谣与民歌。①

　　就内容而言，杨逵在绿岛时期创作的戏剧、小说中，除了《才八十五岁的女人》是以绿岛时期为背景外，其他不少作品是以台湾战争末期或战后初期为背景，如戏剧《胜利进行曲》《睁眼的瞎子》《真是好办法》《牛犁分家》《婆心》，小说《春光关不住》《大牛和铁犁》。部分作品干脆将故事设置于百年前的历史场景中，如《赤崁忍辱》是以荷兰侵台伊始为时代背景，《光复进行曲》是以荷兰据台为时代背景，《猪八戒做和尚》更是借用了中国古代神魔小说《西游记》中的人物与故事框架，将故事设置于大唐时期。杨逵绿岛时期的诗歌虽然基本无明确时间指涉②，但多可感知作品反映的是战争末期及战后初期之事。而且，这些诗歌多呈现出的是作者对台湾回归祖国的欢喜、对未来的信心及积极面对生活的态度。其中《童谣·明年还要好！》《黎明曲·公鸡叫》《双十赞歌》《胜利之歌》等，在标题中即大致可知晓其诗歌的内容与作品中所反映出的情感。在《青年》《人生》《学习》《工作》及《三个臭皮匠》中，杨逵则不仅表达了自己要"努力保持青春，我也将永远，不会丢掉青年气概——

---

　　① 这里的数据包括杨逵在世时已发表与未发表的。此处统计主要参考［日］河原功，黄惠祯：《杨逵作品目录》，载彭小妍编：《杨逵全集（第十四卷）》，文化资产保存研究中心筹备处，2001 年，第 395~447 页。另，彭小妍主编的《杨逵全集》中第十一卷为《谣谚卷》，该卷收录了包括杨逵采集、改写或创作的谚语（歇后语）、童谣、民歌。据判定这些谚语（歇后语）、童谣、民歌的采集、改写或创作可能都完成于绿岛时期。参见《〈谣谚卷〉版本说明》，载彭小妍：《杨逵全集（第十一卷）》，文化资产保存研究中心筹备处，2001 年，第 XV 页。
　　② 分析杨逵此期间的诗歌创作，仅有《八月十五那一天》有明确时间指涉，即"民国卅四年（1945）八月十五那一天"，见彭小妍编：《杨逵全集（第九卷）》，文化资产保存研究中心筹备处，2001 年，第 40 页。

明朗,活泼,刚毅,干脆。跌倒了爬起来,错过了迎头赶上……"①而且还呼吁大家要以愚公精神"继续垦下去,扎根干下去,创建新乐园"②。

与前两个时期一样,绿岛时期杨逵的杂文评论相对于其他文类也会多些,共计38篇,其中以提出创作主张、倡导谣谚收集创作、反映绿岛生活、强调积极生活态度的文章为多。提出创作主张的有《文章的味道》《文章的真实性》《谈写作》《谈街头剧》等,倡导谣谚收集创作的有《谚语的时代性》《谚语漫谈》,而《园丁日记》《父子游泳赛》《乌龟与兔子的赛跑》《上山砍茅草》等写的是杨逵在绿岛生活的场景,《春天就要到了》《太太带来了好消息》《麻雀战胜了老鹰》《青春赞美》《不做就不会错吗?》等则礼赞青春、强调积极向上的生活态度。综观杨逵绿岛时期的作品,其中除了提出文学创作理念与倡导谚语收集创作的文章相对较为冷静客观外,其他作品中多可见的是他在困境中积极、自我勉励的态度。

在被视为杨逵"一生中最黑最沉最闷"③的绿岛时期,杨逵除了有上述的文学书写外,还有较集中于绿岛后期(1957年10月12日—1960年11月18日)的一百多封家书。④当然这些家书因为监狱的严厉管控,绝大多数是未能寄出的。综观这批家书,其中虽然也不乏透露出杨逵在囚牢中饱受病痛折磨、缺钱借药的焦虑和拮据窘迫,也有其因为长子资崩的不合作而产生的不满不快甚至气愤。同时,还有他对家人的担心自责无力及彷徨。⑤然而这批家书中更多可见的,还是杨逵以马拉

---

① 杨逵:《青年》,载彭小妍编:《杨逵全集(第九卷)》,文化资产保存研究中心筹备处,2001年,第47页。

② 杨逵:《三个臭皮匠》,载彭小妍编:《杨逵全集(第九卷)》,文化资产保存研究中心筹备处,2001年,第53页。

③ 向阳:《阳光一样的热(序)》,载杨逵:《绿岛家书》,晨星出版社,1987年,第12页。

④ 目前可见最早的一封写于1954年,以"家书"为题写给长子杨资崩,发表于《新生活》壁报上。参见杨翠:《永不放弃:杨逵的抵抗、劳动与写作》:蔚蓝文化出版股份有限公司,2016年,第209页。

⑤ 向阳:《阳光一样的热(序)》,载杨逵:《绿岛家书》,晨星出版社,1987年,第9页。

松精神自勉的坚强及乐观豁达。诚然,杨逵这种即使遭受不公正待遇却从未屈服的"压不扁的玫瑰花"精神,与他罕见的"韧性"是有极大关系的。叶石涛曾说过:

> 在漫长的 80 年生涯中,他(杨逵)有时也不得不韬晦、隐居、回避,或假装,可是这只是策略,不是出自他的本色,时代一转变,他仍清新一如往昔,踽踽独行,不怕艰辛地走起老路来。①

正是这种罕见"韧性",才使杨逵能够在监狱那种"已接近人类神经的忍受极限"中挺过而不至于"崩解溃散"②,也正是这种罕见的"韧性"才使杨逵能够不同于很多被囚于绿岛的狱友们或因病而死,③或处于极为绝望的痛苦中日日消沉充满无奈厌世情绪。杨逵甚至可以在狱中活得精彩且充实,并最终以病弱的身体活至出狱。钟逸人在《辛酸六十年》中有一段对杨逵绿岛时期积极生活状态的生动忆述:

> 尽管报上的记事,只是专供机关部队做宣传洗脑的"政治教材",处理新闻的立场也不客观,但杨逵还是充分利用时间,耐心在报上探索,以他敏锐的触角及精密的思维,不但透视出隐藏在报道后的问题,对时事的分析,更有其精辟独到之处。④

---

① 叶石涛:《杨逵琐忆》,载黄惠祯编:《台湾现当代作家研究资料汇编 04 杨逵》,台湾文学馆,2011 年,第 184 页。
② 叶石涛:《杨逵琐忆》,载黄惠祯编:《台湾现当代作家研究资料汇编 04 杨逵》,台湾文学馆,2011 年,第 184 页。
③ 杨逵口述、王丽华记录:《关于杨逵回忆录笔记》,载彭小妍编:《杨逵全集(第十四卷)》,文化资产保存研究中心筹备处,2001 年,第 77 页。
④ 钟逸人:《辛酸六十年(下)》,前卫出版社,2009 年,第 370 页。

与杨逵同属第一批绿岛政治犯的胡鑫麟曾说过：

> 杨逵可能是老经验，在那么恶劣的环境下，他也是要写，非写不可。连做壁报，他也是写得很带劲。也许他有高度的技巧，能在严厉的检查制度下写下他的内心。①

正如前文所述，绿岛时期是杨逵重要的创作阶段。在那样一个"反抗、闹事，关禁闭室"②"'全景敞视'的监控语境"③中，多少人的身体秩序已然渐趋规律化，精神也渐被驯化。可是杨逵却依然能够笔耕不辍写出自己的心声，这一面自然与当时绿岛"新生训导处"处长唐汤铭的自由作风，以及给予杨逵特别照顾是有关系的。④另一方面，也与杨逵的"韧性"及在此期间创作时所用的"高度的技巧"，即书写策略有关。

这所谓的"高度的技巧"，其一便是规避，即上文所述的杨逵在此期间的创作但凡有鲜明情感色彩的，不论是小说还是戏剧，抑或诗文多凸显的是他那坚强与乐观的精神。但凡写及绿岛期间的生活情景时，杨逵未曾明显表现出因无辜身陷囹圄的不满，尽管他的痛苦与委屈是毋庸置疑的。此外，绿岛时期的作品中也不再见到他在战后初期对国民政府执政方式不满的直接书写，反之有的是他对台湾战后"重回祖国"的欣喜，如诗歌《八月十五日那一天》，有的是他对未来寄予的希望，如诗歌《童谣·明年还要好！》。

焦桐曾指出："当全台湾的戏剧都在替反共抗俄的政策作宣传"，

---

① 杨翠：《不离岛的离岛文学——试论杨逵〈绿岛家书〉》，载黄惠祯编：《台湾现当代作家研究资料汇编04 杨逵》，台湾文学馆，2011年，第245~255页。

② 杨逵口述、王丽华记录：《关于杨逵回忆录笔记》，载彭小妍编：《杨逵全集（第十四卷）》，文化资产保存研究中心筹备处，2001年，第74页。

③ 杨翠：《永不放弃：杨逵的抵抗、劳动与写作》，蔚蓝文化出版股份有限公司，2016年，第184页。

④ 杨翠：《不离岛的离岛文学——试论杨逵〈绿岛家书〉》，载黄惠祯编：《台湾现当代作家研究资料汇编04 杨逵》，台湾文学馆，2011年，第256页。

"将这些剧作(杨逵于绿岛时期创作)衡诸五〇年代的台湾剧坛,杨逵仍是杰出的剧作家"。①其实不仅是戏剧,当 20 世纪 50 年代的台湾整个处于白色恐怖之中、政治意识形态严格管控着文艺时,被囚禁于绿岛的杨逵在艰难的处境中,在"权充写字桌的肥皂箱前,利用时间"②创作出的那些与主流意识无涉、与政治时局有间的作品无疑是当时文坛的一股清流。当然,作为政治犯,在那段甚至连写一封家书也被严格规定了字数的艰难创作环境下,不论是具有相对私密性质的家书,还是相对公开的其他创作③,毫无疑问都是杨逵凭借着"有超越及克服困难之方法"的信念,在夹缝中找寻到一种适合的书写策略的成果。

　　值得注意的是,尽管杨逵绿岛时期的作品基本持着与现实政治环境疏离的立场,不以其当下为书写背景,甚至不少作品关注的是家庭生活琐事,如戏剧《睁眼的瞎子》《真是好办法》《婆心》,小说《大牛和铁犁》,以及杂文《太太带来了好消息》等莫不如此。然而杨逵此期的作品却并非绝对无关乎政治时局、缺乏社会关怀。比如在绿岛家书中可以见到,虽然身陷囹圄,但杨逵却仍然能够以各种不同身份角色完成不离岛的离岛书写,对绿岛外的家人给予无尽的关切。作为父亲,对所有子女婚恋、情感、工作、学习等给予了严厉而不失温和的教导;作为丈夫,对妻子叶陶的体贴温存;作为爷爷,对出生了的和未出世的孙儿充满的期许与浓浓爱意。杨逵在绿岛时期的文学创作同样如此,如《胜利进行曲》虽然写的是终战前夕之事,但却也透过战争期间台湾民众心系祖国的情怀,表露其强烈的同胞之爱。《睁眼的瞎子》虽然背景设置于台湾战争结束的一年后,其中毫不留情地批判了战后初期那些醉生梦死、不事生产的人及那些发光复财的奸商,尤其直指那些做鸦片生

---

①　焦桐:《台湾战后初期的戏剧》,台原出版,1990 年,第 74 页。
②　焦桐:《台湾战后初期的戏剧》,台原出版,1990 年,第 73 页。
③　尽管在当时这些作品中只有小说《大牛和铁犁》以笔名"公羊"在狱外公开发表,然而其他作品在狱中也得以公开发表在《新生活》壁报或是《新生月刊》上。

意的没有良心者。尽管从表面上看《牛犁分家》写的是林耕南一家从日据时期以至于战后初期的分分合合，但其寓意却是清楚的，即象征着"战后台湾和大陆之间一场历史和地理的误会"，且剧中所透露出的希望"二二八"事件后，外省人和本省人能打破意识藩篱，努力耕耘，开创出美丽新世界的心愿亦是清楚明显的。《猪八戒做和尚》尽管套用的是明代神魔小说《西游记》的故事与人物，但作品中不仅直面现实的寓意鲜明，同时还勾画出了台湾未来的远景，即最终建成"伟大的大同世界"①。《光复进行曲》《赤崁拓荒》尽管是将故事设置于荷兰侵台伊始及据台时期，但是作品中以古鉴今的意图却同样明显，比如群众列队欢迎"国姓爷"郑成功；王克明夫妇救下由大陆逃难而来的男孩林开发，并视其如己出；王克明夫妇独生女玉珍将林开发当成亲哥哥，一家相亲相爱幸福快乐；林开发、王克明夫妇与其他台湾民众一同对抗荷兰军等情节，既可见到书写者杨逵的民族意识，同时也不难见到杨逵的国族认同。

总之，绿岛时期的杨逵尽管被围于困境中，身陷囹圄，尤其因为书写旨在"和平"的《和平宣言》被自己所热心等待的"祖国"官员判定谋反，其困惑与痛苦是无以复加的。但是杨逵却依然能够绝处逢生，在逆境中找到一个适于写作的方式，从而笔耕不辍，以自己的方式传递出对家国的关怀。换言之，绿岛时期的杨逵正是以其巧妙的书写策略既规避了绿岛监狱中严厉的检查制度，又再次切实地践行了"文学是人生的反映"的创作理念。

---

① 杨逵：《猪八戒做和尚》，载彭小妍编：《杨逵全集（第二卷）》，文化资产保存研究中心筹备处，1998年，第150页。

# 第四节　出狱以后:艰难中执着民主诉求

　　1961 年 4 月 6 日杨逵结束了十二年的绿岛牢狱生活,得以返回台中与家人团聚。与此同时,杨逵文学生涯也进入了另一个阶段,即出狱以后的书写创作期,从 1961 年 4 月至 1985 年 3 月离世。从时间上看,杨逵出狱后的写作期近二十四年,是四个时期中最长的。然而综观杨逵此阶段创作,可见其狱后的书写多集中于 20 世纪 70 年代中期后直至逝世,即杨逵狱后的书写创作并非一出牢狱即展开,而是在沉寂了相当长的一段时间后才开始的。而且,这二十四年间杨逵真正的文学书写仅有诗歌与杂文评论两种,共计近五十篇,其中约二十篇作品至今未发表;其他文类有专题笔谈作品七篇,口述作品(演讲及回忆录)十二篇,以及给钟肇政、林瑞明、张良泽、河原功、下村作次郎等文友的书信共计五十四封。①

　　就内容而言,杨逵出狱后除了专题笔谈及回忆录外,即便诗歌、评论杂文创作不少也是应时应景因事而作。如诗歌《选举扶正歌》《即兴》《祝你们的新年好》,杂文《追思吴新荣先生》《〈牛与犁〉演出有感》《"日据时代的台湾文学与抗日运动座谈会"上的书面意见》。而诗歌《自主自立救中国——为七七纪念而作》、杂文《当民众与政府的桥梁——贺民众日报创刊三十周年》两篇作品的副标题,都清楚标明了创作的时间背景。此外,杨逵与钟肇政、林瑞明、张良泽等友人的通信更是如此,这些书信的内容大致可归纳为三方面:首先为出版《杨逵文集》进行沟

---

　　①　这里的数据包括杨逵在世时已发表与未发表的。此处统计主要参考[日]河原功,黄惠祯:《杨逵作品目录》,载彭小妍编:《杨逵全集(第十四卷)》,文化资产保存研究中心筹备处,2001 年,第 395~445 页,以及黄惠祯:《左翼批判精神的锻接:四〇年代杨逵文学与思想的历史研究》,秀威资讯科技股份有限公司,2009 年,第 497~500 页。

通接洽,其次为河原功、下村作次郎等研究者就相关的生平经历、作品等方面释疑,再次为晚年写作不顺说明缘由。

杨逵的孙女杨翠曾说过:"出狱后,他(杨逵)想以最快的速度重返文坛。"[1]然而杨逵出狱后创作量不多,作品影响力也远不及前三个时期。初返台中近八年间,他只刊出了《园丁日记》《春光关不住》《智慧之门》《谚语四则》四篇旧文稿,无新作问世。究其原因,笔者认为主要有三:

首先,当时社会言论尚未自由,作为"政治犯"初返台中的杨逵尚未能见容于社会,处境艰难。

杨逵返回台中时,正值 20 世纪 60 年代初,当时台湾政治意识形态管控仍然极为严密。据统计从 1957 年始至 60 年代末,担任台湾省主席者依次是军人出身的周至柔、黄杰、陈大庆……除了省主席外,当时政府机关单位,警政机构、交通单位,甚至若干财经生产事业,都由军人出任主管,使台湾政治充满了军事色彩。[2]这样的社会环境自然不利于作为"政治犯"而刑满获释的杨逵,这个时期杨逵的作品基本处于被媒体全面封杀的境地"无论新稿旧稿,'都没人敢刊'"[3]。绿岛时期,杨逵虽身处监狱的封闭性空间语境,但由于"新生训导处"唐汤铭处长的自由作风,使杨逵得到了较多的创作空间。[4]当时,绿岛还成立了"壁报社",杨逵被安排担任绿岛《新生月刊》编辑、被调去写文章,这些都为杨逵创作及其作品发表提供了一定的平台。而综观杨逵绿岛时期创作情况亦可知,当时杨逵基本可以笔耕不辍,他绿岛时期的作品还经

---

① 杨翠:《永不放弃:杨逵的抵抗、劳动与写作》,蔚蓝文化出版股份有限公司,2016年,第228页。

② 《光复后台湾小说的阶段性变化》,载许俊雅:《台湾文学论——从现代到当代》,南天书局有限公司,1997 年,第 225~226 页。

③ 杨翠:《永不放弃:杨逵的抵抗、劳动与写作》,蔚蓝文化出版股份有限公司,2016年,第225页。

④ 杨翠:《不离岛的离岛文学——试论杨逵〈绿岛家书〉》,载黄惠祯编:《台湾现当代作家研究资料汇编 04 杨逵》,台湾文学馆,2011 年,第 219 页。

常得以发表在《新生活》壁报上。杨逵次子杨建甚至说过：

> 我有时会这么想，爸爸虽然被抓去关，没有了行动自由，但是他在绿岛不愁吃不愁穿的，还受到里面难友及管理员的尊敬，反而他的妻儿时时要为吃的穿的问题四处奔波，在外还处处受到人的歧视欺侮。①

杨逵孙女、杨建女儿杨翠也曾说：

> 确然，比对20世纪50年代杨逵在绿岛监狱的生活情景，共时性存在的杨逵家人在台湾本岛所身受之空间封闭性，不仅不比绿岛监狱来得松释，甚至还更形禁锢。他们被整体社会差异化、排挤、污名化，被赋予"政治犯家属"此一近乎"本质化"的属性；对台湾社会而言，"政治犯家属"是一群边缘"他者"。②

据杨建与杨翠的说法，在某个层面上不仅可以判定作为"政治犯"获释的杨逵在其重归社会时处境的艰难应更胜于绿岛时期，而且更可以肯定出狱初期的杨逵，其书写的环境相较绿岛更差。

其次，杨逵出狱之时台湾文坛上现代主义文学成为主流，并大行其道。

由于受到"欧风美雨"的猛烈冲击，同时为了应对国民党在台实行的专制与"白色恐怖"文艺政策，在杨逵尚因于绿岛的20世纪50年代中期，"蓝星诗社""创世纪诗社""现代诗社"等即已相继成立。1956年夏济

---

① 杨翠：《不离岛的离岛文学——试论杨逵〈绿岛家书〉》，载黄惠祯编：《台湾现当代作家研究资料汇编 04 杨逵》，台湾文学馆，2011年，第263页。
② 杨翠：《不离岛的离岛文学——试论杨逵〈绿岛家书〉》，载黄惠祯编：《台湾现当代作家研究资料汇编 04 杨逵》，台湾文学馆，2011年，第263~264页。

安创办了《文学杂志》,1960 年白先勇创办了《现代文学》,其时现代主义文学不断壮大声势,并在台湾文坛上大行其道。吕正惠甚至指出:

> 20 世纪 50 年代至 60 年代,台湾的现代主义带着与台湾当局的反共文艺既相成又相克的复杂关系,支配台湾文坛长达 20 年之久。40 年代下半叶台湾的左翼文艺思潮至此而全面颠倒。①

1961 年 4 月,初返台中的杨逵所面对的台湾文坛便是这样一种状况。换言之,杨逵一向坚持主张的现实主义文学在此时失去了受众。因此,即便杨逵当时并非"政治犯"身份,其创作恐也少有问津者了。

再次,与现实生活重压下身心疲累有关。对于在 71 岁时还怀抱着"准备再出发"的决心、②在 79 岁高龄时还在表示"要接下赖先生的这枝棒子"的决心、③在离世前还在为书写回忆录用心准备④的杨逵而言,难道会因为社会处境极为艰难,或因为写实主义文学失去受众就搁笔不写了吗?笔者认为,其时现实生活的重压才是杨逵狱后近八年间中断创作的最主要原因。首先,尽管如上文所述,复返台中的杨逵作为"政治犯",社会环境对其极为不利。但是由于友人李君晰的推荐,杨逵出狱当年,即 1961 年便成为台湾省籍"总统府资政"杨肇嘉的私人秘书,并为其代撰回忆录。据言,其时杨逵"生活宁静,有空偶尔到台中找找新书,或与老朋友聚聚,天南地北畅谈一番"⑤。然而不过几个月后,

---

① 吕正惠:《序》,载吕正惠、赵遐秋编:《台湾新文学思潮史纲》,昆仑出版社,2002 年,第 2 页。

② 梁景峰:《我要再出发——杨逵访问记》,载彭小妍编:《杨逵全集(第十四卷)》,文化资产保存研究中心筹备处,2001 年,第 160 页。

③ 杨逵:《希望有更多的平反》,载彭小妍编:《杨逵全集(第十四卷)》,文化资产保存研究中心筹备处,2001 年,第 45 页。

④ 杨素绢:《心襟上的白花——父亲与我、兼记母亲叶陶女士》,《联合文学》1985 年第 6 期。

⑤ 林梵:《杨逵画像》,笔架山出版社,1978 年,第 159~160 页。

因部分内容与事实有所出入,而杨肇嘉又坚持己意,杨逵很快便辞去工作回家。杨逵不贪恋宁静闲适生活而坚持其本心的做法,除了显示其一贯宁死不屈精神外,也证明了外在环境并非使其放弃创作的主要原因。其次,虽然杨逵出狱之时,台湾文坛已是现代主义文学占据主流之位,现实主义文学极端边缘化,但事实上现实主义文学却仍作为一股潜流在行进。尤其是1964年,以继承日据时代新文学运动基本精神为主旨,坚持乡土文学路线的《台湾文艺》创刊后,更为杨逵创作书写提供了发表的平台。

即便有了作品发表的平台,杨逵却在此后多年依然基本无新作问世。因此笔者认为,这实是杨逵晚年生活重压下身心疲累所造成的。杨逵在接受梁景峰访问时也曾说过:

> 我的思想和精神三十年来,整个讲起来是一致的。不过所差的就是年轻时代冲力大,元气盛,比较不受外压因素的限制。现在年纪大了,体力比以前差,还要担负生活,一切受了很大的限制,所以人的心力退化了很多,不再像以前能说干就干了。①

1962年杨逵借贷五万元于台中市郊购得近三千坪的一块不毛之地,即后来的"东海花园"。对当时一无所有,日常生活十分艰苦的杨逵而言②,其开垦过程之艰难可想而知。对此,杨逵在《垦园记》中也有详细的介绍:

> 买了之后,饱受了孩子们的反对与朋友们的责骂,说我这个幻想家自讨苦吃。孩子们各有所好,对此荒地没有信心,自然不能

---

① 梁景峰:《我要再出发——杨逵访问记》,彭小妍编:《杨逵全集(第十四卷)》,文化资产保存研究中心筹备处,2001年,第169页。
② 林梵:《杨逵画像》,笔架山出版社,1978年,第160页。

合作;又没有钱雇工帮忙,买地借钱的利息每月要付,实在是注定有苦吃的了。

吃苦我不在乎。在我一生中,是苦吃惯了的。可是,为了借钱而低头,为了缴利息而奔波,却不是我之所愿。幸亏,老妻能容忍,一直替我分担了这些苦差事。①

在这种身心饱受重压之下,在孩子、朋友、邻居的不解甚至嘲笑中,杨逵凭着"愚公移山"的精神,用最原始的农具,将近三千坪的荒地一坪一坪地开辟出来,再一坪一坪地种下了花木蔬菜,原来的不毛之地在杨逵的努力下终于变成了美丽的"公园"。然而这种超负荷的劳作却使杨逵不得不荒疏了"笔耕的心园",这一点,在杨逵致钟肇政书信中亦可获知。1956年2月19日给钟肇政的书信中,杨逵写道:

《台湾文艺》的稿,限期已过了几天,未能守约寄上,很抱歉。因为正在赶种春季花木,有一点过劳,又患了感冒,头重重的脑筋糊里糊涂,虽一直致意在拿笔,写来写去,改来改去都只制造了废纸而已,看来非常不满意。

1965年9月10日给钟肇政的书信中,杨逵写道:

为"台文"的稿,我几次失了约,很抱歉,现在寄一篇应景。本想写新的,因园子里太忙,情绪也不很安定,至今无法写完,请原谅。②

① 杨逵:《垦园记》,载彭小妍编:《杨逵全集(第十卷)》,文化资产保存研究中心筹备处,2001年,第374~375页。
② 彭小妍编:《杨逵全集(第十二卷)》,文化资产保存研究中心筹备处,2001年,第172~173页。

对于荒疏了"笔耕的心园",杨逵是无奈且深觉遗憾的。在《默默的园丁》(约 1965 年)中杨逵写道:

> "满六十岁的生日,既没有给他打上终止符,他就决心踏出再出发的第一步。那里有未了的工作,这里有未完的人生,他只好默默地耕耘着。白天拿锄头,黑天拿笔杆。他要熊掌,又要鱼。他要创建美好的花圃,又可创建美好的人生。放下笔杆,换上锄头,以农耕代替笔耕好久好久了。曾经自任为文艺园地的园丁,已经变成了小小花圃的园丁,苦撑着。①

1970 年 1 月发表于《文艺》月刊上的文章《羊头集》中,杨逵曾表示:

> 究竟我是喜欢这一行的(写文章),我曾经说过,现在的我是用铁锹把诗写在大地上;这一句话总有一点自嘲的意味,用铁锹写诗,固然也不错,最好还是笔锹能够并用,才有意思。②

1971 年 8 月日本作家坂口衿子来台期间特地到台中探访杨逵,返日后她便有感写下了《杨逵与叶陶——这对夫妻的战中与战后》(『楊逵と葉陶のこと—ある夫妻の戰中·戰後』)并于同年 11 月在日本《亚洲》月刊刊出,以此为契机引发了日本文学界对杨逵的重新关注。1972 年 5 月日本《中国》杂志不仅重刊杨逵成名作《送报夫》,同时刊登了日本文学评论家尾崎秀树的文章《台湾出身作家文学的抵抗——谈杨逵》(『台灣出身作家の文學的抵抗—楊逵のこと』),尾崎秀树的这篇

---

① 杨逵:《默默的园丁》,载彭小妍编:《杨逵全集(第十三卷)》,文化资产保存研究中心筹备处,2001 年,第 734 页。
② 杨逵:《羊头集》,载彭小妍编:《杨逵全集(第十卷)》,文化资产保存研究中心筹备处,2001 年,第 382 页。

文章是目前学界公认的第一篇学术性杨逵专论。

20世纪70年代初，随着国际政治和台湾社会结构的变化，台湾文坛上出现了以现实主义为本质的"乡土文学"思潮。伴随着这股"乡土文学"与台湾文学的寻根热潮杨逵也重新受到重视，复出文坛，因为其小说创作中抵抗日本殖民统治的姿态，杨逵迅速成为最受文化界瞩目的台籍作家。1973年12月，林载爵在《中外文学》发表了20世纪70年代台湾首篇以杨逵为论题的学术性论文《台湾文学的两种精神——杨逵与钟理和之比较》。1975年5月，杨逵第一本中文作品集《鹅妈妈出嫁》由大行出版社出版。① 1976年杨逵写于绿岛时期的短篇小说《春光关不住》更名为《压不扁的玫瑰花》，被收录在台湾高中语文课本第六册，自此杨逵成为日据时期第一位作品被编入台湾教科书的作家。1976年10月，第一本杨逵研究论文集《压不扁的玫瑰花——杨逵的人与作品》由其次女杨素绢编辑，在台北辉煌出版社出版；同月杨逵杂文、家书、戏剧合集《羊头集》也由台北辉煌出版社出版。② 1978年9月，笔架山出版社出版了由林梵（林瑞明）写作的第一本杨逵专论《杨逵画像》。与此同时，杨逵的《送报夫》《模范村》《我的小先生》等旧文也陆续被刊出，而《冰山底下》《三个臭皮匠》《我有一块砖》《〈牛与犁〉演出有感》等新诗文也陆续问世。并且自杨逵重新复出文坛之际直至1981年3月杨逵因病无奈离开前，绿岛回归后其长久栖身的东海花园每天都吸引了来自四面八方的友人，"人数极多，难以细数"③。

尽管20世纪70年代杨逵已重返文坛，备受关注，但是其创作并不多。从1970年1月杨逵发表第一篇新作《羊头集》始，至1985年杨

---

① 该作出版于杨逵生前，后来又由台北香草山出版社、台中华谷书城及台北民众日报社分别于1976年、1978年及1979年刊出，几个版本内容稍有差异。

② 杨逵生前，该集子后来又由台北民众日报社刊出，两个版本内容稍有差异。

③ 杨翠：《永不放弃：杨逵的抵抗、劳动与写作》，蔚蓝文化出版股份有限公司，2016年，第265页。

遽离世,15 年间杨逵真正的文学书写仅有诗歌与杂文评论两种,共计近 50 篇,其他多为专题笔谈与口述作品(演讲及回忆录),总计不过 19 篇。

究其原因,这与当时台湾仍在戒严期,言论依旧不自由不无关系。杨逵曾说过"心里的话不能讲,歌功颂德的谎言我不愿说,因此常常不知如何下笔"①;他在 1974 年所作的《"日据时代的台湾文学与抗日运动"座谈会书面意见》(以下简写为《书面意见》)还曾说过:"(而今)从颜元叔、朱文伯、寒爵等许多大作家的文章中,我们时常都可以看到'话到口边留半句'之苦,甚至有更多的才俊根本就不敢开口。"②其实,这篇《书面意见》的命运便可见其时社会环境之一斑。据杨建回忆:"这一篇《书面报告》是杨逵在他六十九岁生日前夕,因应邀请参加文艺界同仁在台北为他举办的生日座谈会上时,因身体不适,不能参加,而准备的演讲稿。我曾记得,后来,他曾经把它投寄出去,但不知道是什么缘故,竟遭退稿封杀的命运,这一封冻竟达十一年之久。"③当然,除了言论依旧不自由之外,东海花园的艰辛垦殖还应是更重要的原因。

1973 年 5 月 22 日在致钟肇政的信中,杨逵再次提到因耕作累而无法静心创作:"有许多题材想写,但是由于花圃过于宽大而帮手一直无法固定,所以反成为负担。"1973 年 8 月 1 日在致河原功的信中,杨逵也提及了东海花园耕作的忙碌:"因帮手常常换人,无法固定下来,所以田里的事只有我一人在做,忙得不可开交",真可谓是"形劳心绌"。④

① 许素兰:《普罗文学家——杨逵(三)》,http://www.china.com.cn/chinese/archive/278096.htm。
② 杨建:《日据时代的台湾文学与抗日运动"座谈会书面意见"后记》,载彭小妍编:《杨逵全集(第十卷)》,文化资产保存研究中心筹备处,1998 年,第 396 页。
③ 杨建:《日据时代的台湾文学与抗日运动"座谈会书面意见"后记》,载彭小妍编:《杨逵全集(第十卷)》,文化资产保存研究中心筹备处,1998 年,第 396 页。
④ 彭小妍编:《杨逵全集(第十二卷)》,文化资产保存研究中心筹备处,2001 年,第 172~237 页。

尽管出狱后由于诸多原因,杨逵的创作数量不多。但是检视这一时期杨逵的书写,却也可以发现他在文字中仍然始终不渝地践行着"文学为人生"的信念。出狱后杨逵曾多次在不同场合提及他自身的文学创作主张,如在1966年2月7日给钟肇政的信件中,他曾说:"武雄确有文学之才,但生活偏奇,与现实社会脱节,所表现的很多我们都看不懂。这是否文学的正路,我很怀疑。"①

　　尽管这里只是"很怀疑",但"很怀疑"三个字不正委婉地传达出他的不认可与坚持吗? 在杂文《〈牛与犁〉演出有感》中,他直接写道:"将艺术与社会结合……这样的艺术呈现才是有根的。"②此后在访美期间,杨逵更是提出了"草根文学"的理念,倡导文学作者主动出发,做"文学的草根大使",跨出斗室,走入群众中。③不论是倡导"艺术与社会结合",还是呼吁"'草根文学'再出发",其实都是杨逵对他一贯主张的"文学为人生"观念的坚持。

　　杨逵是一位富有强烈社会责任感的人,尽管命运多舛,甚至曾经一度为呼吁"和平"而蒙冤入狱十二年。虽然也如上文所述,因为当时社会大环境影响了杨逵出狱后的创作,让其常常产生不知如何下笔,甚至觉得笔比锄头还重,快拿不动了的感觉。④但从他的书写中可知,不论何种际遇,杨逵仍然怀抱着强烈的社会责任感,积极入世。他不仅努力地宣传"文学为人生"的理念,而且为实现民众言论自由,为将台湾建成三民主义模范省而不懈努力。比如他巧妙地借助蒋介石所倡导的"(民众要)知无不言,言无不尽""民众要有勇气批评,政府要有雅量

---

　　① 彭小妍编:《杨逵全集(第十二卷)》,文化资产保存研究中心筹备处,2001年,第176页。
　　② 杨逵:《〈牛与犁〉演出有感》,载彭小妍编:《杨逵全集(第十卷)》,文化资产保存研究中心筹备处,2001年,第415页。
　　③ 杨逵:《"草根文化"的再出发——从文学到政治》,载彭小妍编:《杨逵全集(第十卷)》,文化资产保存研究中心筹备处,2001年,第429页。
　　④ 许素兰:《普罗文学家——杨逵(三)》,http://www.china.com.cn/chinese/archive/278096.htm。

接受",①不断地为民众发声甚至毫无惧色地向执政党大声疾呼。比如在《书面意见》中,杨逵就大胆披露了其时社会言论尚不得自由的情况,"要是有人想曲解你的文章,随便给你戴上一个红帽子或白帽子,你就要遭殃,除了我这个死鬼,谁还不会丧胆?"②不论是《瞎子打架》在戏谑中,以曲笔讽谏;还是《〈牛与犁〉演出有感》中从小家而至大家的娓娓道来;或是《我的卅年》《把那些被埋没的挖出来》中直接地劝谏,都可见出杨逵为台湾的建设而愿当"民众与政府的桥梁"的良苦用心。

从杨逵出狱后的文学书写中,我们不仅能见到杨逵饱受挫折仍然不屈的硬汉精神,还能见到杨逵凭借着愚公精神,以实际行动打造理想世界的努力。出狱后的杨逵从 1962 年开始直至 1981 年因病离开,近二十年间是在东海花园度过的。宋泽莱回忆 1975 年见到杨逵东海花园居所时曾写道:"杨逵的这间老屋是由竹子、旧砖块、黑屋瓦搭盖而成的,已经十分破旧了;下雨的时候,雨水还会由屋顶滴落下来。睡觉的床就在客厅的一角,放着一顶蚊帐,堆了一些书;另一个进门的角落摆着简单的餐桌……"③

可以说,晚年的杨逵基本是在这样艰苦的环境中躬耕劳作。杨逵此期多篇作品也写及了在东海花园的生活状态,如《垦园记》《羊头集》《冰山底下》《我有一块砖》《怀念东海花园——那段把诗写在大地上的日子》《默默的园丁》。从这些作品中,既可见到杨逵无惧人们的不解与嘲笑在极端艰苦的条件下,以"愚公移山"精神终于将荒芜的石头山创建成了自己梦想的花圃,也可见到杨逵的无私,即面对已建成的美丽花圃,他想到的是大众,他"乐意为大家设计、施工,以实费(成本)把

---

① 杨逵:《我的卅年》,载彭小妍编:《杨逵全集(第十卷)》,文化资产保存研究中心筹备处,2001 年,第 437 页。
② 杨逵:《"日据时代的台湾文学与抗日运动"座谈会书面意见》,载彭小妍编:《杨逵全集(第十卷)》,文化资产保存研究中心筹备处,2001 年,第 392 页。
③ 宋泽莱:《推荐序》,载杨翠:《永不放弃:杨逵的抵抗、劳动与写作》,蔚蓝文化出版股份有限公司,2016 年,第 5 页。

'东海公园'的好几百种珍花异木推广到每一个角落，使整个城市公园化"①。对于有人说梧栖筑港以后，这里（东海花园）可以盖观光旅游社或公寓，你就可以发财了。尽管杨逵生活艰困但他却并不为动，反而还担心起来。他说："因为时常在报上看到很多观光旅社或公寓（也许不是全部）都变成了应召女郎活跃的地方，我很不愿意看到人类败坏的气息不幸传染到我所创造的桃源乡来。"而为了保持这一片净土，杨逵表示只要能实现抛砖引玉的目的，自己随时愿意把它捐献出去。②杨逵晚年常常公开表露要捐出东海花园以供建立文化活动机构的意愿，"不论历史资料、文学艺术，以及园艺博物等设施都好，要多少地就多少，我都愿意捐给他，也可以想办法帮他找人来管理"③。对杨逵晚年心心念念建设文化村的事，杨翠曾有过如下的评价："杨逵终生都是豪赌的梦想家……直到晚年还想着学国外'大亨'，把财富捐给文化事业者，而他的'财富'，其实只有一片荒山，还因拿来抵偿三十万元债务，只剩三分之一。"④

在笔者看来正因难能，所以才更显可贵。尽管非常遗憾，杨逵有生之年建成"理想社会"小模型的"文化村"心愿终究未能实现，但他这种无私为公的精神却着实令人佩服。

1981 年杨逵因病无奈离开东海花园，在《怀念东海花园——那段把诗写在大地上的日子》中杨逵写道："现在在莺歌由孙女杨翠陪着。这两三年，我竟不能独力照顾自己了，又哪有余力去照顾三千坪的东海花园呢？而东海花园，如今已是面目全非！清明时节回去扫叶陶的

---

① 杨逵：《垦园记》，载彭小妍编：《杨逵全集（第十卷）》，文化资产保存研究中心筹备处，2001 年，第 376 页。
② 杨逵：《我有一块砖》，载彭小妍编：《杨逵全集（第十卷）》，文化资产保存研究中心筹备处，2001 年，第 401 页。
③ 杨逵：《老园丁的话》，载彭小妍编：《杨逵全集（第十四卷）》，文化资产保存研究中心筹备处，2001 年，第 7 页。
④ 杨翠：《永不放弃：杨逵的抵抗、劳动与写作》，蔚蓝文化出版股份有限公司，2016 年，第 262~264 页。

墓,只见及膝荒草四处蔓延……每次都不敢停留太久;这样荒凉的景象,实在不是我这双七十多岁的眼睛所能凝望的啊。"①这段文字无不流露出杨逵对离别东海花园的无奈不舍,与面对满眼荒芜花园时的痛心感伤。

虽然 1981 年始杨逵因病离开东海花园,但是直至 1985 年离世前,他仍然未放慢脚步,过起闲适的安心静养的老年生活,而是依然积极参与到社会文化活动中,为建设台湾而努力。1982 年 2 月杨逵应美国艾奥瓦大学"国际作家工作坊"之邀赴美,在美国期间除了受邀演讲、参加座谈会或接受访问外,他还积极推动美国"台湾文学研究会"的成立,并成为该会荣誉会员。② 1983 年 10 月在台湾增额"立委"选举中杨逵为杨祖珺助选,1984 年 2 月 12 日杨逵应邀于耕莘文教院举办的"庆贺赖和先生平反讲演会"上致辞,演说《希望有更多的平反》。1984 年杨逵担任《夏潮》杂志名誉发行人。③

最后值得一提的是,杨逵出狱后的文学书写中会不时出现杨翠的身影。杨逵的作品,比如《羊头集》《冰山底下》中均可见到这位不屈于命运的硬汉的另一面,即作为慈爱的祖父。杨翠是杨逵次子杨建的大女儿,小学二年级开始来到杨逵身边陪伴他生活于东海花园。在《羊头集》中,杨逵写道:

> (杨翠)今年八岁,刚读完小学一年级。她每次放学都回到这里来,我做的,她都学着做。除草、浇水、剪花,甚至把那把大锄头扛在肩上去掘地。把做好的乱掘一阵,越帮越忙。晚上我在案前看

---

① 杨逵:《怀念东海花园——那段把诗写在大地上的日子》,载彭小妍编:《杨逵全集(第十卷)》,文化资产保存研究中心筹备处,2001 年,第 423 页。

② 林衡哲:《行动文学家杨逵》,载林衡哲编:《廿世纪台湾代表人物》,望春风文化出版社,2001 年,第 78~79 页。

③ [日]河原功,黄惠祯:《年表》,载彭小妍编:《杨逵全集(第十四卷)》,文化资产保存研究中心筹备处,2001 年,第 388~389 页。

书时,她也挤在我身边,看看书,写写字。①

在《冰山底下》中,杨逵写道:

> 孙女儿杨翠,今年十二岁,就读"国小"(小学)六年级。
>
> 她是很喜爱早晨的,曾在《国语日报》投了一篇《早晨》赞美早起,得了十五元的稿费。……每晨,天刚要亮而我把米淘好放进电锅要到花园里去体操、跑步的时候,她都自动跟着我走。这几天西伯利亚寒流来了,东风很大,很多人都说冷。也许是老皮不透风吧,我一直没有改变早晨的体育课。可是,杨翠却忘记了她喜爱的早晨了。三请五请都装睡叫不起来。②

爷孙俩一起快乐生活的幕幕情景无不跃然纸上。如果说杨逵东海花园生活是艰辛的,那么当时机灵古怪的杨翠无疑是杨逵狱后艰辛生活中的一抹暖阳。

杨逵的文学生涯大致可分为日据时期、战后初期、绿岛时期及出狱以后。经过上述分析可知,虽然杨逵文学创作初衷是想以小说的形式来纠正被编造的历史。③但是综观杨逵一生的创作,其笔下的评论杂文在总量上实则远远超过了包括小说在内的其他文类。就四个时期而言,杨逵每个时期的书写特色都有所不同。日据时期在小说、戏剧、评论杂文、诗歌等众多文类中,就数量而言以评论杂文为最,但是就影响而言则毫无疑问以小说为最。战后初期虽有小说创作,然而不仅数量

---

① 杨逵:《羊头集》,载彭小妍编:《杨逵全集(第十卷)》,文化资产保存研究中心筹备处,2001年,第380页。

② 杨逵:《冰山底下》,载彭小妍编:《杨逵全集(第十卷)》,文化资产保存研究中心筹备处,2001年,第385~386页。

③ 陈芳明:《放胆文章拼命酒——论杨逵作品中的反殖民精神》,载黄惠祯编:《台湾现当代作家研究资料汇编04 杨逵》,台湾文学馆,2011年,第204页。

少,仅有两篇,而且它们在杨逵的文学创作中并不突出,这个时期杨逵的创作质与量上都以诗歌、评论杂文最为突出。绿岛时期杨逵的创作虽然仍以评论杂文为主,但在对后来的影响上却以戏剧为最,正如焦桐所指出的,虽然杨逵绿岛时期的戏剧"泰半是初稿,在表现手法上不免显得粗糙或不够完整,部分剧作的开头格局很大,显现编写之初的企图,剧末往往却草率结束,予人头重脚轻之感",然而"将这些剧作衡诸五〇年代的台湾剧坛,杨逵仍是杰出的剧作家"。"因为当全台湾的戏剧都在替'反共抗俄'的政策作宣传,这些剧作的存在……更突显台湾战后初期剧坛那种禁锢之下悄然冒出的生机、那种热闹背后的荒凉。"①出狱后的杨逵创作不多,真正的文学作品仅有诗歌、评论杂文共近50篇,影响不若前三期,其中近20篇至今未发表。

就内容而言,日据时期杨逵的创作较多,也相对复杂,大体可以七七事变为界分为前后期。其评论杂文从前期关注中国台湾及日本文坛动态、积极培养台湾文学新人、向大众推荐优秀文艺作品、阐述自己文学观,转向后期以回忆形式书写过往人事、记录台湾民俗风情以及创作"肯定""志愿兵"和"征兵制"等貌似顺应"皇民化政策"的作品。其小说、戏剧、诗歌等文学创作,则从反映阶级矛盾为主转向反映民族矛盾为主,从前期的直接批判到后期的曲笔隐微。战后初期杨逵紧跟时代步伐,以宣传三民主义及建设新台湾为重。但是因为陈仪政府的失当行为,部分国民党官员的贪污腐化致使台湾民众再度陷入困境,杨逵也从原先热情拥抱祖国来人、庆祝台湾光复以至于痛心并问诘国民党的失信暴政。绿岛时期的杨逵无可奈何离妻别子,然而虽身处绿岛,游离于政治中心之外,但他仍然关心家国,以书信形式介入家人生活的同时,也用笔写下对台湾社会命运走向的深切关心。出狱后的杨逵虽然由于诸种原因创作不多,但是仍怀抱着强烈的社会责任感,不但在

---

① 焦桐:《台湾战后初期的戏剧》,台原出版,1990年,第74页。

书写中坚持着自身的文学主张不变，同时还通过文字与实践积极参与到建设理想台湾的活动中去。

至于写作使用的语言，日据时期杨逵多用日文书写，这不仅因为当时尤其"皇民化时期"台湾作家不被允许用中文写作的外在环境使然，而且还因为出生于日据时期的杨逵从小接受的就是日文教育，在当时完全缺乏中文素养的缘故。战后初期杨逵才开始学习普通话，当时他对汉语的学习是积极主动的，但毫无疑问，语言文字的转变也给杨逵的创作带来了一定的影响。书写语言的改变是使战后初期杨逵创作简短诗歌的数量大幅度增加，小说、戏剧骤然减少的主要原因。绿岛时期杨逵在牢房中继续学习汉语，此时的杨逵已经可以相对熟练地使用中文书写，也正因此，杨逵此期创作中有了较具情节、篇幅较长的中文戏剧。出狱之后杨逵继续以汉语作为创作工具，但是由于现实生活重压下身心疲累及社会言论并未自由等缘故，此时杨逵的创作量并不多。

虽然杨逵四个时期的创作因时代不同而都各具特色，但是值得注意的是杨逵在这四个时期里的创作也仍具有相同之处。

其一，杨逵四个时期的创作尽管都受到或多或少的限制，但是即便在日据与绿岛时期严格的管控下，杨逵仍然能够有不少作品呈现。毫无疑问，善用策略是极为重要的原因之一，正如叶石涛所说："杨逵绝非顽固的教条主义者，他拥有柔软的思考模式，很清楚妥协并不等于屈服的道理。"[1]为此，他可以在"皇民化时期"以适应日本国策的姿态，发表许多把抵抗深藏在底层的作品。[2]他也可以在绿岛的牢狱中，在严厉的检查制度下，用高度的技巧写下他的内心。出狱以后杨逵依然可以巧妙地借用蒋介石"（民众要）知无不言，言无不尽"，"民众要有

---

① 叶石涛：《台湾文学的悲情》，派色文化出版社，1990年，第74页。
② ［日］尾崎秀树：《台湾出身作家文学的抵抗——谈杨逵》，载杨素绢编：《杨逵的人与作品》，民众日报社，1978年，第35页。

勇气批评,政府要有雅量接受"①等指示为民众发声,甚至毫无惧色地向执政党大声疾呼。

其二,杨逵始终坚持"文学为人生"的创作理念。虽然每个时期杨逵反映其自身创作主张的主要方式不尽相同,如日据时期杨逵的创作主张除了直接表述在评论杂文中之外,还常常通过小说中的人物之口直接或间接地加以呈现,例如通过《难产》中的主人公"我"诉说书写小说的旨意:"我是为了要向人控诉才写小说的,并不是为了要让人高兴,让人觉得有趣才写的,这样的东西能赚钱,我认为那是如意算盘打得太好啦。所以,我只希望我写的东西能让人看到,多一个人也好。"②如通过《萌芽》中的"我"说出:"现在的台湾,剧本行情看俏,内容便流于粗制滥造。"③战后初期杨逵的文学创作主张则基本是直接呈现在杂文中,如《如何建立台湾新文学》《人民的作家》《论文学与生活》等。绿岛时期杨逵则不时通过家书阐述他的创作主张,如"无论从事的是什么职业,看看文坛作品以陶冶心性是很要紧的;练习用文字来充分美满地表达自己的情感与意思,更是必要的"④,"文学是人生的反映,人生又这么复杂,我们不但要在文字上用功夫,更要认识人生社会的奥秘"⑤;狱后杨逵除了通过杂文评论外,更多借助谈话方式直接表达他的文学创作理念。但是无论何时、以何种方式反映,杨逵始终都坚持"文学为人生"的创作理念不变。

其三,杨逵有不断修改自身作品的习惯,而今杨逵作品版本研究

① 杨逵:《我的卅年》,载彭小妍编:《杨逵全集(第十卷)》,文化资产保存研究中心筹备处,2001年,第437页。
② 杨逵:《难产》,载彭小妍编:《杨逵全集(第四卷)》,文化资产保存研究中心筹备处,1998年,第248页。
③ 杨逵:《萌芽》,载彭小妍编:《杨逵全集(第四卷)》,文化资产保存研究中心筹备处,1998年,第444页。
④ 彭小妍编:《杨逵全集(第十二卷)》,文化资产保存研究中心筹备处,2001年,第9页。
⑤ 彭小妍编:《杨逵全集(第十二卷)》,文化资产保存研究中心筹备处,2001年,第16页。

也早已成为杨逵研究的一个重要方向。单篇作品的横向比较分析固然重要,但检视杨逵所有的创作,也看到了他不同作品中某些值得留意的相似之处,如人物命名、意象选用。以小说人物命名为例,尽管杨逵所塑造的小说人物颇多,但是杨逵赋予其小说人物名字则一贯颇为简单,或以自己及家人名字命名,如有杨逵自身生活经历投射的作品《送报夫》中的杨君、《泥娃娃》中的素娟;或在不同作品中用了极为相近的名字,如《红鼻子》中的陈清辉、《种地瓜》中的林清辉,《绅士轶话》中的林天和、《不笑的小伙计》中的林天恩、《公学校——台湾风景(一)》中的林天生等;或者其人物名字中即可见出杨逵对人物所寄含的情感与用意的,如《大牛和铁犁》中的大牛与铁犁、《宝贵的种子》中的懒西与勤儿、《模范村》中的阮新民与陈文治等。①在意象选用上,杨逵部分作品虽然内容不尽相同,却用上了相同的意象,比如小说《蚂蚁盖房子》与杂文《一只蚂蚁的工作》中的蚂蚁;诗歌《一粒好种子》与小说《宝贵的种子》中的种子等。当然,杨逵为作品人物起名及使用意象的特点与其质朴的文风是相关的。正如陈芳明指出的,杨逵不使用装饰的语言,"他一落笔,便是朴素和诚实"②。

其四,从杨逵四个时期的书写中可见的是,无论世事如何变迁、无论面临何种遭际,他总是能以"压不扁的玫瑰花"精神坚忍以对,并以不同的方式用心关注着台湾社会的命运走向。

---

① 杨逵所用的笔名也有弦外之音,如发表《新神符》时所用的笔名"虚泰平"与"虚太平"谐音,该作品写作了清静如世外桃源的泰平庄的不太平。

② 《远行的玫瑰(代序)》,载陈芳明编:《杨逵的文学生涯》,前卫出版社,1988年,第9页。

# 第二章  文学书写中的社会众生：

## 以日据时期文学创作为主

杨逵的创作持续了半个多世纪，从发表处女作《自由劳动者的生活剖面——怎么办才不会饿死呢？》(1927年)直至辞世前两天的《杨逵最后的演说》(1985年)。[①]他的文学创作并不算高产，尤其正值壮年的他还因为撰写《和平宣言》呼吁"和平"被问罪，从此身陷囹圄十二年。在绿岛时期，杨逵虽然也持续创作并写就了一百多封家书，但这段牢狱生活对杨逵的创作生涯毕竟产生了深远的影响。杨逵曾经自言"我最有用的三十年因此'报销'"[②]。在"反共戒严令"尚未解除的1961年，杨逵终于刑期届满返回台中，然而由于现实生活重压下身心疲累及社会言论并未自由等缘故，出狱后的杨逵创作量不多。但是杨逵作为"台湾新文学'成熟期'与'战争期'最重要的作家之一"[③]，终其一生却也为人们留下了小说、戏剧、诗歌、评论杂文、书信、谣谚等多种文类的作品，用风貌多样。自1998年至2001年彭小妍主编的《杨逵全集》共十四卷，已陆续由台南文化资产保存研究中心筹备处出版。

尽管杨逵的文学创作并不算高产，有些文学评论者还"嫌其作品

---

① 《杨逵最后的演说》为杨逵逝世前两天出席戴国辉教授返台欢迎会的致辞，杨逵演说时无题目，王晓波就当时现场录音整理，并为其定题。

② 杨逵：《压不扁的玫瑰花——杨逵访谈录》，载彭小妍编：《杨逵全集(第十四卷)》，文化资产保存研究中心筹备处，2001年，第237页。

③ 王诗琅：《序》，载林梵：《杨逵画像》，笔架山出版社，1978年，第2页。

过于粗糙"①、批评其作品是"口号文学"②。而且在笔者看来,杨逵的部分创作,尤其是小说书写也确实有不足之嫌。比如他为了使作品留有希望,在结尾的处理上过于仓促,甚至过于突兀,显得不合理。在《不笑的小伙计》中,杨逵几乎是凭空降下一个善良的男子,轻松解决了天恩父子无地可耕的生计问题,为此使得原本"不笑的小伙计的笑声,乘着夏天傍晚的凉风传送,仿佛会无限扩散似的"③。此外,杨逵不少小说、戏剧中的主要人物由于是作家自况,因此在塑造上有明显类型化倾向。比如《送报夫》中的杨君,《灵笺》《泥娃娃》《难产》《归农之日》中的"我",莫不是杨逵的自喻,熟悉杨逵生平者,莫不能知。尽管如此,杨逵却也是个颇会讲故事的人,阅读其作品也能感受到他实验创作的努力。杨逵书写的故事之间或者会形成互文关系,如《自由劳动者的生活剖面——怎么办才不会饿死呢?》与《送报夫》《天国与地狱》之间就存在互文关系;或者会借用寓言故事间接地传达出写作旨意,如《牛犁分家》《犬猿邻居》《扑灭天狗热》《春光关不住》《顽童伐鬼记》;或者会以一个看似极为普通的小故事反映出时代的悲凉,如《毒》《水牛》《蕃仔鸡》;或者会通过以古喻今的方式写出对无法直言时局的忧虑及所寄予的希望,如《赤崁拓荒》《猪八戒做和尚》;或者会以复调形式强化着异族统治下民众的不幸,如《难产》。

就故事上演的舞台而言,除却台湾地区外,还有日本,如《送报夫》《天国与地狱》中的部分情节就发生于日本。就故事发生的时代背景而言,有唐代、明郑时期、日据时期、战后初期等。就内容而论,杨逵文学作品中涉及了教育、医疗、婚恋、宗教信仰、生养等诸多问题。

---

① 陈芳明:《放胆文章拼命酒》,载黄惠祯编:《台湾现当代作家研究资料汇编04 杨逵》,台湾文学馆,2011年,第219页。

② 杨逵口述、王丽华记录:《关于杨逵回忆录笔记》,载彭小妍编:《杨逵全集(第十四卷)》,文化资产保存研究中心筹备处,2001年,第87页。

③ 杨逵:《不笑的小伙计》,叶笛、清水贤一郎译,载彭小妍编:《杨逵全集(第八卷)》,文化资产保存研究中心筹备处,2000年,第146页。

当然在这些作品中，"人"是杨逵在文学创作中最为关注的对象。杨逵的笔下呈现出一条人物长廊，其中不但有台湾新文学所应同情的苦难大众，[1]如《死》中的罗汉叔、阿达叔、江龙伯，《蕃仔鸡》中的素珠与明达，还有《送报夫》中善良且富有良知的日本青年伊藤。不但有《才八十五岁的女人》中坚强的老奶奶，《归农之日》中和气的房东阿婆，还有《模范村》中苛刻的老板娘。不但有《模范村》中为虎作伥的民族败类阮固爷，有《红鼻子》《怒吼吧！中国》中蛮横轻贱中国人的英美士兵与商人，有《泥娃娃》中专发国难财的富冈之流，也有《赤崁拓荒》中富有行动力的民众领袖王克明。

文本的生成与历史、当下的精神思潮、审美风尚之间有着复杂的互动关系。[2]因而不同历史时期所书写的作品，缘于主客观情势转移自然会有其不同的特点，不可一概而论。第一章笔者以时间为经通过分析杨逵在日据时期、战后初期、绿岛时期及出狱以后的文学书写特质，以此反观不同时期的政治环境与文学风尚。检视杨逵一生的创作，其日据时期的创作量最大，影响也最大，同时杨逵自身所最为满意的作品，如《送报夫》《鹅妈妈出嫁》《模范村》也皆出于此期。[3]故而本章笔者以其作品为纬，侧重以杨逵日据时期的文学创作为研究对象，通过阐析杨逵日据时期文学创作中一贯关注的几类人，知识分子、医职人员、工农大众、孩童后辈的复杂样态，呈现当时的社会图景。

---

① 杨逵口述、许惠碧笔记：《台湾新文学的精神所在——谈我的一些经验和看法》，载彭小妍编：《杨逵全集（第十四卷）》，文化资产保存研究中心筹备处，2001年，第33页。

② 《仰看流云——〈朝花夕拾〉的诗学阐释》，载郑家建：《透亮的纸窗》，人民出版社，2014年，第210页。

③ 梁景峰：《我要再出发——杨逵访问记》，载彭小妍编：《杨逵全集（第十四卷）》，文化资产保存研究中心筹备处，2001年，第165页。

# 第一节　知识分子兼及殖民时期教育问题

萨义德在《知识分子论》开篇即指出:"知识分子究竟为数众多,或只是一群极少数的精英? 二十世纪对于知识分子最著名的两个描述,就这一点基本上是对立的。"①许俊雅在论及日据时期台湾小说中的知识分子形象时,对"知识分子"一词做了如下辨析:"'知识分子'一词,原于民国以后方由日译'知识人'辗转产生,在中国传统词汇中,初无此一词汇。今天,'知识分子'已成为日常口语,然而其界说迄未获学术界之共识。"许俊雅将"知识分子"界定为"(台湾日据时期)传统读书人及吸收新知之现代读书人"②。笔者以下论及"知识分子"时,除了许俊雅所界定的范畴外,还包括了日据时期具有较高文化水平的日籍知识分子。

综观杨逵的文学创作,③无论作品中的人物是否为知识分子、有多困窘、经济如何不济,他们多是向学的。正如《模范村》中所写的,甚至贫苦农人,也渴求知识,他们知道知识是重要的,为了保护自己的权益,识字和算术是不可或缺的。④

值得注意的是,杨逵的作品中其实也并未强调"精神必优先于物质"。杨逵的作品实则充满了烟火气息,他甚至常常强调物质的重要性。如《难产》中写道:"因为要想办法凑出这二圆(赎回棉被的费用),理想、艺术,甚至人生都从我的脑子里豁得飞走了,而'我'也正由于生

---

① [美]爱德华·W.萨义德:《知识分子论》,单德兴译,生活·读书·新知三联书店,2016年,第25页。

② 许俊雅:《日据时期台湾小说研究》,文史哲出版社,1995年,第620页。

③ 在此主要指以日据时期为历史背景书写的文学作品。

④ 杨逵:《模范村》,萧荻译,载彭小妍编:《杨逵全集(第五卷)》,文化资产保存研究中心筹备处,1998年,第131页。

存之困难,使得创作一而再,再而三地难产。"①杨逵还通过《模范村》中阮新民之口直言"人要是没钱就没有出息"②。

即便如此,杨逵文学作品中也写了颇多的知识分子,为数不少的小说甚至还以知识分子为主角。据笔者统计,杨逵的小说,包括生前已发表与未发表在内共计41篇。以日据时期为历史背景书写的小说共计38篇,其中写及知识分子的约28篇。③许达然在《杨逵小说里知识分子的疏离》中指出:"在杨逵的小说中,至少有十三篇主角是知识分子。"④林载爵《台湾文学的两种精神——杨逵与钟理和之比较》分析了杨逵的《送报夫》《模范村》《鹅妈妈出嫁》《无医村》《萌芽》《春光关不住》等六篇小说,指出:"在台湾文学史上我们很少能看到像杨逵这样,将知识分子置于如此重要的地位。"⑤检视杨逵的文学作品,不仅小说,在《父与子》《赤崁拓荒》等戏剧中知识分子也承担着重要的角色。

就杨逵笔下日据时期台湾知识分子形象而言,首先,杨逵作品中的那些台籍知识分子虽然也有《鹅妈妈出嫁》中的林文钦父亲那样受到传统汉文化浸染而成长者,但是其作品中的知识分子更多是受到现代日式教育而成长的。比如《模范村》中的阮新民、《无医村》中的刘医生、《送报夫》中的杨君、《萌芽》中的亮、《鹅妈妈出嫁》中的林文钦和"我",《难产》中的"我"、《菜鸟新闻记者》中的"我",以及《生意不好的医学士》中的"我"。甚至《模范村》中的陈文治,他虽然出生于汉学之

_____

① 杨逵:《难产》,叶笛、清水贤一郎译,载彭小妍编:《杨逵全集(第四卷)》,文化资产保存研究中心筹备处,1998年,第250~252页。
② 杨逵:《模范村》,萧荻译,载彭小妍编:《杨逵全集(第五卷)》,文化资产保存研究中心筹备处,1998年,第111页。
③ 杨逵完成于日据时期的小说,包括在世时已发表的与未发表的共计35篇,这些作品皆以日据为时代背景;而《归农之日》《种地瓜》《春光关不住》虽非创作于日据时期,却也是以日据时期为时代背景的,故在此一并纳入研究范围。
④ 许达然:《杨逵小说里知识分子的疏离》,载静宜大学台湾文学系编:《杨逵文学国际学术研讨会论文集》,台湾文学馆,2004年。
⑤ 林载爵:《台湾文学的两种精神——杨逵与钟理和之比较》,载杨素绢编:《杨逵的人与作品》,民众日报社,1978年,第95页。

家,但是在学习汉学的同时也曾经负笈东渡日本求学。这样的写作选择与杨逵从小便接受日文教育的经历,及其在日据时期完全缺乏汉文素养①不无关系的。

其次,杨逵作品中的台籍知识分子不乏其自况者,比如《难产》中的"我"、《鹅妈妈出嫁》中的"我"、《归农之日》中的李清亮、《送报夫》中的杨君等。这些人物身上或多或少可见到杨逵自身的生活痕迹。为此杨逵作品中颇多知识分子与作者本人一样,虽然具有较高文化水平,但却未必纯然从事着脑力劳动。即便他们也进行着文学创作,并且自觉承担起以文学教化世人的重任,然而他们却并不把文学写作当作正式职业。这些知识分子同时还做着送报夫、小贩、园艺等工作,尤其园艺,比如《鹅妈妈出嫁》中的"我"、《泥娃娃》中的"我"、《绅士轶话》中的"我"、《不笑的小伙计》中的"我"皆是如此。而且可以肯定的是,上述这些知识分子与杨逵一样都是具有"社会良心的形象"②。

然而杨逵笔下日据时期台湾知识分子也并非全然是坚决、刚毅、具有理想的,③他们更加并非全然具有"社会良心"。如《蚂蚁盖房子》中的林栋梁四体不勤、整日游手好闲混日子。《死》中地主儿子陈清波更是"禽兽不如",这是一个留日法律系学子,但他不仅不绅士,还强暴女下属, 极为蛮横的他不仅对那些贫困的农民无丝毫的同情怜悯之心,甚至将可怜的农人活活折磨至死。《菜鸟新闻记者》中"我"的大学同窗、至交沦为强奸犯,而报社记者们为了敲诈事主更是闻风而去。《泥娃娃》中"我"的校友富冈亦是一个恬不知耻、专发国难财的投机者,他比"我"富有,然而却屡次地向贫穷的"我"借贷而且从未偿还,甚至在

---

① 杨逵:《一个台湾作家的七十七年》,叶石涛译,载彭小妍编:《杨逵全集(第十四卷)》,文化资产保存研究中心筹备处,2001 年,第 262 页。
② 林载爵:《台湾文学的两种精神——杨逵与钟理和之比较》,载杨素绢编:《杨逵的人与作品》,民众日报社,1978 年,第 95 页。
③ 林载爵:《台湾文学的两种精神——杨逵与钟理和之比较》,载杨素绢编:《杨逵的人与作品》,民众日报社,1978 年,第 95 页。

大陆(南京)民众深陷战乱、处于水深火热之时他还趁火打劫。

因此,杨逵笔下日据时期台湾知识分子是多样的。即杨逵在书写出《模范村》中的陈文治与阮新民、《送报夫》中的杨君、《泥娃娃》中的"我"、《鹅妈妈出嫁》中的林文钦父子与"我",这些良善且有社会责任感的知识分子的同时,也写出了《蚂蚁盖房子》中的林栋梁、《死》中的陈清波、《泥娃娃》中的富冈等这些藉知识或家世跻身资产阶级或小资产阶级,并走到普罗大众的对面去,甚而与殖民者成为同谋共犯者。

此外,值得留意的是杨逵笔下还写了不少具有殖民者身份的日籍知识分子。其中既有《送报夫》中的田中、《顽童伐鬼记》中的井上健作这些保持着清醒与理性者,他们不但善良,对劳动人民怀有同情心,而且还反对日本军国主义者压迫、糟蹋台湾人;也有如《顽童伐鬼记》中井上健作的老师们,他们的生活虽然很清苦,但仍付出最大爱心、热心帮助健作,使自己的学生能够顺利完成学业这样的日籍知识分子。

葛兰西曾将在社会中履行知识分子作用的人分为两类,第一类是传统知识分子,第二类是有机的知识分子。[1]在其分类中,教师乃归属第一类。教师向来被视为神圣的职业。中国唐朝韩愈《师说》中就有过很精辟的概括,"师者,传道授业解惑也"[2]。

从杨逵的生平经历可知其一生中有过两位重要的日本恩人。杨逵也曾经多次毫不掩饰地表达对这两位日本恩人的感激之情,例"如果没有这两个人(沼川定雄和入田春彦),也就没有当今的我"[3]。而这两位恩人之一的沼川定雄是杨逵的小学老师。沼川定雄也是杨逵的文学启蒙老师,正是他的引导才使杨逵真正对文学产生了兴趣,并在赴日

---

① [美]爱德华·W.萨义德:《知识分子论》,单德兴译,生活.读书.新知三联书店,2016年,第25页。

② 韩愈:《师说》,载朱东润编:《中国历代文学作品选(第一册中篇)》,上海古籍出版社,1980年,第298页。

③ 戴国辉:《杨逵忆述不凡的岁月》,载黄惠祯编:《台湾现当代作家研究资料汇编04杨逵》,台湾文学馆,2011年,第178页。

后选择攻读文学专业。对此杨逵曾经在其自述中多次提及,杨逵还自言因为"碰到沼川先生,使我对日本人的看法,大有改变……沼川先生是对台湾人没有丝毫优越感的人"①。无独有偶,叶石涛(1925—2008年)对其在小学期间的两位日本老师,山口先生与安藤先生也充满了感激,因为(他们)纵使是异族的教师,却把异族的学生视如自己的子弟。②然而在日据时期,并非所有的台湾学龄孩童都能如杨逵与叶石涛这般幸运,张深切(1904—1965年)就是因为遭遇到日本教师的摧残,从而唤起他心底里的民族仇恨。③

杨逵对日据时期那些良善日本人(知识分子)的书写,自然与其曾经有的"美好的日本经验有关"④。然而杨逵同时也用他的笔书写出日据时期,部分在台日籍教师对被殖民地台湾学子的恶意相向,从而呈现了台湾被殖民时期的教育问题。

众所周知,日据时期日本殖民者在台湾采取差别对待,体现于教育上,即在教育内容、制度、设施、就学机会等方面有系统、有计划地实施差别政策。如台湾儿童进的是"公学校",日本儿童则另读"小学校"。台湾儿童所接受的是比在台日本儿童低一级的教育课程,而且为了防范台湾人的文化水准超过日本人,日据时期台湾进一级的高等教育、大学教育,几全为日本人子弟所独占,台湾人子弟能受到高等以上教育的,实在寥寥无几。⑤

或是由于受到女儿"公学校"入学考试失败的触动,1937年杨逵接

① 戴国辉:《杨逵忆述不凡的岁月》,载黄惠祯编:《台湾现当代作家研究资料汇编04 杨逵》,台湾文学馆,2011年,第159页。
② 《一个台湾老朽作家的幼、少年时代(代序)》,载叶石涛:《台湾文学的悲情》,派色文化出版社,1990年,第5~6页。
③ 叶石涛:《日据时期的杨逵》,载黄惠祯编:《台湾现当代作家研究资料汇编04 杨逵》,台湾文学馆,2011年,第136页。
④ 叶石涛:《日据时期的杨逵》,载黄惠祯编:《台湾现当代作家研究资料汇编04 杨逵》,台湾文学馆,2011年,第136页。
⑤ 许俊雅:《日据时期台湾小说研究》,文史哲出版社,1995年,第146~147页。

连发表了诗歌《别伤心哪——写给女儿》(2 月)，杂文《小鬼的入学考试——台湾风景(一)》(5 月)、《缓和考试压力的方法》(9 月)，小说《公学校——台湾情景(一)》①等多篇集中反映殖民时期教育问题的作品。在《缓和考试压力的方法》中，杨逵直接大胆地指出日本殖民者在台湾实施所谓的"缓和考试压力的方法"的欺骗性：

> 当局以为考试科目只考日本历史一科，就能缓解考试压力。可是各界议论纷纷，认为那除了骗骗小孩之外没什么用。要缓解考试压力，应该依照入学率作判断，和科目多寡绝对没有关系——这是正确的论点。
>
> 台湾更悲惨的是六七岁孩童的入学考试。为了让日本人孩童接受义务教育，小学校的数量相当充足；而台湾人没有义务教育，公学校数量不足。
>
> 不准私设学校，查禁教授汉文的书房，而公学校又刷掉这么多人，如果这样子敢说台湾文化有发展，也未免太厚脸皮了。②

那么日据时期，台湾子弟的入学率到底如何呢? 以小学阶段为例，据相关统计数据显示，在日人占据台湾四十年后的 1936 年，台湾儿童就学率仅为 43.8%，1937 年七七事变后，日人因推行"皇民化政策"，使台湾人民变为日本帝国主义的顺民，从而大力发展小学教育，1940年台湾儿童就学率增至 57.6%，1943 年骤增至 65.8%，③ 1944 年则达到了

---

① 手稿中注明的写作时间为 1927 年，但因文中提及雾社事件，故 1927 年疑为作者笔误，可能为 1937 年作品。参见[日]河原功、黄惠祯：《杨逵作品目录》，载彭小妍编：《杨逵全集(第十四卷)》，文化资产保存研究中心筹备处，1998 年，第 411 页。

② 杨逵：《缓和考试压力的方法》，涂翠花译，载彭小妍编：《杨逵全集(第九卷)》，文化资产保存研究中心筹备处，2001 年，第 565~566 页。

③ 戚嘉林：《日据殖民在台近代化本质及其影响》，载中国社会科学院台湾史研究中心编：《日据时期台湾殖民地史学术研讨会论文集》，九州出版社，2010 年，第 166 页。

71.3%；而日籍在台儿童就学率早在 1909 年就已是 90.9%，而后持续上升，1920 年为 98.0%，1944 年则达到 99.6%。①

杨逵的小说《小鬼的入学考试——台湾风景（一）》通过送女儿入第二公学校赴考的 Y 先生之眼，写尽了面对极低录取率（五百三十九位赴考，仅有三百录取名额），陪考家长及其孩子们候考前的情形。既有拼命练习"意、啊、撒"的孩子，也有因为怕得不敢坐到考场的孩子。而那些陪考的家长更是劳心费力，既有在校园里逮到学生，要其为自己的小孩临时恶补"一、二、三"的，还有因为自己的孩子怯场不敢参加考试而含泪叹气者。杨逵诗歌《别伤心哪——写给女儿》则写出了一位父亲在面对女儿公学校入学考试失败后的痛苦，及对女儿的安慰：

女儿哟，别伤心哪！

看到"不及格"三个字时泪水模糊了我的眼睛，差点就揍邮差一顿。你比爸爸更难过吧！

女儿啊！把泪擦干——想玩的时候就跟爸爸妈妈或弟弟们玩，我愿意当马给你骑。②

然而那些有幸进入"公学校"的孩子们就能接受到良好的教育了？事实并非如此。日据时期，日本殖民者的教育意图并非为了传授知识，而是为了把台湾人子弟塑造成忠实的奴隶。③有学者曾对日据时期日本人学童就读的小学校与台湾汉人学童就读的公学校进行一番比较后，得出不仅"小学校"的预算、师资等均优于"公学校"，而且课程上由

---

① 胡彭：《试论日本殖民者对台湾妇女的"皇民化"塑造》，载中国社会科学院台湾史研究中心编：《日据时期台湾殖民地史学术研讨会论文集》，九州出版社，2010 年，第 86 页。

② 杨逵：《别伤心哪——写给女儿》，林郁芯译，载彭小妍编：《杨逵全集（第十三卷）》，文化资产保存研究中心筹备处，2001 年，第 440~442 页。

③ 杨逵：《公学校——台湾情景（一）》，涂翠花译，载彭小妍编：《杨逵全集（第十三卷）》，文化资产保存研究中心筹备处，2001 年，第 135 页。

于其教育宗旨的迥然不同，"公学校"与"小学校"的程度差别大、内容亦截然不同。例如有关日本名人故事的叙述，"小学校"课程多半着重在其力争上游，最后出人头地成为社会各阶层领导人物的奋斗过程。但在"公学校"课程中，对同一名人故事的叙述则偏重于其诚实忠顺与家人和睦相处，终于被上级赏识提拔，或强调其在实业方面的贡献，绝不提及其成为政治上的领导者。[①]不仅课程内容上有所限，不少台湾学龄孩童在"公学校"学习时身心亦饱受折磨。杨逵小说《公学校——台湾情景（一）》即以几个场景极为详细地描写了台湾子弟在日据期间所受到的侮辱歧视，如蔡太山在修身课上因走神而被教师打骂，达夫与其他的同学因说台湾话而被校长打骂，蔡太山与林天才去"小学校"借磁铁而遭遇"小学校"学生侮辱攻击，蔡太山与林天才被级任老师不分青红皂白地踢打辱骂等。小说中声声"清国奴"的刺耳辱骂，更是淋漓尽致地呈现出台湾子弟在失去祖国后，在台湾沦为被殖民地后的那种倍受不屑、饱受欺凌的不幸。在这样的情境下，那本该是传授知识的地方，却不再是孩子们求知的天堂，而成为地狱所在。那些日本教师们非但不关爱台籍学生，反而歧视并折磨着这些被殖民地的台湾学子，师生之间不再是尊师爱生的关系而变成了敌对者。

　　20世纪20年代，国际联盟成立、争取民族自决、争取男女平等以及劳资协调等运动高涨，在这样的世界大形势下，台湾知识分子开始觉醒了。王敏川曾在《〈台湾青年〉发刊之旨趣》（1920年7月16日）中指出："今日世界改造之秋，国民之荣辱，不在乎国力之强弱，而在乎文化程度之高低。"[②]对日据时期台湾民众处境极为同情的法学博士吉野作造在《台湾青年》创刊号上也写道："战后世界各国，文化运动之潮

---

　　① 杨逵：《公学校——台湾情景（一）》，涂翠花译，载彭小妍编：《杨逵全集（第十三卷）》，文化资产保存研究中心筹备处，2001年，第166页。
　　② 《文化传统与历史选择》，载许俊雅：《台湾文学论——从现代到当代》，南天书局有限公司，1997年，第4页。

流,正在澎湃流行之际,台湾诸君,亦不能晏如坐视以逆此潮流者,固不足怪矣。……夫欲见文化运动之真正成功,必根源于古来之历史及民族性",并呼吁"甚盼台湾人诸君之开发文化!"①一向富有强烈社会责任感的杨逵,其启发民智、宣传教育的迫切心情自然是毋庸置疑的。1927年深受台湾农民组合运动的影响,杨逵匆匆结束三年的日本留学生涯,未待毕业便背起行囊返程,旋即投入台湾农民运动、加入台湾文化协会,参加农民组织与教育工作。

正可谓是爱之深责之切。虽然如前所述,杨逵笔下日据时期台湾知识分子形象是多样的,并非全然是坚决、刚毅、具有理想的,②更并非全然具有"社会良心";但不论是对日据时期台湾知识分子的多样性书写,还是对殖民时期教育问题的反映,都体现了杨逵期待台湾知识分子在失去祖国的时代里,能自强且自觉奋力承担起救赎台湾民众的心愿与良苦用心。换言之,杨逵正是通过反省逼视台籍知识分子的精神世界,而深切呼唤如《模范村》中的陈文治、阮新民,《送报夫》中的杨君,以及《泥娃娃》中的陈文钦、"我"这样的能真正为台湾民众着想,自觉地与普罗大众站在一起,为实现通过"文治"以"新民"不懈努力着的,甚至怀抱着寻求故土解放路径,为拯救台湾民众于水深火热而背井离乡寻求真知的人。

## 第二节　医职人员兼及殖民时期医疗问题

日据时期台湾医师参加政治运动可以说是当时的一种趋势,他们

① 《文化传统与历史选择》,载许俊雅:《台湾文学论——从现代到当代》,南天书局有限公司,1997年,第4页。
② 林载爵:《台湾文学的两种精神——杨逵与钟理和之比较》,载杨素编:《杨逵的人与作品》,民众日报社,1978年,第95页。

甚至成为反抗殖民体制的中坚力量。①首位台湾医学博士杜聪明曾说过："（日据时期）本岛人医师界许多人士热心参加政治运动，赞成台湾议会请愿，入文化协会、入民众党等。可算是医界的特色。"②医职人员本来也归属知识分子范畴，但是因为杨逵笔下对医者书写的频率极高，故而在此将其独作一节加以论述。

中国古代即有"涉医文学"之称，孙思邈、李时珍、白居易、苏轼、曹雪芹、李汝珍多是双栖于文学与医药学的，他们创作了大量在内容或形式上涉及中医药的作品。在日据台湾则有"医师文学""医事文学"之称，如蒋渭水、赖和、吴新荣、王昶雄、周金波、詹冰等人都是毕业于专门的医学院校，他们在进行文学创作时就喜欢进行疾病叙事。③当然，杨逵与以上这些双栖于文学、医药学的写作者并不一样，他并不具备医学背景。但是检视杨逵的文学创作，其中关涉疾病书写的作品所占比重极大。正如杨翠在《杨逵的疾病书写》中所指出的："杨逵的作品中，疾病叙事是如此鲜明而丰富，颇值关注。"④除了被称为杨逵"疾病备忘录"的《绿岛家书》外，⑤其他仅日据时期涉及疾病叙事的作品还有小说《灵签》《难产》《鹅妈妈出嫁》《无医村》《萌芽》《泥娃娃》《不笑的小伙计》《新神符》《落伍者》，戏剧《扑灭天狗热》《父与子》等。

杨逵笔下缘何有如此多关于疾病叙事的作品？这与其所秉持的现实主义文学观自然不无关系。终其一生，杨逵都在倡导并践行着贴近大众的文学。由于台湾跨居亚热带与热带，气候温暖湿润，多滋生蚊虫。在卫生条件差、医疗条件落后的历史时期，台湾区域性的传染病和

---

① 李朝霞：《日据时期的台湾医师及医疗书写——从杨逵的〈无医村〉谈起》，《世界华文文学论坛》2018 年第 3 期。

② 杜聪明：《回忆录（上）》，龙文出版社股份有限公司，1989 年，第 172 页。

③ 张羽：《台湾"新"身体：疾病、医疗与殖民》，载张羽编：《社团、思潮、媒体：台湾文学的发展脉络》，九州出版社，2011 年，第 214 页。

④ 杨翠：《杨逵的疾病书写》，载静宜大学台湾文学系编：《杨逵文学国际学术研讨会论文集》，台湾文学馆，2004 年。

⑤ 因《绿岛家书》完成于绿岛时期，为此不在本节讨论范围内。

风土病较为严重,甚至不时爆发大规模的疟疾、瘟疫或鼠疫病。杨逵就曾说过"当时(日据时期)最困扰一般民众的,除了日本人的压迫以外,应当算是疾病了"①。"(疾病)在卫生水准甚低的当时(日据时期),侵袭着岛上居民,几乎岛上百分之七十以上的居民均患过疟疾。"②况且,杨逵自身也是在疾病环伺的环境中成长的。杨逵曾经在不同场合说过童年时的他体弱多病,比如在《我的回忆》中,杨逵说:"在童年时就因经常患病,身体非常瘦弱,在同年龄的孩童当中,成了很凸出的弱小者。"③在《杨逵忆述不凡的岁月》中,杨逵说:"就是体弱多病,公学校我上得比别人都晚,普通七岁上学,我却拖到九岁才上。"也正因为多病,当时杨逵被取了一个"阿片仙"的外号。④而杨逵在幼年时还曾经亲眼看到手足相继因病死去,为此留下深刻的印象。杨逵曾回忆道:

> 我的父母一共生了六个子女,我排行老四。上面有大姊、大哥、二哥,下有弟妹各一。因为疾病的缘故,大姊与弟妹纷纷夭亡,弟妹相继过世时,我只有四五岁,还不懂事,只记得那天在外面玩耍回来,看到有一个小木盒子,里面装着小囝仔的尸身,这事给我留下了一个恐惧的印象。⑤

娶妻为人父之后的杨逵也常常面对孩子的病痛却无奈无措,这种

---

① 杨逵:《我的回忆》,载黄惠祯编:《台湾现当代作家研究资料汇编04 杨逵》,台湾文学馆,2011年,第102页。

② 杨逵:《我的回忆》,载黄惠祯编:《台湾现当代作家研究资料汇编04 杨逵》,台湾文学馆,2011年,第103页。

③ 杨逵:《我的回忆》,载黄惠祯编:《台湾现当代作家研究资料汇编04 杨逵》,台湾文学馆,2011年,第103页。

④ 戴国辉:《杨逵忆述不凡的岁月》,载黄惠祯编:《台湾现当代作家研究资料汇编04杨逵》,台湾文学馆,2011年,第156页。

⑤ 杨逵:《我的回忆》,载黄惠祯编:《台湾现当代作家研究资料汇编04 杨逵》,台湾文学馆,2011年,第102页。

窘境中的不忍与愧疚被清楚地写入其作品里。如《泥娃娃》《难产》都写到长子资崩出生时的困窘，其时杨逵周身只剩下几个铜板，连产婆都请不起，而生活的艰辛更使得营养不良的资崩患上严重的眼疾，甚至一度面临失明的危险。总之，从有生命以来，杨逵即与疾病形成一种依存、对立、辩证的复杂关系。①对于文学特质与其生命特质具有相当高密合度的杨逵，②其作品中处处可见的疾病书写自然也就不足为怪了。

当然，疾病向来被用来隐喻以控诉社会腐败或不公，而在被殖民地台湾，疾病除了控诉社会腐败或不公之外，同时也成为文化机制和国族论述的隐喻。比如蒋渭水的《临床讲义——对名叫台湾的患者的诊断》中以深痛悲切的心情，采用前卫的形式，按照通常病例的方式，开列出"患者"台湾的"疾病大全"，从而成就了一个经典的"台湾病体"的文化隐喻。③杨逵的疾病书写毫无疑问也具有文化隐喻。比如郭侑欣指出，《无医村》里杨逵通过城市中的穷人巷弄，描绘出一幅黑暗的地景，隐身于华厦后的幽暗世界，与生息其中的病弱台湾身体，充满了不祥与死亡的气息，隐喻了底层社会与殖民者国家世界之差异，构成了强烈的对比。④此外，也有论者还关注到杨逵小说《毒》与戏剧《父与子》中疾病隐喻意义的翻转现象。⑤

一般作品中若关涉了病痛，难免就要牵引出医患关系、疗救问题。杨逵涉及疾病书写的作品中也多有医职人员出场，《毒》《新神符》《红

---

① 杨翠：《杨逵的疾病书写》，载静宜大学台湾文学系编：《杨逵文学国际学术研讨会论文集》，台湾文学馆，2004年。

② 杨翠：《杨逵的疾病书写》，载静宜大学台湾文学系编：《杨逵文学国际学术研讨会论文集》，台湾文学馆，2004年。

③ 张羽：《台湾"新"身体：疾病、医疗与殖民》，载张羽编：《社团、思潮、媒体：台湾文学的发展脉络》，九州出版社，2011年，第216页。

④ 郭侑欣：《当听诊器遇见草药——〈蛇先生〉与〈无医村〉中的疾病和医疗叙事》，《台湾文学研究学报》2007年第4期。

⑤ 吕纯明：《评〈日治时期杨逵小说中的疾病书写〉》，载《第一届"全国"台湾文学研究生学术论文研讨会论文集》，台湾文学馆筹备处，2004年，第169~170页。

鼻子》《无医村》等小说更是将医生作为主角,《不景气的医学士》《扑灭天狗热》等作品中的 S 医学士、陈少聪医师虽然并非主角却也是重要的角色。

许俊雅曾在《日据时期台湾小说研究》"医师形象"中写道:

> 乙未割台后,日本军阀便挟其战胜之余威,宰制台人教育;台湾土生土长的青年若是命运较佳,有机会接受高等教育,那么几乎只有一个选择——研习医学。法律、政治、工商等学科,台湾青年几无研习机会。依据统计资料,日据时期有一千八百八十八位台湾青年接受了医学教育而成医师。[1]

毫无疑问,培养台湾医师的近代医学教育与日本殖民政策不无关系。因为列国经营殖民地时,首先是通过宣教致力引诱该地人民至文明的境地。然以医术代替宗教,会使该地人民亲眼见到并亲身经验文明的好处。因而台湾的公医制度作为殖民统治策略之一自不待言。[2]无论如何,日据时期医师成为台湾较多接受了高等教育的知识青年所从事的一种职业,这应该也是杨逵笔下医职人员形象出现频率较高的原因之一。

医生向来被视为神圣职业,医职人员素有"白衣天使"之称。然而日据时期的台湾不乏无良医师,被视为"台湾人喉舌"的《台湾新民报》就刊有相关报道,如 1932 年 4 月 21 日第 3 版中就赫然登着一则题为《医师重钱轻人命》的新闻。而文学作品里也有吴浊流《先生妈》中的钱新发,谢万安《五谷王》中的阿杉之流不讲医德、精于做生意赚钱的医生。杨逵笔下《无医村》中所谓的"名医"林先生也正是此类医生。但值

① 许俊雅:《日据时期台湾小说研究》,文史哲出版社,1995 年,第 634 页。
② 栗元纯:《关于台湾殖民地统治初期的卫生行政》,李为桢译,载薛化元编:《近代化与殖民——日治台湾社会史研究文集》,台大出版中心,2012 年,第 475 页。

得注意的是杨逵笔下更多的是医德高尚的良医,如《红鼻子》中青年医师王毅,《毒》中看病只收工本费,甚至免费为生活困苦的人义诊的"我",如《扑灭天狗热》中免费为老农夫林大头一家看诊用药的善良医师陈少聪,更有《不景气的医学士》中的 S 医学士与《无医村》中的刘医生这样无法将医治病患当作生意,最后不仅不能通过疗疾致富,甚至连解决经济问题都无法实现。不可否认,杨逵笔下的这些医职人员是有着被杨逵视为恩人的赖和的面影,"(赖和)先生病得起不来时,还是一直在担心病患。先生不管再怎么不舒服,也都会应人家的要求出诊。先生每天看了一百多位病患,收入却比看五十人还少。如果有人要求记账,看样子付不出钱的人,从一开始就不记他的账"①。而小说《红鼻子》中的主角台湾青年医生王毅,杨逵给了这个人物一段在厦门"博爱医院"从医的经历,这与赖和曾经在厦门鼓浪屿租界博爱医院的经历是吻合的。

此外,杨逵塑造这些医者形象时,还寄托了他对其二哥杨趁的深深怀念。杨逵与杨趁感情颇深,1924 年杨逵赴日本时,杨趁曾将心爱的小提琴变卖赞助他。②杨趁还曾经指导年少的杨逵阅读托尔斯泰的《战争与和平》《安娜·卡列尼娜》等经典作品,③故而从某种程度上,杨趁可谓杨逵文学引路人之一。不幸的是杨趁在二十四岁时因婚姻生活破碎而自杀。导致杨趁婚姻生活破碎,与早年家庭经济一度十分恶劣,使当时读医的杨趁不得不入赘妻家有关。④与赖和、二哥及蒋渭水等从医者们的相交相知,应是杨逵在疾病叙事作品中侧重塑造医德高尚良医的

---

①　杨逵:《忆赖和先生》,涂翠花译,载彭小妍编:《杨逵全集(第十卷)》,文化资产保存研究中心备处,2001 年,第 92 页。

②　杨逵口述、王世勋记录整理:《我回忆》,载黄惠祯编:《台湾现当代作家研究资料汇编 04 杨逵》,台湾文学馆,2011 年,第 104 页。

③　叶石涛:《日据时期的杨逵——他的日本经验与影响》,载黄惠祯编:《台湾现当代作家研究资料汇编 04 杨逵》,台湾文学馆,2011 年,第 135 页。

④　杨逵:《我的回忆》,载黄惠祯编:《台湾现当代作家研究资料汇编 04 杨逵》,台湾文学馆,2011 年,第 104 页。

原因之一。

如上所述,杨逵笔下写出不少善良而富有同情心,并非将治病作为生意,甚至愿意免费救治患者的良医。然而仅有这些良医是不够的,值得注意的是,杨逵疾病书写中常常会以庶民立场,怀抱同情之心,写出有志于悬壶济世的良医与贫穷无法请医治病的患者间的畸形矛盾现象。《无医村》中老婆子的儿子因为没钱而只能滥用民间草药,最终病死了。原本下定决心无论如何非把病人医好的刘医生只能作为验尸人。《灵笺》中的効嫂一年间失去三个孩子,孩子们营养坏、胃肠坏、老是伤风,可是直到快要死时,为了拿到死亡证明书才给医生看。毫无疑问,造成此种矛盾的根源在于穷困,正如杨华在小说《一个劳动者的死》中所写的:

啊!生病!生病是富者的享福,穷人的受苦!施君呀!像你我这种人哪里配生病呢!穷人生了病,第一请不起医生,第二挣不着工钱。穷人生了病,老实是死神降临了![1]

杨逵的小说《不笑的小伙计》中的天恩为了买药医治独生子生旺,而把人家委托管理的卡特来兰都抵押了,结果儿子得救了,他自己却被判坐牢。《剁柴团仔》中面对从树顶跌落而血流不止的龙井,贫穷的母亲因担心负不起医药费用而迟迟不愿请医就诊,龙井终不治身亡。

虽然杜聪明、陈永兴等人都指出,日据时期在台湾现代医学的建设中占据着重要地位。[2]但是这些伴随着日本殖民政权,并由行政独裁的控制,日本医学无法惠及所有的台湾人,它所能保障的只是部分在台日人与台湾的有钱阶层,这是不争的事实。也正因此,杨逵笔下才会

---

① 张葆莘编:《台湾作家小说选集》,中国社会科学出版社,1985年,第275页。
② 李朝霞:《日据时期的台湾医师及医疗书写——从杨逵的〈无医村〉谈起》,《世界华文文学论坛》2018年第3期。

出现矛盾畸形的医患关系。对穷人而言，因无法支付高额医疗费，只能滥用民间草药加以自救，或只能使用迷信方式来应对病痛，如"把几张金纸放火烧，看其烧过了就把这投入水中浸水，缠涸起来对裂伤糊糊贴贴"[①]。而对那些希望有所作为的良医而言，则常常只能如《不景气的医学士》中的 S 君、《无医村》中的刘医生面临着经营的医院（诊所）无法维系被迫关门的惨境，甚至硬是使自己从"救死者"沦为"验尸人"。杨逵对此是痛心的。他通过《无医村》中主角刘医生之口毫不留情地质问殖民政府："国家把人民的宝贵的身体放在此种状态而不顾，是对的吗？""这政府虽有卫生机构，但到底是在替谁做事呢？"[②]总之，杨逵笔下对矛盾畸形医患关系的书写，不仅反映了日据时期台湾民众贫困不幸的处境，也揭开了日据时期现代医学进入台湾背后的殖民真相。

医者原本就系知识分子，因此正如上节所述，杨逵对他们自然也寄予了深切的希望。杨逵希望他们能与台湾其他知识分子一样，在失去祖国的时代里自强并自觉奋力承担起救赎台湾民众的重任。何况，日据时期台湾医师参加政治运动本就是当时的一种趋势，他们甚至是当时反殖民的中坚力量。为此杨逵在作品中对日据时期台湾医职人员的书写，其实也反映了当时众多有良知的医职人员，如《无医村》中的刘医生、《不景气的医学士》中的 S 医学士、《红鼻子》中的青年医生王毅等的尴尬与艰困处境。他们怀抱救民救国之心，希望自己能"上医医国，中医医人，下医医病"[③]，但是面对那些无力承担医疗费用的普罗大众，他们所能施展的空间却极为有限，甚至连"医病"也难以办到，他们自身甚至还要面临经营的医院（诊所）关门的惨境，更甚者硬是从"救死者"沦为"验尸人"，而这般境况自然就更显示出这些医职人员参与

---

① 杨逵：《剁柴囝仔》，载彭小妍编：《杨逵全集（第十三卷）》，文化资产保存研究中心备处，2001 年，第 74 页。

② 杨逵：《无医村》，李炳昆译，载彭小妍编：《杨逵全集（第十三卷）》，文化资产保存研究中心备处，1998 年，第 298 页。

③ 许俊雅：《日据时期台湾小说研究》，文史哲出版社，1995 年，第 644~645 页。

救国、医人的艰难不易。

　　再者,日据时期台湾传统汉医被视为与现代医学相对的一种落后存在,备受殖民者打压,当时不少作家对此种现象都有所书写,赖和的《蛇先生》就很典型。综观杨逵作品,他甚少写及这个现象,即便有所涉及,用笔也并不直接。但是值得注意的是,杨逵也在他的文学作品中隐含了对殖民者此种做法的不满与为台湾传统医学辩护的态度。比如《无医村》中杨逵就通过主角刘医生真诚地建议"(政府要)把所有的民间药集中起来,而加以分析,究明其中的成分,然后才集大成地详加注明其适应症与使用方法"①来披露他的立场,并在某种程度上替台湾传统医学与民间智慧进行辩护。

# 第三节　工农大众兼及殖民时期婚恋、信仰、女性问题

　　杨逵曾直言:"台湾新文学同情苦难的大众。"②杨逵也曾说过:"坚守这个立场(工农立场)是很艰苦的,但只有把这健全的立场坚持到底才有康乐,也才有出路。"③在杨逵日据时期的文学书写中,除了对知识分子给予极大的关注外,身处困境、饱受折磨的台湾工农大众也是其极为重要的书写对象。

---

　　① 杨逵:《无医村》,李炳昆译,载彭小妍编:《杨逵全集(第五卷)》,文化资产保存研究中心备处,1998年,第298页。
　　② 杨逵口述、许惠碧笔记:《台湾新文学的精神所在——谈我的一些经验和看法》,载彭小妍:《杨逵全集(第十四卷)》,文化资产保存研究中心备处,2001年,第33页。
　　③ 杨逵:《论文学与生活》,载彭小妍编:《杨逵全集(第十卷)》,文化资产保存研究中心备处,2001年,第268页。

杨守愚曾于 1934 年发出过如下感慨：

> 最遗憾的，一般地言，就是很少看到描写农民生活的作品，反而是两性问题的作品倒是占有了全作品的十之七八，这从作为一个农产地的台湾看起来，不无多少叫人感到不足。①

综观杨逵的文学创作，甚少涉及两性关系，即便写及也大体相对保守，往往只一笔带过。如《蕃鸡仔》中关于素珠被饼店老板多次侵犯的事，杨逵仅用了一些富有暗示性的文字，例，"在这里必须一提的是，她（素珠）跟明达结婚时，已有一个月不见月事啦"。"因为被威胁着如不听从饼店老板的话，就要暴露一切……在一小时后就让她（素珠）回去，但是老是筋疲力尽，没精打采"②。相较而言，农民则是杨逵重要的书写对象，他甚至还被称为"农村作家"③。杨逵曾在《台湾新文学的精神所在》中清楚地表示："台湾新文学与台湾人的命运，特别是农民的生活有着血肉的关系。"④杨逵在创作中也切实地践行着自己的这一文学主张。1934 年当杨守愚发出上述感慨时，杨逵的文学创作生涯刚刚开始，那时他仅有《自由劳动者的生活剖面——怎么办才不会饿死呢?》(1927 年)、《送报夫》(1932 年)两篇小说面世。⑤众所周知，在《送报夫》中杨逵就已经对日据时期的台湾农村给予了极大的关注。在《送

---

① 许俊雅：《据时期台湾小说研究》，文史哲出版社，1995 年，第 437 页。
② 杨逵：《蕃仔鸡》，萧宁译，载彭小妍编：《杨逵全集（第四卷）》，文化资产保存研究中心备处，1998 年，第 404 页。
③ 康原：《台湾农村一百年》，晨星出版社，1999 年，第 5 页。
④ 杨逵：《台湾新文学的精神所在——谈我的一些经验和看法》，载彭小妍编：《杨逵全集（第十四卷）》，文化资产保存研究中心筹备处，2001 年，第 34 页。
⑤ 杨守愚的这段文字出自《小说有点可观，间却了戏曲，宜多促进发表机关》，1934 年 7 月《先发部队》第一号。《送报夫》完成于 1932 年，日文版手稿分"前篇"与"后篇"。日文版第一次发表于《台湾新民报》1932 年 5 月 19 日至 27 日，只刊"前篇"，"后篇"遭查禁。日文版第二次发表于东京《文学评论》第一卷第八号，1934 年 10 月，为完整版。

报夫》中,杨逵以主人公杨君一家及其乡人们的不幸遭遇写出了日据下台湾农民的不幸与挣扎。其实不仅农民,杨逵作品中对工人的书写也倾注了极大的心血。杨逵的处女作《自由劳动者的生活剖面——怎么办才不会饿死呢?》(1927年)正是以工人为对象进行书写的。因为工农同是处于当时的社会底层,他们之间有着颇多的共同点。因此,在本节中笔者将对杨逵笔下的工农形象进行综合论述。

杨逵之所以在其文学创作中对工农给予了极大的关注,不只在于通过对日据时期占台湾人口多数的工农生活情景的书写来反映其时被压迫、被欺凌、被侮辱的台湾穷苦民众的生活面貌,而且还因为关注工农本就是杨逵文学书写的特点。杨逵的文学创作是其社会实践的延伸。杨逵出身于一个锡匠家庭,为生活所迫,他一生中还做过诸如送报夫、清道夫、挑土工、小贩、园艺、苦力工人等职业,尤其以从事园艺工作为最久。①日据时期,杨逵还积极投身于组织或参与工农民族解放的运动中,比如组织农民运动,支援水泥工厂、铁道罢工等,且还为此身陷囹圄数十次。总之,坚持庶民立场、关心工农大众并为之献身是杨逵毕生不曾稍移的立场。他为台湾劳苦大众的解放奋斗付出,无论在何种恶劣的条件下,都未曾放弃或转变过。

许俊雅曾经指出:

> 这时期(日据)许多短篇小说的人物,在故事中往往以死亡或疯狂作为悲剧叙事架构。这些人物的生命,充满了各式各样的痛苦、艰难、屈辱和挫折。他们的悲剧,往往不是肇因于自己的性格,而是自身以外的环境与际遇,或命运的魔掌有以致之。②

---

① 梁景峰:《我要再出发——杨逵访问记》,载彭小妍编:《杨逵全集(第十四卷)》,文化资产保存研究中心筹备处,2001年,第163页。
② 许俊雅:《日据时期台湾小说研究》,文史哲出版社,1995年,第590页。

尽管杨逵将自己的作品界定为"理想写实主义"，其作品中确实也塑造了不少努力打拼、不懈追求光明的人物形象。如《送报夫》中的杨君、《鹅妈妈出嫁》中的"我"、《模范村》中的陈文治。但是杨逵笔下的那些纯粹农工们，[①]他们处于社会底层饱受压榨，不论多么努力，总是一如既往的贫困不幸。他们不仅难以在基本生活条件上获得满足，甚至最终会被逼迫至疯至死。比如《自由劳动者的生活剖面——怎么办才不会饿死呢？》中才二十四五岁，却因为饥饿无力摔倒后被一百多公斤砂石硬生生撞死的伊藤和那个老态龙钟地倚在墙边，战栗着骨节嶙峋、皮包骨的手指，说着"我快要死了！已经三天哪！三天什么都没吃哪！怎么办才不会饿死呢？"[②]的老人，他们都是面临死亡威胁（或已然死去）的工农群体典型代表。此外，在《难产》《死》《模范村》《送报夫》《蕃鸡仔》《无医村》《灵笺》《剁柴囝仔》《父与子》等小说、戏剧中，为生活所迫而死亡或濒于死亡的农工也比比皆是。

对这些生活艰困的工人、农民的书写，除了反映当时工农基本物质生活上的严重不足外，还勾连出不少的社会问题。

首先，正常婚恋受阻。[③]对那些食不饱穿不暖，生存都面临威胁的贫苦农工而言，正常婚恋已然成为奢望，"婚姻只不过像是困穷的宿命找到了可以延续的出口那样，非但不是幸福的象征，反而是不幸福与悲哀的扩散"[④]。针对农工婚恋问题，日据时期不少台湾作家在他们的作品中都有过书写，比如蔡秋桐《四两仔土》、徐玉书《谋生》、徐琼二《婚事》、杨守愚《一个晚上》、翁闹《戆伯仔》等。杨逵也不例外。《模范

---

① 此处"纯粹"是相对那些有知识的农工，尤其是作品中具有杨逵自况的农工形象。

② 杨逵：《自由劳动者的生活剖面——怎么办才不会饿死呢？》，叶笛译，载彭小妍编：《杨逵全集（第四卷）》，文化资产保存研究中心备处，1998年，第13~15页。这篇作品中的人物是日本劳动人民，但何尝不是日据下的台湾民众形象。

③ 日据时期小知识分子的婚恋因生存困窘又何尝不是饱受阻碍，如龙瑛宗笔下《植有木瓜的小镇》中"陈有三"们的遭际。

④ 许俊雅编：《日治时期台湾小说选读》，万卷楼图书股份有限公司，2003年，第97页。

村》中通过书写萧乞食黯然神伤的原因间接反映了这一问题。他（萧乞食）一生像牛一样地操劳……还希望能在自己咽下最后一口气以前，给三个儿子娶了媳妇，好抱孙子。可是眼看着少许的积蓄一年年花掉，就倏然大失所望，断了一切念头。因为生活困窘的男子们①根本无法担负起高额的娶妻费用"娶个处女要花三至五百圆的聘金"②。《蕃仔鸡》中明达娶素珠用了二百元聘金，正是这高额的聘金间接导致素珠自杀、一尸两命悲剧的发生。为此，那些穷困的男人们，不乏如杨逵小说《毒》中那个得了鱼口疮的男子，年过三十五才娶到烂掉一半身体的妻子。

其次，信仰被剥夺。在不幸的遭际中，工农们有着不同的应对态度。他们或者只是默默承受，如《死》中的罗汉叔、阿达叔、江龙伯等，如《蕃仔鸡》中的素珠与明达。他们或者"有远见"能未雨绸缪，如《新神符》中泰平庄上的老翁，他寄希望于"新神符"（保险）以解决自己的后顾之忧，即死后能有口棺材。然而在那样的世道中，这些"有远见"者也难以实现"未雨绸缪"的用意。《新神符》中那个老翁终究因为失业不仅无法得到"新神符"的庇护，反而被逼得发了疯。另外有些工农则寄希望于民间的宗教神祇以获悉命运走向，如《灵签》中的効嫂。然而"灵签"也并不灵验，对効嫂而言"今后会好起来的"③的签语并未实现，一年中已经连着失去三个孩子的効嫂，在得到此"灵签"的一个月后又流产了。当然，尽管"灵签"不灵，却也正如许俊雅所指出的："在低水平的生活、农业为主的社会、教育不普及的情况下，民间所建立的生活秩序、社会伦理、道德行为……即以神教观念为基础，它仍有温暖民众心灵，净化人们精神生活的作用。"④

---

① 杨逵多以男性角度书写，包括婚恋亦是如此。

② 杨逵：《毒》，陈培丰译，载彭小妍编：《杨逵全集（第十三卷）》，文化资产保存研究中心备处，2001年，第105页。

③ 杨逵：《灵签》，叶笛译，载彭小妍编：《杨逵全集（第四卷）》，文化资产保存研究中心筹备处，1998年，第170页。

④ 许俊雅：《日据时期台湾小说研究》，文史哲出版社，1995年，第380页。

　　日本学者横森久美曾指出，通过被殖民民族对待神社的态度即可见"皇民化政策"精神管控之一斑。由于殖民当局认为宗教信仰对民心有重大的影响，为此自从日据之初，殖民者即将宗教改革作为其同化政策之一环实施开来。据横森久美统计，从 1897 年在台湾建立第一个神社起至 1945 年日本战败为止，日本殖民当局在台湾共计建有六十八个神社。尤其"皇民化政策"前期（1937 年至 1941 年 4 月）在第十七任总督小林跻造时期，为了加紧推进"皇民化运动"，宗教改革更是通过祭奉神宫大麻、台湾人家庭正厅摆放神棚以及寺庙整理等具体措施紧锣密鼓地推行开来。当然殖民者的这些强硬政策也遭到台湾民众的强烈反对，到了"皇民化政策"后期（1941 年 4 月至 1945 年 8 月）为了避免反日情感的滋长，更好地将台湾作为"南进基地"，利用台湾劳动力、输送台湾兵到前线，第十八任总督长谷川清中止了寺庙整理等相对激进的措施。[①]

　　正因为宗教改革是日本殖民当局作为同化台湾民众、实施精神管控的政策之一，为此反对宗教改革、努力保存台湾原有的民俗习惯，便是贯穿于日据时期台湾民众抵殖的行动之一。这也正是当时不少作家作品中倡导辩证看待迷信破除过程的原因，即所谓的"迷信破除"中有哪些是出于时代合理的需要，又有哪些是出于殖民的需要。[②]综观杨逵的作品，可见其对工农大众的宗教信仰也并非一味地加以反对。杨逵创作于 1937 年七七事变后的《模范村》中，有一段写及台湾民众在日本殖民者的威压下，只能偷偷膜拜妈祖娘娘与观音菩萨的文字极为精彩：

---

　　① ［日］横森久美：《台湾にける神社——皇民化政策との関連において》，载台湾近现代史研究会编：《台湾近现代史研究Ⅱ》，绿荫书房，1982 年，第 187~214 页。
　　② 陈建忠：《日据时期台湾作家论：现代性、本土性、殖民性》，五南图书出版股份有限公司，2004 年，第 48 页。

尤其使虔诚的老年人痛心的是,他们所顶礼膜拜的妈祖娘娘和观音菩萨的佛像,也被迫和那些破烂东西为伍。大厅的顶桌上,一向是供奉妈祖娘娘、观音菩萨的佛像和香炉,如今摆设着日本式的神龛和写着"君之代"的挂幅。但是,老年人不拜佛像的话,好像就吃不下饭,因此常常把和破烂东西为伍的佛像,偷偷地搬出来,焚香叩拜,流着泪。可是一听见皮鞋声响,便又慌忙地一手抓着佛像的脖子,一手捏着线香,把它塞到床下或是燃料堆里藏起来。伟大的南无观世音菩萨也好,灵验的妈祖娘娘也好,好像都无法抵抗,毫不抱怨,乖乖地被塞进破烂东西和燃料堆里,不能动弹。①

这段文字不但生动地再现了"皇民化政策"前期殖民当局在台湾强行推行宗教改革的情景,而且也充分反映了日据时期日本殖民者对台湾民众物资的夺取甚至精神管控的程度。

再次,女性的不幸较之男性更胜。鲁迅曾说过,对遭受着多重困境的男人们是"无须担心的",因为"有比他更卑的妻,更弱的子在"。②尽管在日据时期,尤其七七事变前杨逵的文学创作更侧重于书写出不同性别、不同国族工农的共同命运。毕竟在杨逵的想法中"人类只有阶级之分,没有国界之别"。"'阶级问题'是造成人类不平等的主因。"③而且在那个时期的工农阶层,不论是在台湾的日籍或台籍工农,还是在日本的日籍或台籍工农,他们都处于社会底层,他们的生存都极为艰难。《送报夫》里被不良老板欺压的送报夫们,其中除了来自台湾的青年杨君外,更多的是日本本国的劳动者,且这些送报夫们不幸的处境并无

---

① 杨逵:《模范村》,萧狄译,载彭小妍编:《杨逵全集(第五卷)》,文化资产保存研究中心筹备处,1998年,第139页。
② 《灯下漫笔》,载《鲁迅全集(第一卷)》,人民文学出版社,2005年,第200页。
③ 谢美娟:《日治时期小说里的农工书写——以赖和、杨逵和杨守愚为中心》,中兴大学硕士学位论文,2009年,第29~30页。

差别，即便用心工作也依然过着食不果腹、衣不御寒的日子。但值得留意的是，在这共同的悲惨境遇中，女性农工的不幸较之男性实则更甚。正如许俊雅指出的："男性作家笔下的女性劳工，可说是台湾农民中被剥削、被牺牲得最彻底的一群人。"①

杨逵作品人物以男性居多。检视杨逵的小说、戏剧，其中唯有《萌芽》是以女性视角进行书写的。杨逵对日据下台湾女性的书写并非侧重于关注封建父权体制下女子的不幸，也非侧重书写养女陋习造成的女子之不幸或婆媳敌对关系下女性的不幸处境，更非着意书写女性自身的愚昧与不自觉。相较而言，日据时期杨逵作品中更侧重呈现的是殖民环境下女性劳工的困境。比如在《萌芽》中，杨逵有意识地借女主角素香之口说出了日据时期女性劳工普遍的不幸处境，即女人的职业换来换去都大同小异，最终或许成为人家的妾室，更甚至被玩弄后遭到遗弃，当了妓女。②《萌芽》中的 R 和 K、《蕃仔鸡》中的素珠、《毒》中烂了半个身子的妻子、《父与子》中的不缠等女性的遭际毫无疑问都在呈现同样的事实，即日据时期女性劳工不论在肉体上，抑或在精神上所承受的折磨实比起男性更甚。

综上所述，杨逵通过对日据时期占台湾人口多数的工农生活情景的书写，反映了日据时期被压迫、被欺凌、被侮辱的台湾穷苦民众的不幸处境，即从生活物质条件的极度缺乏到婚恋的受阻，再到精神信仰被剥夺和女性相对男性而言更加艰难。

最后值得注意的是，杨逵在对日据时期工农大众进行书写时还各有侧重。杨逵对工人的书写，与对知识分子的书写一样，不但关注了日据时期台籍工人，如《蕃仔鸡》中的明达等。同时，写及了日本工人的生

---

① 《日据时期台湾小说中的妇女问题》，载许俊雅：《台湾文学论——从现代到当代》，南天书局有限公司，1997 年，第 45 页。

② 杨逵：《萌芽》，翠花校译，载彭小妍编：《杨逵全集（第五卷）》，文化资产保存研究中心筹备处，1998 年，第 446 页。

活境况,如《自由劳动者的生活剖面——怎么办才不会饿死呢？》中那些饱受压迫、困苦不堪的日本劳工群像,《顽童伐鬼》更是写作了以井上健次一家为代表的在台湾陷入极大生存困境的日籍劳工。①当然这三类工人同样处于社会底层,受尽欺压,境遇悲惨。但正如日据时期台湾学子在殖民教育中受到不公正对待一样,当时台籍工人也被殖民者加以区别对待。例如,据计"以一九二一年台湾六种主要的工厂而言,台湾人职工占总职工人数的九一·九％。以工资比较,一九二二年台湾二十一种行业的工资,日本人平均二·八五圆,台湾人平均只有一·二五圆"②。而杨逵作品,如小说《蕃仔鸡》中也有这样的文字:"在最佳的情况下,日本员工一天可拿二圆薪饷,台湾员工一圆三角,最差的时候,日本人七角,台湾人三角。"③

毫无疑问,杨逵在此通过将台籍工人与在台日籍工人的薪饷进行比较,以此反映作为被殖民地台湾的劳工们与日本工人的不同之处,即除了受到阶级压迫之外,还要承受殖民者的残酷压榨。

尽管日据时期遭受着民族、阶级双重压迫与剥削的台湾农民与当时身处社会底层的工人一样,即便不得休息地勤劳耕作,也依然难以摆脱无立锥之地的凄惨处境,更甚者还会被迫离开自己赖以生存的土地转为工人,从原先出卖农产品而沦为出卖自己劳动力为生。然而正如林载爵指出的:"台湾的农民在日本资本家的榨取和歧视下,生活上受双重的压迫,可以说是台湾人中最困苦的一群。"④不同于对工人的书写,杨逵作品中对农民的关注仅聚焦于台籍农民。而且相较于工人,

① 作品中也写及了周边国家或地区劳动民众到台湾寻求生机却同样陷入困顿的。
② 《日据时期"台湾派"的祖国意识》,载王晓波:《台湾史与台湾人》,东大图书股份有限公司,1988年,第21页。
③ 杨逵:《蕃仔鸡》,载彭小妍编:《杨逵全集(第四卷)》,文化资产保存研究中心筹备处,1998年,第402页。
④ 林载爵:《访问杨逵先生——东海花园的主人》,载彭小妍编:《杨逵全集(第十四卷)》,文化资产保存研究中心筹备处,2001年,第293页。

杨逵笔下的农民更为不幸。杨逵曾在其最具死亡意识的小说《死》中写道："这些农民，十之八九都是以劳动为主体的，尚且节俭却一如既往的贫穷，甚至比工人更为不幸。"[①]日据时期造成台籍农民不幸的原因颇多。或由于各种名目的捐派，或由于沉重的佃租，或由于高利贷者的欺凌。然而毋庸置疑，其中最重要的是日本殖民者经营的制糖会社与台湾买办资本家联合，对农民进行的压迫剥削。矢内原忠雄在《日本帝国主义下之台湾》中直接指出："甘蔗糖业的历史就是殖民地的历史。"[②]杨逵通过其文学书写，对日据时期深陷于"工业日本、农业台湾、压迫台湾"[③]政策下台湾农民的不幸及造成其不幸的根源加以呈现。其作品中不但有《模范村》中由于辛勤开垦好的土地被地主阮固爷强行租给制糖会社、陷入"愁苦无望"中的憨金福，还有《送报夫》中那些由于土地被强行收买而遭受极大不幸的村民阿添叔等。

值得注意的是，杨逵对工农大众形象的描写，在直面日据时期的台湾现实，通过工农大众的悲惨境遇揭示殖民地压迫的沉重与黑暗的同时，总能发掘出底层工人、农民、女性（母亲、妻子）身上的美好品质。如《扑灭天狗热》中以许春生、阿银夫妇为代表的农人们对患病的林大头一家给予了热心的帮助。如《归农之日》中那淳朴可亲的农民与农人老太太，他们犹如及时雨般救助了处于窘境中的李清亮一家。如《萌芽》中的素香，她虽然多次遭遇家庭变故，甚至一度为了维持生计沦为酒家女，但她却未曾颓丧。

如果说被剥削、被歧视是日据时期台湾劳工大众悲苦的宿命，杨逵却绝不是一个甘于认命的人。杨逵曾说过："人是寻出路的动物，不管生存处境如何黑暗艰苦，但总有一条路可寻，只要我们广泛去观察，

---

① 杨逵：《死》，载彭小妍编：《杨逵全集（第四卷）》，文化资产保存研究中心筹备处，1998 年，第 285 页。

② ［日］矢内原忠雄：《本帝国主义下之台湾》，周宪文译，帕米尔书店，1987 年，第 229 页。

③ 戚嘉林：《日据殖民在台近代化本质及其影响》，载中国社会科学院台湾史研究中心编：《日据时期台湾殖民地史学术研讨会论文集》，九州出版社，2010 年，第 163 页。

出路是会找到的。"①

因此,杨逵从未忘记在作品中为这些受苦的台湾同胞给出一丝曙光、指出一个方向。比如《死》中那个曾经贱视穷民,常具优越感的杂差意宽在血的教训中觉醒了,最后为了拯救台湾民众而负笈东京。《模范村》中不仅有作为领路人的新旧知识分子阮新民、陈文治最终觉悟奋起,而且还有团结在他们身边的村中青年们,大家满怀着希望与激动的心情为改变台湾的不幸处境而携手共进。《送报夫》中的杨君最终选择离日返乡,满怀着信心义无反顾地投身到抗日救台的行列中。

# 第四节 子辈幼童兼及殖民时期生养问题

尽管杨逵文学作品中的人物众多,从人物归属地而言,除却台湾外,还有大陆来台者,以及有由日本、朝鲜、英国、荷兰等欧亚国家去台者。就人物所从事的职业而言,有律师、教师、医生、新闻记者、工人、农民、商人等。但是就单篇而言,杨逵作品中的人物一般不多而且关系也并不复杂,按人物亲缘算来多数不过两代而已,如《无医村》《泥娃娃》《天堂与地狱》《模范村》《落伍者》等莫不如此。

不过杨逵作品中父辈所拥有的子女大多并非独子,一般会有两个及以上的孩子。②这自然与台湾当时的生育情况不无关系。台湾地区的居民大多由中国大陆移居过去,毫无疑问也多继承了中国传统的观念与价值。日据时期的台湾虽然已经有了节育方法,如日本引进的"子宫环"、结扎及堕胎。但是大部分台湾民众仍受到中国尊崇孝道、须传后

---

① 杨逵:《不朽的老兵》,载彭小妍编:《杨逵全集(第十四卷)》,文化资产保存研究中心筹备处,2001年,第184页。

② 《不笑的伙计》《赤崁拓荒》《犬猴邻居》是例外;此外,《模范村》地主阮固爷与《死》中富豪陈宝未知他们是否多子,但文中都只写及一子,即阮新民与陈清波。

代的传统伦理观念，及"多子多孙，多福气"传统思想的深刻影响。此外，在彼时的台湾，日本人为了增加兵源亦会鼓励生育，因此日据时期不但节育不普及，有关的知识亦相当缺乏。①据统计，自 1895 年日本据台后至 1940 年止，台湾地区的人口基本处于高出生率状况，人口增加率高达 51%。②

无子或少子的家庭虽然负累相对少些，然而却也自有其因为无子或少子而带来的不幸与苦楚。《新神符》中那对可怜的老夫妇，正是因为没有孩子而考虑到死的时候至少得准备棺材所以才买了保险，原本以为保单比神还值得感谢，是"新神符"，结果却因为失业无钱续缴保费而逼得老翁得了"失心疯"。《犬猴邻居》中那个被誉为"日本之母"的瞎眼老婆子，她早年丧夫，唯有独生子林坚与之相依为命，然而仅有的儿子也将赴战场，尽管她表示自己很喜欢儿子像关公那般去战场杀敌，但是面对即将离别瞎眼的寡母，林坚伤心不已，林坚的不忍也正暗示了即将独留后方的寡母的悲凉。戏剧《赤崁拓荒》③则通过青年甲、乙道出不愿当兵、求饶望生的缘由，即作为家庭唯一（或主要）劳力，他们对维系家庭有着极大的责任。无论是《新神符》中那对为身后事忧心的可怜老夫妇，还是《犬猴邻居》中送别独子只身留于后方的瞎眼老婆子，抑或《赤崁拓荒》中因家庭责任而不愿当兵的青年甲、乙，杨逵笔下这些人物的遭际直接或间接反映了一个事实，即少子家庭的父辈，尤其年迈的双亲一旦失去所能依靠的唯一（或作为家庭主要劳力的）孩子，他们可能便难以生存了。

---

① 孙得雄：《台湾地区生育态度与行为的变迁》，载瞿海源、章英华编：《台湾社会与文化变迁（上册）》，"中研院"民族学研究所，1986 年，第 153 页。

② 卞凤奎：《日据时期台湾籍民在大陆及东南亚活动之研究（1895—1945）》，黄山书社，2006 年，第 207 页。

③ 《赤崁拓荒》是杨逵绿岛时期的戏剧作品，该作虽将背景设置为荷兰殖民时期，但毫无疑问影射的是日据时期的社会现实，且因为也涉及了生养问题，故在此援引剧中情节加以论述。

当然，尽管如上所述无子或少子的家庭有其潜在的不幸，多子也并非绝对是好事。多子多孙、人丁旺盛对富贵人家或许是锦上添花之事，然而对生活本来就困窘的人家就并非好事了。事实上，对于贫困家庭而言，抚养一个孩子尚且艰难，比如《蕃仔鸡》中因为男主人公明达处于半失业状态，为此对孩子的即将出世①，他并非欢喜等待，反而是倍感压力，最终妻子素珠在各种痛苦煎熬中自缢身亡，一尸两命，独留生者无尽的苦痛哀伤，令人唏嘘。《不笑的小伙计》中贫穷的天恩为了买药医治独生子生旺而把他人委托管理的花都抵押了，最终儿子得救了，但是他自己却因此而坐牢。《水牛》中的阿玉父亲因欠地主稻谷钱为还债被迫将年仅 12 岁的亲生女儿卖去为婢。因此，多子对生活艰难的人家毫无疑问是极为沉重的负累，多子使得贫困的家庭愈加陷入贫穷的深渊中。《落伍者》中在私家车旁、在阵风卷起的尘土中，"落伍者"陈泗文和他背上年仅四岁、发着高烧、痛苦地呼呼喘息的女儿，以及年仅六岁连走带跑吃力地跟着往家方向前行的儿子，他们的穷困不幸深深刺痛人心。

因此从父辈的角度而言，②无子少子潜藏着不幸，多子亦难以养育。那么从子辈的角度而言，成长于贫困家庭毫无疑问亦是极为艰难的。首先，在饱受殖民剥削与阶级压迫的情况下，事实上孩子们是否能健康成长都是不能确保的。《台湾新民报》1932 年 4 月 18 日第 3 版中，即刊有一则题为《新竹市死亡数幼儿占十分之五》的新闻。杨逵作品中也曾对日据时期孩童生存问题给予了关注。小说《灵笺》中便写了効嫂三个因为营养不良而接连夭折的孩子，以及一个无法保住的胎儿。当然促使杨逵对这个现象给予关注的原因，除了当时比比皆是的残酷现实外，与其自身的经历也有着密切的关系。

———————————

① 孩子其实并非男主人公明达的，而是素珠被饼店老板玷污后所有，但是明达并不知情。

② 此处指贫民家庭。

　　杨逵幼年时就曾经亲眼看到手足相继因病死去，并因此留下极深的印象。杨逵的父母本生育有六个子女，杨逵排行老四。上面有大姐、大哥、二哥，下有弟、妹各一。然而因为疾病的缘故，杨逵的大姐、弟弟、妹妹纷纷夭亡。①事实上，在当时的世道中即便得以存活下来的孩子，也要经受极大的考验。比如杨逵与叶陶的五个子女（两男三女）。虽然这些孩子最终都幸运地存活下来了，但是其中的艰难也是不言而喻的。杨逵常提及长子杨资崩出生时的困窘，其时杨逵周身只剩下几个铜板，连产婆都请不起，而生活的困窘更是使营养不良的资崩患上了严重的眼疾，甚至一度面临失明的危险。这段不堪回首的往事不仅被写进叶陶的自传性小说《爱的结晶》中，也被写入杨逵小说《泥娃娃》《难产》中。而《难产》中那赤贫的一家人，女儿与"我"忍饥挨饿的悲凉，妻子背着一个孩子，拉着另一个的手，边走边叫卖的情景无不令人动容。杨逵的诗歌《病儿》也很好地写出了贫民家庭孩童成长的不易，可谓是"昨天也是番薯，今天也是番薯，菜是用盐腌的菜叶。一里的路，走三次去拜托，可是说不来的医生，终于没来。病儿的哭声，哽在咽喉里，消失了——"②

　　除了物质上的极度匮乏，在精神方面，日据时期台湾穷苦人家的孩子同时也被剥夺了接受良好教育的机会。③1937年杨逵接连发表的诗歌《别伤心哪——写给女儿》（2月），杂文《小鬼的入学考试——台湾风景（一）》（5月）、《缓和考试压力的方法》（9月），小说《公学校——台湾情景（一）》等集中反映殖民时期台湾教育问题的作品，均可见一斑。对于穷苦人家的孩子，即便是入了学，因为要分担家庭的重任也未必能尽心于学习上。如《剁柴团仔》中的小学三年级学生龙山，原本因为

---

　　① 杨逵：《我的回忆》，载黄惠祯编：《台湾现当代作家研究资料汇编04 杨逵》，台湾文学馆，2011年，第102页。

　　② 杨逵，叶笛译：《病儿》，载彭小妍编：《杨逵全集（第十三卷）》，文化资产保存研究中心筹备处，2001年，第435页。

　　③ 日据时期，台湾地区的孩子普遍得不到好的教育，贫民家庭的孩子尤甚。

要剁柴只能上半天学,在弟弟龙井死去后,他更是因为"无闲"而退学了。

尽管生长于穷苦人家的孩子是如此艰难,但杨逵却依然有着"即使是难产,谁敢断言就不会生出生龙活虎般的健壮孩子呢"的信念①。因此在他笔下,虽然这些穷苦家庭的孩子们既没有充足的物质生活保障,也得不到良好的教育,然而他们却依然坚强地成长,如一株株"压不扁的玫瑰花"般坚韧。《难产》中才满四岁却贴心懂事的女孩守俄、《落伍者》中年仅六岁却热切希望自己快速成长以摆脱被欺凌现状的男孩陈建莫不是如此。宋泽莱曾说过:"年轻人大半都是一无所有的人;特别是还没有在社会上工作的学生,属性更接近一个无产者,手上一点权力也没有。因此,要杨逵不向年轻人靠拢是不可能的,他们才是杨逵信任的人,是携手合作的绝佳对象。"②杨逵在戏剧《牛犁分家》中曾为秀兰设计了这样一首哄婴歌谣:"摇啊摇,摇婴摇,婴儿不惊冷,不惊热,同娘上山种芎蕉。摇啊摇,摇婴摇,羊儿无奶吃树叶,婴儿无奶吃芎蕉,芎蕉大只有营养,婴儿长大做英雄。"③

笔者认同宋泽莱如上的论断,同时认为《牛犁分家》中的这首歌谣不仅唱出了日据时期台湾贫民家庭孩童成长的艰难,而且在某种程度上也印证了宋泽莱的话。相较于对台湾知识分子在有所批判中委以重任,杨逵对这些在艰难中成长的年轻后辈们是在疼惜中寄予了殷切的希望。也正因如此,杨逵笔下不仅有《泥娃娃》里已然结束了捏玩泥偶的阶段,忙着设计能真正在空中飞翔的滑翔机的"我"的大儿子,而且有《公学校——台湾情景(一)》中那些备受欺凌、最终团结起来一致奋起反抗的八百多个台籍孩子。

---

① 杨逵:《难产》,载彭小妍编:《杨逵全集(第四卷)》,文化资产保存研究中心筹备处,1998年,第233页。

② 宋泽莱:《推荐序》,载杨翠:《永不放弃:杨逵的抵抗、劳动与写作》,蔚蓝文化出版股份有限公司,2016年,第13页。

③ 杨逵:《牛犁分家》,载彭小妍编:《杨逵全集(第一卷)》,文化资产保存研究中心筹备处,1998年,第228页。

# 小 结

　　杨逵的文学生涯持续了半个多世纪，从日据时期一直到国民党执政时期，即跨越了两个时期、两种体制。但是杨逵素来被视为"台湾新文学'成熟期'与'战争期'最重要的作家之一"①。相对而言，杨逵日据时期的文学书写不仅数量大，而且更受关注，尤其他自身最满意的文学作品基本完成于此期间。日据五十年间，台湾民众饱受殖民之苦，日本殖民者所带来的现代性与残酷殖民性的纠葛、台湾民众如何应对日本殖民者的奴役等问题至今仍是学界研究的焦点。本章聚焦杨逵日据时期的文学书写，以杨逵文本中主要关注的知识分子、医职人员、工农大众、子辈幼童等人物为中心，结合杨逵同时代作家的相关叙述，通过比较论析杨逵笔下这些人物群像在当时世态中所呈现出的复杂样态，以窥见当时的社会图谱，并解读作为历史在场者杨逵的心态及其书写特点。

---

① 王诗琅：《序》，载林梵：《杨逵画像》，笔架山出版社，1978 年，第 2 页。

# 第三章　投向祖国的眼光：

## 以战后初期文学译介为主

　　杨逵曾经三度赴日，青年时期的杨逵负笈东渡日本开启了三年的求学生涯（1924 年 8 月至 1927 年 9 月）。返台十年后，在《台湾新文学》被迫停刊带来的沉重打击下，为了"打开台湾文学沉闷的局面，在日本觅取一块供台湾作家发表作品的园地"①，杨逵于是有了第二次的日本之行（1937 年 6 月至 9 月）。时隔第二次赴日四十多年后的 1982 年，76 岁的杨逵应美国艾奥瓦大学"国际作家研究会"邀请远赴美国约两个月（1982 年 8 月至 11 月 1 日）。此后，在由美国返回台湾途中，杨逵顺道重游日本，并逗留了近半个月之久（1982 年 11 月 1 日至 14 日）。尽管杨逵留学日本期间曾经被中国革命呼声吸引，一度萌生了"前往上海停留一段时间"的念头，②然而他最终响应台湾农民组合的召唤，在 1927 年 9 月匆匆返回台湾了。杨逵有生之年终未曾到过大陆，这对他而言"实在是很遗憾的事"③。

　　虽然杨逵自小接受的就是日语教育，如他自己所言，在光复前根本不懂中文，也完全没有中文的素养。虽然杨逵是在战后二十多年间，经过自学，才充分掌握了中文。④杨逵也曾经说过，自己是个殖民地的

---

　　① 叶石涛：《日据时期的杨逵——他的日本经验与影响》，载黄惠祯编：《台湾现当代作家研究资料汇编 04 杨逵》，台湾文学馆，2011 年，第 139 页。

　　② 林梵：《杨逵画像》，笔架山出版社，1978 年，第 83 页。

　　③ 杨逵：《〈第三代〉及其他》，涂翠花译，载彭小妍编：《杨逵全集（第九卷）》，文化资产保存研究中心筹备处，2001 年，第 556 页。

　　④ 林梵：《杨逵画像》，笔架山出版社，1978 年，第 18 页。

儿子。在日本帝国主义的阻断下，少时的读书生活中固然也读到过中国历史名人，例如孔子、岳飞、文天祥一类的故事，但那毕竟是出于日本人改写后的东西。对于中华文化，他和绝大多数当时"新式"知识分子一样，所知不多。因为在殖民时期的台湾，不但不能去大陆，而且书籍、杂志和报纸也都无法进台湾，所以比起在东京更不容易了解大陆的情况。[①]杨逵自言，是战后从徐复观先生那儿才知道了更多、更深的中国传统思想。[②]杨逵虽然没有在大陆生活的经验，中国对杨逵而言不免还只是文字、文化、血缘上建构起的原乡。但可以肯定的是杨逵对大陆的关注是密切的，是一如既往的。他将《水浒传》视为理解中国政治、社会、风俗、习惯的钥匙。[③]在日据时期的台湾，尽管如杨逵所说大陆的书籍、杂志和报纸都进不来，几乎都买不到，[④]但是台湾不少新闻媒体对大陆发生的事件却多有报道。以被视为"台湾人喉舌"的《台湾新民报》为例，此报上刊载关于大陆所发生的大小事件中日文报道比比皆是，而且颇为及时。比如1932年4月18日报上登有『十九国会议で日华停战につき』『讨论は全然上海事件に限る』『厦门匪徒劫人亦要和解』等消息；1932年4月19日报上刊有《共产军迫近漳州厦门形势不稳》《陇海线路兴延长》等消息；1932年5月31日报上则载有『上海で民国学生が示威行列』『楊子江大増水』『滿洲國軍反軍と激戰』『米財界悲觀から上海銀塊暴落』《长江大涨水·再一尺便溢出堤防》《上海五卅纪念日抗日大会被禁止》等消息。而杨逵的小说《送报夫》（前篇，1932年）、《死》（1935年），评论杂文《杨肇嘉论》（1935年）、《何谓报导

---

① 杨逵：《〈第三代〉及其他》，涂翠花译，载彭小妍编：《杨逵全集（第九卷）》，文化资产保存研究中心筹备处，2001年，第557页。

② 杨逵：《我的老友徐复观》，载彭小妍编：《杨逵全集（第十四卷）》，文化资产保存研究中心筹备处，2001年，第16页。

③ 杨逵：《谈水浒传》，载涂翠花译，彭小妍编：《杨逵全集（第十卷）》，文化资产保存研究中心筹备处，2001年，第40页。

④ 杨逵：《〈第三代〉及其他》，涂翠花译，载彭小妍编：《杨逵全集（第九卷）》，文化资产保存研究中心筹备处，2001年，第557页。

文学》(1937年)等,就先后刊发于《台湾新民报》上。为此,相信通过新闻报纸,杨逵对大陆同期发生的事件也必定有所了解。

在文学创作中,杨逵也不时地将笔触伸向大陆。如日据时期的作品《泥娃娃》中写作了"我"的校友富冈之流战乱间在南京趁火打劫,大发国难财的事。《模范村》中的地主之子阮新民在"祖国梦"的指引下,最后奔赴祖国大陆参加抗日。《红鼻子》中则将视线放置在厦门,关注了福建沿海地区在英帝国主义炮舰威胁下,民不聊生的惨境。在绿岛时期的戏剧《赤崁拓荒》中,杨逵通过对历经艰难由大陆出逃至台湾的少年王开发不幸身世的介绍,牵扯出了一幅恶霸横行、全无自由的大陆旧社会图像。除此之外,不论何时杨逵都自觉地承担起传播中国文化的使命。日据时期,他曾经明确表示要做中日文化交流的中间人"我们从小就学日本语,所以在理解日本语方面,和年纪大了才开始学的人们比起来,似乎多占了各种优势。如果这样的我们能做中间人,把中国文化介绍到日本,也把日本文化介绍到中国,那真是再好不过的事了"①。战后,杨逵则自觉担任起沟通台湾省籍与外省籍民众的桥梁,与大陆去台人士交好,如与徐复观惺惺相惜、与朱西宁"一见如故",②关注并向台湾民众大力推荐中国现代作家作品,如萧军小说《第三代》。在《〈第三代〉及其他》中,杨逵写道:"《第三代》是有趣的好小说,我期待着有一天能把它介绍给各位读者。"③尽管杨逵曾经对国民党的执政方式产生过质疑与不满,从其书写的《为此一年哭》《阿Q画圆圈》等文章均可见一斑。"二二八"事件之后,杨逵更是由于书写为填平省内外人之间鸿沟的《和平宣言》被判入狱十二年。尽管遭遇过不公正对待,杨逵却从未否定过自己中国人的身份。

---

① 杨逵:《〈第三代〉及其他》,涂翠花译,载彭小妍编:《杨逵全集(第九卷)》,文化资产保存研究中心筹备处,2001年,第558页。
② 林梵:《杨逵画像》,笔架山出版社,1978年,第27页。
③ 杨逵:《〈第三代〉及其他》,涂翠花译,载彭小妍编:《杨逵全集(第九卷)》,文化资产保存研究中心筹备处,2001年,第360页。

杨逵写作过评论杂文、小说、诗歌、戏剧，整理过歌谣谚语，创办过《台湾新文学》《一阳周报》，担任过《大众时报》记者，做过《台湾文艺》《和平日报》《力行报》等的编辑。另外，杨逵还有八种翻译作品。译介列宁的《社会主义和宗教》①等，将"台湾新文学之父"赖和的小说《丰收》译介到日本，"皇民化时期"通过日语译写向台湾民众介绍中国明代小说《三国演义》部分章回，②战后初期译介鲁迅《阿Q正传》、茅盾《大鼻子的故事》、郁达夫《微雪的早晨》及郑振铎《黄公俊之最后》。③

目前杨逵研究总体上以杨逵与日本的关系、杨逵生命史或杨逵小说为多，对杨逵与大陆关系的关注还很不够。本章则将杨逵的文学书写与郁达夫、茅盾、鲁迅、郑振铎四位中国作家的作品进行对读，一方面厘清杨逵译介这几位中国现代作家及其作品的缘由，另一方面也以此实证台湾、大陆不可分割的血脉关系。

# 第一节　杨逵对鲁迅的译介兼及两位作家作品比较

陈芳明在文章《鲁迅在台湾》中写道："台湾作家与生前的鲁迅有过来往，或是对鲁迅作品有过任何的评价，是不是意味着台湾文学必

---

① 杨逵曾译介过列宁《社会主义和宗教》，但现仅能见其手稿残稿，且手稿上也未注明译介时间。参见［日］河原功，黄惠祯：《杨逵作品目录》，彭小妍编：《杨逵全集（第十四卷）》，文化资产保存研究中心筹备处，2001年，第447页。

② 该作为1943—1944年间的作品，由台北盛兴书店出版，共四卷。另，杨逵译写的《三国志物语》只为罗贯中《三国演义》的前二十三回。

③ 四种翻译均为中日文上下对照形式，其中前三种于1947—1948年间，先后由台北东华书局结集出版。另，据从黄惠祯相关论述中可知杨逵的遗稿《黄公俊之最后》日文翻译手稿已出土，参见黄惠祯：《战后初期杨逵与中国的对话》，联经出版事业股份有限公司，2016年，第157~158页。

然受到他的影响,这个问题应该是值得进一步厘清的。"①但是不管怎样却也正如陈芳明在该文后面指出的:"台湾作家与中国左翼作家之间究竟存在着何种程度的关系,长期以来就不断受到种种的推测,尤其是作为中国新文学运动巨人的鲁迅,他对台湾文学的发展究竟产生了怎样的作用,这个问题一直引起文学史家的注意。"②

由日本学者中岛利郎所编的《台湾新文学与鲁迅》一书中便收有叶石涛《台湾新文学与鲁迅》,陈芳明《鲁迅在台湾》,林瑞明《鲁迅与赖和》,黄英哲《战后鲁迅思想在台湾的传播》,中岛利郎著、叶笛译《日治时期的台湾新文学与鲁迅——其接受的概观》六篇研究文章,而且这本专著中还收入了方美芬编,吴兴文、秦贤次补编的《台湾的鲁迅研究论文目录》。这份目录收载的是从 1923 年到 1992 年 3 月为止台湾有关鲁迅的研究专著、论文目录。从该目录可知,近七十年间台湾地区仅关于鲁迅的研究论文便有近五百种。

尽管鲁迅一生都未曾到过台湾,但是鲁迅与一些台籍作家,如张我军、张秀哲、张深切是有过接触的。鲁迅在其日记中也曾经多次提及与这些作家的交往,如《鲁迅日记》1926 年 8 月 11 日有"寄张我军信""张我军来并赠台湾《民报》四本";③ 1927 年 2 月 24 日有"晚张秀哲、张死光(张深切)、郭德金来";1927 年 2 月 26 日有"张秀哲等来"④。鲁迅甚至还为张秀哲的译著《国际劳动问题》写过一篇题为《写在〈劳动问题〉之前》的序文。在这篇序文中鲁迅还写到了 1926 年与张我军见面时的情形。而这些台籍作家们也将他们与鲁迅的交往写进自身的作品中,如张秀哲回忆录《"勿忘台湾"落花梦》、张深切回忆录《里程碑》

① 陈芳明:《鲁迅在台湾》,载[日]中岛利郎编:《台湾新文学与鲁迅》,前卫出版社,2000年,第4页。
② 陈芳明:《鲁迅在台湾》,载[日]中岛利郎编:《台湾新文学与鲁迅》,前卫出版社,2000年,第3页。
③ 《鲁迅全集(第十五卷)》,人民文学出版社,2005年,第632页。
④ 《鲁迅全集(第十六卷)》,人民文学出版社,2005年,第9~10页。

都有相关书写。至于杨逵与中国文豪鲁迅间的关系,杨逵曾经自言"我和鲁迅也没有见过面","直接关系完全没有"。①此外,关于杨逵对鲁迅的接受,据杨逵自述是1938年在入田春彦的遗物中发现留有改造社版的《鲁迅全集》,此后才开始认真阅读鲁迅的著作,自此之后,鲁迅才进入他的精神世界。②

虽然杨逵与鲁迅间并没有直接关系,但是他们的间接关联还是存在的。内村刚介就曾经推测《弱小民族小说选》中收入杨逵小说《送报夫》,其背后一定是受到了鲁迅的影响。③而杨逵与鲁迅得意门生胡风之间的关系也是备受评论界关注的。"(杨逵与胡风)的生平和《送报夫》翻译的文学因缘,却是光复前后台湾文学一件别具意义的历史话题。"④正是胡风的译介,才使杨逵成为首位以日文从事新文学写作,在大陆受瞩目的台湾作家。经由胡风译介到大陆的《送报夫》,不仅帮助大陆读者了解了广大台湾民众走投无路的生活处境,而且一年后抗战发生,《送报夫》更鼓舞了很多年轻人上前线抗日。⑤杨逵也曾经多次提及胡风译介《送报夫》的事,比如杨逵曾对内村刚介提到:"胡风所译的《送报夫》,头一次是在1936年5月登在上海,生活书店出版的,世界知识丛书之二《弱小民族小说选》里面。"⑥胡风也曾经就译介《送报夫》有过多次的说明,如:

---

① 戴国辉:《杨逵忆述不凡的岁月》,载黄惠祯编:《台湾现当代作家研究资料汇编04杨逵》,台湾文学馆,2011年,第171页。

② 戴国辉:《杨逵忆述不凡的岁月》,载黄惠祯编:《台湾现当代作家研究资料汇编04杨逵》,台湾文学馆,2011年,第173~174页。

③ 戴国辉:《杨逵忆述不凡的岁月》,载黄惠祯编:《台湾现当代作家研究资料汇编04杨逵》,台湾文学馆,2011年,第171页。

④ 宋田水:《杨逵·胡风·左翼文学(下)》,《台湾日报》1998年1月8日。

⑤ 宋田水:《杨逵·胡风·左翼文学(上)》,《台湾日报》1998年1月8日。

⑥ 戴国辉:《杨逵忆述不凡的岁月》,载黄惠祯编:《台湾现当代作家研究资料汇编04杨逵》,台湾文学馆,2011年,第171页。

1935 年,我在上海,从日本《普罗文学》上读到了台湾青年作家杨逵的小说《送报夫》,这才具体地在实感上体验到了在日本帝国主义统治下的台湾同胞是过着怎样一种悲惨的生活,和他们想通过斗争解救自己的急切愿望。……我把这两篇小说(《送报夫》与吕赫若《牛车》)从日文译成汉语发表了,把台湾同胞的痛苦和希望传达给祖国大陆的人民,目的是加强祖国人民和台湾同胞在血肉感情上的联系。[1]

　　据周正章所述,1936 年 5 月 18 日《山灵》出版次月,胡风亲自造访鲁迅并赠书。[2]此外,关于日本警察入田春彦初次见到杨逵便慷慨解囊,给困境中的杨逵施以援手之事,杨逵曾经说过:"我不知道这件事与鲁迅有没有间接的关系。"[3]

　　1936 年 10 月 19 日鲁迅病逝,之后台湾地区作家曾出版过两次正式的纪念专刊,其中一次即为 1936 年 11 月杨逵主编的《台湾新文学》(第一卷第九号)。不过,此次的纪念专刊中并无杨逵写作的悼念文章。[4]这不仅因为此时杨逵与叶陶夫妇双双病倒,而将《台湾新文学》的编务和发行事宜委托给王诗琅,还因为此时杨逵对鲁迅及其作品并未深入了解。[5]正如上文所述,杨逵是于 1938 年才因为入田春彦的缘故开始熟读鲁迅的著作并进而对其产生敬慕之情的。

　　1946 年 10 月 19 日鲁迅逝世十周年祭日,杨逵在《和平日报》副刊

---

　　① 汪舟:《胡风先生与杨逵的〈送报夫〉——悬置半世纪之谜今获解》,《华声报》1948 年 7 月 29 日。
　　② 周正章:《笑谈俱往:鲁迅、胡风、周扬及其他》,秀威资讯科技股份有限公司,2009 年,第 154 页。
　　③ 戴国辉:《杨逵忆述不凡的岁月》,载黄惠祯编:《台湾现当代作家研究资料汇编 04 杨逵》,台湾文学馆,2011 年,第 172 页。
　　④ 《台湾新文学》1936 年 11 月刊的《悼鲁迅》已被证实为王诗琅所作。
　　⑤ 陈芳明:《鲁迅在台湾》,载[日]中岛利郎编:《台湾新文学与鲁迅》,前卫出版社,2000 年,第 7~9 页。

与《中华日报》日文版上同日发表了中日文同题诗歌《纪念鲁迅》(『鲁迅を纪念して』)。杨逵写的这两首诗歌篇幅皆不长,均仅百字;两首诗皆赞颂了鲁迅的革命精神,肯定了鲁迅的虽死犹生。不过,相对而言日文诗歌表达更为充分生动。日诗『鲁迅を纪念して』除了同样提及鲁迅作品《呐喊》,肯定鲁迅对"真理的叫唤";敢于直面恶势力,"敢骂又敢打""敢哭又敢笑";有"青年的壮志"与"热肠",有一呼万应的巨大影响力外,还强调了鲁迅是人类精神的清道夫,赞扬鲁迅手无寸铁,立于贫困与污秽的环境中,举刀向铳剑,迎向低劣与反动的英勇,肯定鲁迅如狮子般奋迅,是永远长存的革命标杆。当时,杨逵还担任着《和平日报》副刊编辑,这期间杨逵除发表如上两首诗外,还在《和平日报》上连续三天(10 月 19—21 日)刊载纪念鲁迅的文章,其中有许寿裳的《鲁迅和青年》(1946 年 10 月 19 日)和《鲁迅的德行》(1946 年 10 月 21 日)、许广平《忘记解》(1946 年 10 月 20 日)、胡风《关于鲁迅精神的二三基点》(1946 年 10 月 19 日)等。①不可否认,杨逵在向台湾民众介绍、传播鲁迅思想时起到了不可忽视的作用。

　　1947 年 1 月 15 日杨逵杂文《阿 Q 画圆圈》刊于《文化交流》第一辑。此时台湾战后已近两年,然而国民党的恶政引起台湾民众强烈不满,震惊中外的"二二八"事件一触即发。此前,1946 年 8 月,杨逵已写有《倾听人民的声音》《为此一年哭》等文来表达自己对国民党执政者的失望与寄予的希望。同时发表的杂文《阿 Q 画圆圈》不同于《倾听人民的声音》《为此一年哭》的直接书写方式,文中杨逵巧妙地借用阿 Q 临死前的画圆情节,即因手抖,无法画圈,而"画成瓜子模样了"②谈起,形象地讽喻了战后初期陈仪政府失信于台湾民众,就如阿 Q 所画的圆

---

　　①　[日] 黄英哲:《战后台湾文化重建 (1945—1947)》,江苏大学出版社,2016 年,第 135~136 页。
　　②　杨逵:《阿Q画圆圈》,载彭小妍编:《杨逵全集(第十卷)》,文化资产保存研究中心筹备处,2001年,第231页。

圈欠了一角。在《阿 Q 画圆》之后，杨逵应台北东华书局之邀编印中日文对照的"中国文艺丛书"六辑。其中第一辑杨逵即选译了鲁迅的代表作品《阿 Q 正传》，该辑书于 1947 年出版，书中还刊有杨逵写的介绍性短文——《鲁迅先生》。杨逵在《鲁迅先生》中对鲁迅的生平做了粗略的介绍，并引用了其此前为纪念鲁迅逝世十周年而写的中文诗作《纪念鲁迅》来反映其心境。

杨逵在译介《阿 Q 正传》时，正值台湾地区译介鲁迅作品的第二个高峰。"战后初期，有关台湾文化重建的问题相当复杂，'行政长官公署'、国民党党部、台湾本地文化人各有各的想法。但是毋庸置疑，战后初期，鲁迅思想的传播与阅读在台湾相当流行，是当时的文化潮流之一。"①这个时期鲁迅思想在台湾的传播之所以会形成高潮与许寿裳的努力有不可忽视的关系。许寿裳在台湾战后应陈仪之邀于 1946 年 6 月 25 日至台，同年 7 月 8 日被任命为台湾省编译馆馆长，加入台湾文化重建工作中，并对当时"台湾省行政长官公署"的文化政策起主导作用。而许寿裳的构想是透过鲁迅思想的传播，使过去鲁迅曾经扮演过重要角色的五四新文化运动在台湾再度掀起，从而实现台湾文化重建目的。许寿裳自身也是如此实践的。从至台(1946 年 6 月 25 日)到被杀身死(1948 年 2 月 18 日)近一年半时间，据统计，许寿裳在台期间所进行的 5 回讲演中有 2 回是关于鲁迅的，37 篇著作中有 16 篇是关于鲁迅的。②在这股译介鲁迅的高潮中，包括杨逵译介《阿 Q 正传》在内，还有王禹农译《狂人日记》(1947 年)、《药》(1948 年)、《孔乙己·头发的故事》(1948 年)，蓝明谷译《故乡》(1947 年)5 种中日文对照单行本出版。③与此同时，当时台湾的三大报纸——《新生报》《和平日报》《中华

---

① ［日］黄英哲：《战后台湾文化重建(1945—1947)》，江苏大学出版社，2016 年，第 144 页。
② ［日］黄英哲：《战后台湾文化重建(1945—1947)》，江苏大学出版社，2016 年，第 119~130 页。
③ 转引自陈芳明：《鲁迅在台湾》，［日］中岛利郎编：《台湾新文学与鲁迅》，前卫出版社，2000 年，第 16 页。

日报》的副刊,刊载有关鲁迅的文章据计也有近 40 篇。而鲁迅的作品,如《鸭的喜剧》《看戏》《美女蛇》(节选自《从百草园到三味书屋》)等则被官方或民间出版社编辑出版。①另外,1947 年 6 月台湾文化协进会出版了许寿裳的《鲁迅的思想与生活》,该书系杨云萍搜集许寿裳作品并加以合成的,其中载有相关文章十篇。

鲁迅比杨逵年长 25 岁,说其属于两代人亦不为过。但检视两人的生平经历,他们之间还是有颇多相似之处。比如,杨逵与鲁迅曾先后留学日本,②他们都是进步学生的良师益友,他们同样是不畏强权的铮铮铁骨。

在文学书写上,杨逵与鲁迅也有颇多相似之处。他们同样是文学多面手,他们的创作一样都涉及了小说、诗文、文学批评等领域。当然,由于创作时代背景及生平遭际不尽相同,两人的创作在相似中也存在不少差异。

1.作为民众代言人

以小说为例。鲁迅与杨逵塑造的小说中人物形象都颇多。鲁迅小说中既书写了自私、冷漠的地主阶级典型代表,如鲁四爷;也书写了封建守旧遗老,如高老夫子、四铭;既书写了封建社会的破坏者、反抗者,如狂人、吕纬甫、魏连殳;也书写了封建社会众多窘迫麻木的农民,如润土、阿 Q;此外,鲁迅还塑造了部分深受科举制度毒害的知识分子形象,如孔乙己。

杨逵小说中的人物,不仅有住着洋楼,为富不仁的地主,如陈宝、陈清波父子;也有天天愁米愁衣,被生活逼至绝境的农民,如阿达叔、江龙伯、罗汉叔;既有坐在新式的小包车中闲逛且极尽阿谀献媚能事的"村协议会员"陈泗文;也有勤快却仍然面临死亡威胁的工人们,如明达;既有忧头苦面,为生活所迫而堕落去强夺、盗窃,甚或自杀的软

---

① [日]黄英哲:《战后台湾文化重建(1945—1947)》,江苏大学出版社,2016 年,第 133 页。
② 鲁迅于 1902 年赴日留学,杨逵于 1924 年赴日留学。

弱者,如素珠、R、K;也有为争取台湾地区的解放而奋斗,并倔强地活着的人,比如杨君。

除了上文所述,鲁迅与杨逵笔下皆塑造了众多不同阶层的人物形象之外,他们二人还同样有着强烈社会责任感,并有意识让自己成为普罗大众代言者的人。鲁迅曾指出要担当起"表达/代表"的功能不但需要竭力摸索人们的灵魂,①而且还要有一个与"民"——"下层社会"/"被压迫者"/"小百姓"——接近的表达者。②而鲁迅的作品中就充满了为劳苦大众请命的精神。杨逵虽然是知识分子,但他并不愿以知识分子自居,他素来是以庶民立场,而非指导者姿态与民众进行互动。他曾直言,"台湾新文学同情苦难的大众","台湾新文学与台湾人的命运,特别是农民的生活有着血肉的关系"③。

当然,因为所处的具体时代背景及生平遭际不同,杨逵与鲁迅的创作初衷不尽相同。鲁迅曾经声明做起小说来的原因是为了"启蒙",为了"改良社会"。④他呼唤"民魂",倡导社会批判和文明批判的理念。关注改造国民性是奠定鲁迅在中国现代思想和文学领域中重要地位的基础,个人的确立与民族的崛起是鲁迅一直以来的期待。因此,改造国民性与反封建命题是鲁迅作品中的焦点。杨逵的作品中虽然也有对国民劣根性的批判,比如《泥娃娃》书写了专发国难财、趁火打劫的富冈之流;比如《模范村》《送报夫》中书写了为虎作伥、成为日本殖民者帮凶的地主阮固爷、杨君的兄长等;同时杨逵的作品中也赋予知识分子启智救赎的责任重担,本论第二章第一节中已有详细论述。但是杨

---

① 鲁迅:《俄文译本〈阿Q正传〉序及著者自叙传略》,载《鲁迅全集(第七卷)》,人民文学出版社,2005年,第446页。

② 鲁迅:《学界的三魂》,载《鲁迅全集(第三卷)》,人民文学出版社,2005年,第200页。

③ 杨逵口述、许惠碧笔记:《台湾新文学的精神所在——谈我的一些经验和看法》,载彭小妍编:《杨逵全集(第十四卷)》,文化资产保存研究中心筹备处,2001年,第33~34页。

④ 鲁迅:《我怎么做起小说来》,载《鲁迅全集(第四卷)》,人民文学出版社,2005年,第525页。

逵"决心要做一个小说作者"的初衷是"把这些被歪曲了的历史纠正过来"①。为此，对日本殖民者恶行的揭露，以及对日据时期台湾民众不幸处境的反映才是杨逵小说书写的要义所在。

2.对后辈教育问题的关注

1925 年"女师大风潮"进一步升级后，鲁迅因为支持进步学生的正义斗争而被当时的教育总长章士钊免除佥事职务。1926 年"三一八惨案"发生后，鲁迅因作《记念刘和珍君》抨击段祺瑞政府屠杀学生的罪行而遭到追捕。杨逵在国民党执政期间曾一度身陷囹圄十二载，其系狱原因除了撰写《和平宣言》，还因为受到师范学院学生事件的牵连。杨逵曾自言："我们也常去师范学院座谈演讲。我猜他们认为，师范学院发生此事，可能与我有关，所以就在同一天逮捕了我。"②

鲁迅与杨逵除了把对土地、人民深沉的爱意书写于作品中之外，他们还将自己对晚辈幼童的成长，尤其是精神长成的关注也写入作品中。换言之，教育问题均是两位作家作品中的重要内容之一。

在中国文化教育史上，鲁迅第一个明确提出了"幼者本位"的儿童教育观。③对幼弱的同情和对民族未来的忧虑，使鲁迅一生都没有放弃对孩子的关注。王富仁甚至认为整个《呐喊》和《彷徨》的意向中心和最终都指归于"救救孩子"。④陈丹青也曾说道，九十多年前，鲁迅的大愿是"救救孩子"。鲁迅除了是伟大的文学家、思想家之外，同时还是伟大的教育家。他的不少作品对中国教育，尤其是儿童教育进行了深入思

---

① 杨逵：《日本殖民统治下的孩子》，载彭小妍编：《杨逵全集（第十四卷）》，文化资产保存研究中心筹备处，2001年，第22页。战后杨逵的小说创作锐减，而且因时代变化，杨逵的创作动机也有了变化，这一点在第一章中已有所论述。

② 杨逵：《"二二八"事件前后》，载黄惠祯编：《台湾现当代作家研究资料汇编 04 杨逵》，台湾文学馆，2011 年，第 119 页。

① 王志蔚：《批判与重建：鲁迅的文化选择与文学姿态》，安徽大学出版社，2008年，第186页。

② 王黎君：《儿童的发现与中国现代文学》，中国社会科学出版社，2009 年，第 121 页。

考。如在《狂人日记》(1918年)的最后,他喊出了"救救孩子"①;《我们现在怎样做父亲》(1919年)中,他提出"中国旧理想的家族关系父子关系之类,其实早已崩溃"②。"觉醒的父母,完全应该是义务的,利他的,牺牲的,很不易做;而在中国尤不易做。中国觉醒的人,为想随顺长者解放幼者,便须一面清结旧账,一面开辟新路。"③鲁迅之所以如此关注儿童教育问题,即在于改造国民性须从儿童教育做起,只有儿童受到良好的教育,国家和民族才有前途和希望。④

儿童教育问题也是杨逵作品中极为关注的问题之一,这在第二章第一节及第四节已有过论述,此处则不再赘言。虽然如上所述,鲁迅与杨逵对晚辈幼童的教育问题都给予了极大的关注。但值得注意的是,鲁迅与杨逵思考教育问题的角度其实并不相同,鲁迅侧重从中国内部的封建传统思想对孩子教育的负面影响出发,提出要打破"黑色的染缸",发出"救救孩子"的呐喊,并倡导"以孩子为本位"的教育理念。杨逵则侧重书写在外来异族入侵下,台湾地区的孩子失去接受良好教育机会的事实,从而呈现了作为被殖民者的弱国子民无可遁逃的痛苦与悲凉。

3.对民众健康问题的关心

鲁迅与杨逵都曾东渡日本求学。众所周知,鲁迅最初是怀抱着医学救国的热情负笈东去,而后因在课间观看了日俄战争片受了刺激才决定弃医从文,⑤从此由医治国人的身体转至治疗国人的精神问题,这

---

① 鲁迅:《狂人日记》,载《鲁迅全集(第一卷)》,人民文学出版社,2005年,第291页。

② 鲁迅:《我们现在怎样做父亲》,载《鲁迅全集(第一卷)》,人民文学出版社,2005年,第128页。

③ 鲁迅:《我们现在怎样做父亲》,载《鲁迅全集(第一卷)》,人民文学出版社,2005年,第130页。

④ 王志蔚:《批判与重建:鲁迅的文化选择与文学姿态》,安徽大学出版社,2008年,第177页。

⑤ 此种说法是鲁迅"弃医从文"的经典说法,而今已有不少论者质疑此说法,可参见符杰祥:《鲁迅文学的起源与文学鲁迅的发生——对"弃医从文"内部原理的再认知》,载张克、崔云伟编:《70后鲁迅研究学人论文集》,生活·读书·新知三联书店,2014年。

在《藤野先生》中有所交代：

> 但偏有中国人夹在里边：给俄国人做侦探，被日本军捕获，要枪毙了，围着看的也是一群中国人；在讲堂里的还有一个我。……到第二学年的终结，我便去寻藤野先生，告诉他我将不学医学，并且离开这仙台。①

但是鲁迅毕竟曾一度系统地学习过医学知识，而在他的杂文中也常常会引用有关医学史料或原理，作为缜密的科学依据或比喻。这种写法也使鲁迅的文章能将思想性、科学性和艺术性有机地结合起来，并融为一体。②对此，余凤高的论著《鲁迅杂文中的医学文化》有详细的论述。虽然，鲁迅小说中也写及国人身体之病弱，如得了痨病的华小栓，但是在小说作品中鲁迅更侧重呈现的是中国人思想上的病态，例如那些麻木冷漠的看客、"想做奴隶而不得"的阿 Q、③善良却又迂腐顽固的孔乙己。对于国人，鲁迅可谓是"哀其不幸，怒其不争"。萧狄在《跋杨逵的模范村》中曾指出："鲁迅写了一个孔乙己，他希望孔乙己从中国的封建社会中消灭，杨逵写了一个陈文治，他要陈文治脱胎换骨，负担起改造社会的责任。"④

杨逵中学未毕业，即因求知欲难以得到满足，希望到另一个广阔的天地吸取更多的新知，而赴日求学。⑤尽管其家人希望杨逵学医，"东京三年，曾经返台一次，当时已在行医的二哥，劝我改行读医，经济情

---

① 鲁迅：《藤野先生》，载《鲁迅全集（第二卷）》，人民文学出版社，2005 年，第 317 页。
② 余凤高：《鲁迅杂文中的医学文化》，漓江出版社，2014 年，第 2 页。
③ 鲁迅：《灯下漫笔》，载《鲁迅全集（第一卷）》，人民文学出版社，2005 年，第 197 页。
④ 萧狄：《跋杨逵的模范村》，载彭小妍编：《杨逵全集（第四卷）》，文化资产保存研究中心筹备处，1998年，第192页。
⑤ 杨逵口述、王世勋记录：《我的回忆》，载彭小妍编：《杨逵全集（第十四卷）》，文化资产保存研究中心筹备处，2001 年，第 59 页。

况才有可能改善",但是杨逵却对医学素无兴趣。①而西来庵事件更促使杨逵在赴日前便下定学文决心,"藉小说创作,来矫正被歪曲的历史。怀着这样的热情,我没等中学毕业,就到日本东京"②。杨逵最终通过检定考试,进入日本大学文学艺术科。尽管杨逵在作品中对台湾民众身体疾病的书写与以医职人员为主角的作品并不少,然而在这类作品中,杨逵侧重反映的是台湾底层民众身体孱弱却无法得到医治,而怀抱悬壶济世之志的医生甚至只能沦为死亡见证者的矛盾现象。杨逵虽然也写及国民劣根性问题,如《泥娃娃》中专发国难财、趁火打劫的富冈之流,《模范村》中与日本殖民统治阶层相互勾结欺压台湾民众的阮固爷。但值得留意的是,杨逵作品中更多是富有希望的。《泥娃娃》中虽然有专发国难财、趁火打劫的富冈之流,但在文章最后,却也有已然长大明理的孩子们所带来的希望。《模范村》中虽然有与日本殖民统治阶层相互勾结欺压百姓的阮固爷;但也有地主家的"傻儿子"阮新民,他出生于地主家庭却成为叛子贰臣,为着"新民"而努力;另外,作品中还有原来与孔乙己一样迂腐受欺的传统文人陈文治,但他最终却脱胎换骨自觉肩负起改造社会的重任。当然,杨逵如此富有希望的书写,与他自身的个性不无关系。杨逵向来被视为"压不扁的玫瑰花",即便一生挫折不断,却从来"没有绝望过,也不曾被击倒过";即便"到处碰壁,也不致被冻僵"。③杨逵这样富有希望的书写也是他对自身创作理念的践行,即"文学作品除了反映时代之外,还要进一步带动时代"。

如上文所述,杨逵曾翻译过鲁迅的代表作《阿 Q 正传》,此译作作为中日文对照的"中国文艺丛书"第一辑,1947 年由台北东华书局出

---

① 杨逵口述、王世勋记录:《我的回忆》,载彭小妍编:《杨逵全集(第十四卷)》,文化资产保存研究中心筹备处,2001 年,第 63 页。

② 杨逵:《台湾老社会运动家的回忆与展望》,载彭小妍编:《杨逵全集(第十四卷)》,文化资产保存研究中心筹备处,2001 年,第 273 页。

③ 黄惠祯:《小传》,载黄惠祯编:《台湾现当代作家研究资料汇编04杨逵》,台湾文学馆,2011年,第40页。

版。《阿 Q 正传》是鲁迅创作于 20 世纪 20 年代初期的作品，曾连载于《晨报副刊》(1921 年 12 月 4 日至 1922 年 2 月 12 日)。小说共有"序""优胜记略写""续优胜记略""恋爱的悲剧""生计问题""从中兴到末路""革命""不准革命""大团圆"九章。鲁迅在其中呈现了半封建半殖民地中国广大民众的生活百态。

其实早在 20 世纪 20 年代中后期，伴随着台湾文坛对祖国新文学运动的传播和介绍，台湾就曾掀起过译介鲁迅文学的第一次高潮。在当时《阿 Q 正传》就已被介绍到台湾。①战后初期，杨逵以日文直译方式对《阿 Q 正传》进行了译介，至于译介动机，杨逵曾做过如下解释，即"光复我出版了用中文、日文印的《阿 Q 正传》，就是为了学习中文的"②。至于杨逵为何独在鲁迅作品中选译《阿 Q 正传》。笔者认同徐秀慧的看法，即"《阿 Q 正传》'预先道破今天突(应为"徒"误刊)有其名的三民主义革命的罪过、失败的意义'，杨逵在战后初期选择《阿 Q 正传》在台重刊，不也直指了国民党政权标榜'三民主义'的破产？"③换言之，从表面上看，杨逵译介《阿 Q 正传》是要推动"文化运动"，实际上他是借由《阿 Q 正传》来批判国民党违背"三民主义"的腐化暴行。

至于鲁迅作品，包括《阿 Q 正传》对杨逵的文学书写带来何等的影响，杨逵并未谈及。但是从杨逵的文章中可以确定的是，鲁迅的《阿 Q 正传》确实给杨逵的创作带来一定的启发。

杨逵的《阿 Q 正传》中日文对照单行本出版约一年半后，他的杂文《现实教我们需要一次嚷》(1948 年 6 月)刊载于《中华日报·海风副刊》。

---

① 1923—1932 年被视为鲁迅文学在台湾接受的第一期；《阿 Q 正传》于 1925 年 11 月 29 日起陆续在《台湾民报》上刊出，但这时期，仅刊到第六章末完。参见[日]中岛利郎：《日治时期的台湾新文学与鲁迅——其接受的概观》，叶笛译，载[日]中岛利郎编：《台湾新文学与鲁迅》，前卫出版社，2000 年，第 48~73 页。

② 戴国辉：《杨逵忆述不凡的岁月》，载黄惠祯编：《台湾现当代作家研究资料汇编 04 杨逵》，台湾文学馆，2011 年，第 177 页。

③ 徐秀慧：《光复变奏——战后初期台湾文学思潮的转折期(1945—1949)》，台湾文学馆，2013 年，第 171~172 页。

《现实教我们需要一次嚷》开篇便通过援引"阿Q"以间接呈现其观点：

> 在世间，不管我们喜欢不喜欢，很多人却是最喜欢凑凑热闹的，这是无可讳言的事实。这些很好动，只有动，才会得到一点刺激，终而开始工作的人们你说他们是阿Q吧，但世间却充满着阿Q呢。①

此外，更值得注意的是，与《阿Q正传》中日文对照单行本出版同时期，刊载于《文化交流》上的杨逵杂文《阿Q画圆圈》(1947年1月)。《阿Q画圆圈》毫无疑问脱胎于《阿Q正传》，此作中杨逵淡化了对国民性的剖析，抓住阿Q在临刑前画圆圈的细节，即因为手抖无法画得圆，而"画成瓜子模样了"②。杨逵用此寥寥数百字形象地讽喻了国民党的失信，巧妙地表达了对陈仪等人战后初期在台湾实施恶政的不满与痛心，正所谓"礼义廉耻之邦，在这一年来给我们看到的，已经欠了一个信字"，"礼义廉耻之士的灵魂与思想，比不上阿Q的生怕被人笑话，在欠少做人条件的我们看来，却有点心酸"③。

# 第二节  杨逵对茅盾的译介兼及
# 两位作家作品比较

王德成曾论述提出如下看法：

---

① 杨逵：《现实教我们需要一次嚷》，载彭小妍编：《杨逵全集（第十卷）》，文化资产保存研究中心筹备处，2001年，第251页。
② 杨逵：《阿Q画圆圈》，载彭小妍编：《杨逵全集（第十卷）》，文化资产保存研究中心筹备处，2001年，第231页。
③ 杨逵：《阿Q画圆圈》，载彭小妍编：《杨逵全集（第十卷）》，文化资产保存研究中心筹备处，2001年，第232页。

　　新崛起的作家中能以独特的视角回应鲁迅创作言谈模式的，不在少数。而笔者以为茅盾、老舍、沈从文三人的作品，最值得我们重新评估。

　　比较起来，三位作家里以茅盾与鲁迅的传承关系最为亲密。这不只是因为茅盾将鲁迅式的新小说习作观念化，为现代中国写实（暨自然）主义的理论奠定基础，也是因为茅、鲁二人在"左联"时期互通声息，关系密切之故。①

继杨逵《阿Q正传》中日文对照单行本出版后，1947年11月台北东华书局又出版了杨逵《大鼻子的故事》中日文对照单行本，该书系"中国文艺丛书"第二辑中的一本。该书除了收有茅盾的作品《雷雨前》《残冬》《大鼻子的故事》，还有杨逵写作的介绍性短文《茅盾先生》。

　　值得注意的是《雷雨前》并未译全，其中缺失的是该作的结局部分。这部分缺失的文字凸显的是巨人取得了绝对胜利：在电闪雷鸣大雨冲刷之下，原先的污秽世界不见了，"灰色幔扯得粉碎了！蝉儿噤声，苍蝇逃走，蚊子躲起来"；最终呈现在人们面前的是一个"干净清凉的世界！"②至于为何只做节译，原因不清，或者仅是刊出时的无意之失，或者是杨逵拿到的《雷雨前》原本就有缺失，又或者是杨逵的有意而为。当然，若是有意而为，那么在某个层面上却也足可窥见杨逵当时对国民党乱政的失望与痛心了。

　　另外，还需要指出的是，杨逵写作的《茅盾先生》一文虽然不足千字。但其中对茅盾的介绍是有常识性错误的，或者至少存在着表述不清的问题。在《茅盾先生》中有这么一段文字：

---

① 李继凯：《鲁迅与茅盾》，河北人民出版社，2003年，第337页。
② 茅盾：《雷雨前》，载《茅盾散文选》，译林出版社，2015年，第20~21页。

国共分裂后,他(茅盾)告别政治生涯,移居上海,专心创作,有名的三部曲《幻灭》《动摇》《追求》,即写于一九二七年的秋天,这是一部描写一九二五年到二七年大革命时期,布尔乔亚青年活动的杰作。之后,他(茅盾)暂时移住日本,陆续发表的小说有长篇《虹》《子夜》、中篇《路》《三人行》《春蚕》《秋收》等及为数甚多的短篇。①

　　首先《幻灭》《动摇》《追求》三篇小说是茅盾创作于 1927 年秋至 1928 年 6 月间的作品,1930 年 5 月茅盾把这三个中篇"合为一册,总名曰《蚀》",这三篇小说后来被称为"《蚀》三部曲"②。其次,茅盾曾于 1928 年 7 月东渡日本并于 1930 年 4 月回到上海。在日本期间,茅盾着手书写长篇小说《虹》(未完)和《从牯岭到东京》等作品,而《路》《三人行》《子夜》《春蚕》《秋收》是茅盾归国后创作并发表的。再次,《春蚕》《秋收》是茅盾的短篇小说,而非中篇小说。

　　其实,在《大鼻子的故事》中日文对照单行本出版之前,杨逵就曾转载过茅盾的文章《高尔基的作品在中国》《马尔夏克谈儿童文学》及小说《创造》。前两文分别见于杨逵主编的《和平日报》"新文学"第 10 期(1946 年 7 月 12 日)、《台湾力行报》"新文艺"第 10 期(1948 年 10 月 4 日),小说《创造》则或是自《一阳周报》第 8 号开始连载。③值得注意的是,在连载《创造》时杨逵一直将茅盾误刊为"矛盾"。

　　《雷雨前》《残冬》《大鼻子的故事》三篇作品均是茅盾从日本归国后,加入中国左翼作家联盟之后的作品。就题材而言,《雷雨前》为散

---

①　杨逵:《茅盾先生》,载彭小妍编:《杨逵全集(第三卷)》,文化资产保存研究中心筹备处,1998 年,第151页。
②　朱栋霖、朱晓进、龙泉明编:《中国现代文学史 1927—2000(上)》,北京大学出版社,2007 年,第 191 页。
③　黄惠祯:《台湾文化的主体追求:杨逵主编〈中国文艺丛书〉的选辑策略》,《台湾文学学报》2009年第12期。

文、后两篇均为小说；就创作时间而言，三篇作品皆作于 20 世纪 30 年代中期，其中《雷雨前》作于 1934 年、《残冬》作于 1933 年、《大鼻子的故事》作于 1936 年。尽管三篇作品的风格各不相同，《雷雨前》是象征主义散文、《残冬》为写实小说、《大鼻子的故事》为儿童小说。但是就内容而言，三篇小说均写出了 20 世纪 30 年代"山雨欲来风满楼"的强烈时代气息，具有重要的社会意义，而且这三篇作品都是富有希望的。《雷雨前》以象征手法寓示了黎明前最后的黑暗中所孕育的将毁灭一切旧社会的爆发力，"你会猜想这时那幔外边的巨人在揩汗，歇一口气；你断得定他还要进攻。你焦躁地等着，等着那挑破灰色的幔的大刀一闪电光，那隆隆的怒吼声"①。《残冬》是在以多多头为首的农民们终于觉醒，并开始奋起反抗中结束的。《大鼻子的故事》的主人公"大鼻子"最后加入了雄壮的游行人流中，作品在"中华民族解放万万岁！"②的高声呼喊中结束。

如上所述，茅盾的《雷雨前》《残冬》《大鼻子的故事》三篇作品均创作于 20 世纪 30 年代上半叶前后，而且几篇作品也都写出了当时那种"山雨欲来风满楼"的强烈时代气息，具有重大的社会意义。而杨逵出版中日文对照单行本《大鼻子的故事》则已是战后初期的 1947 年了。在笔者看来，杨逵之所以选择这三篇作品进行译介，除了借此"试图打破外省籍，本省籍的隔阂和语言上的障碍"③，还有如下原因：

1.《雷雨前》象征手法的运用与杨逵创作特点相契合

茅盾曾经说过：

> 我愿意推荐《雷雨前》和《沙滩上的脚迹》；这两篇也是象征意义的散文……《雷雨前》等两篇，是用象征的手法描写了 20 世纪

---

① 茅盾：《雷雨前》，载《茅盾散文选》，译林出版社，2015 年。
② 茅盾：《大鼻子的故事》，天天出版社，2013 年。
③ 转引自［日］下村作次郎：《从文学读台湾》，邱振瑞译，前卫出版社，1997年，第133页。

30 年代整个中国的政治与社会矛盾。①

　　《雷雨前》是茅盾发表于 1934 年的散文。这篇作品通篇未有具体的人物与事件，有的只是从"昨天"直至"当天午后三点"雷雨前人们的细腻感受。如果未结合创作的时代背景及作家书写意图，或者会将该作仅视为是书写对自然气候的感受也未尝不可。

　　不可否认，杨逵的写作，尤其是小说创作也经常会使用象征手法迂回地呈现其创作本意。小说《春光关不住》，以及戏剧《牛犁分家》就是典型作品。前者是杨逵绿岛时期的重要作品，1976 年收入台湾高中语文教材。②在这篇小说中，杨逵用一株"压不扁的玫瑰花"喻指日据下不屈服的台湾民众。"我觉得高兴的是，春光关不住，它竟能找到这条小小的缝，抽出枝条来，还长着这么大一个大花苞，象征着在日本军阀铁蹄下的台湾人民的心。"③剧作《牛犁分家》同样是杨逵创作于绿岛时期的重要作品，该作是根据杨逵自身的一篇寓言小说《大牛和铁犁》改编而成的。此作以当时不能或缺的农事工具牛与犁，以及大牛与铁犁两位亲兄弟象征战后的台湾和大陆。作品既以农事工具牛与犁的分离，又以兄弟二人的分道扬镳寓指了"战后台湾和大陆之间一场历史和地理的误会"，又以牛与犁最后的重新合力④传递出希望经历"二二八"事件之后，外省人和本省人能打破意识藩篱，相亲相爱，彼此宽容体谅，以理性的态度合作、努力耕耘，开创出美丽新世界的美好愿景。⑤此外，小说《犬猴邻居》《新神符》《泥娃娃》，以及散文《春天就要来了》等作品中，杨逵也是通过象征手法来传达他的创作意图。

---

　　① 《茅盾散文速写集》，人民文学出版社，1980 年，第 2 页。
　　② 《春光关不住》于 1976 年收入台湾高中语文教材时改名为《压不扁的玫瑰花》。
　　③ 杨逵：《春光关不住》，载彭小妍编：《杨逵全集（第八卷）》，文化资产保存研究中心筹备处，2000 年，第 237 页。
　　④ 这里的牛犁既指农事工具，又指兄弟二人。
　　⑤ 焦桐：《台湾战后初期的戏剧》，台原出版，1990 年，第 86 页。

2.对孩童的共同关注

为茅盾作为中国儿童文学的拓荒者和建设者。他曾经积极地向国内介绍世界儿童文学名作，译介了一系列国外童话、寓言、神话故事。他的儿童文学创作与儿童文学理论，不但对当时儿童文学发展起到了至关重要的推动作用，而且也值得今天的儿童文学工作者们研究、借鉴和深思。①

茅盾的创作生涯是从写作儿童文学开始的，尽管茅盾的儿童文学创作并不算多。②短篇小说《大鼻子的故事》就是茅盾为数不多的儿童文学作品之一。这篇小说发表于 1936 年 7 月，作品以孩子"大鼻子"的视角书写了 20 世纪 30 年代中国战乱动荡中大上海的老百姓，尤其是像"大鼻子"一样的"最低贱"的孩子们的不幸处境。这些孩子是流浪汉群体中的一个特殊的类别，是乱世中的"苦儿"。他们本是正值享受父母爱护的年龄却因为战乱家破人亡，从此流离失所，不但没有了自己的名字，并且"生活比野狗还艰难些"③。在这样的境遇下，"大鼻子"学会了"揩油"，甚至于学会了偷盗。"大鼻子"的不幸经历在某个层面上，与老舍《骆驼祥子》中的祥子是极为相似的，真可谓是旧社会能活生生把人"变"成鬼。但是茅盾的《大鼻子的故事》相较于老舍的《骆驼祥子》是富有希望的。"大鼻子"终于明辨了是非对错，加入革命示威运动，并在示威游行的革命行动中完成了精神的蜕变。整篇小说结束于游行队伍"中华民族解放万万岁！"的高声呐喊中。④

尽管杨逵并未有真正意义上的儿童文学，但是他与茅盾一样都以人道主义的眼光关注着民族的希望——孩子。关于杨逵作品中的儿

---

① 王舜日：《茅盾儿童文学的历史与现代价值》，《吉林画报(新视野)》2011 年第 2 期。

② 茅盾的童话故事集《大鼻子的故事》于 2013 年 6 月 1 日由天天出版社出版，此书号称是"第一次集中而全面地整理文学巨匠茅盾先生的儿童文学作品"。此书收录了茅盾写作的童话、神话、小说等儿童文学作品共 17 篇。

③ 茅盾：《大鼻子的故事》，天天出版社，2013 年。

④ 茅盾：《大鼻子的故事》，天天出版社，2013年。

童书写在本书第二章第四节及第三章第一节中都已有过论述,此处不再赘言。总之,杨逵与茅盾一样,他们共同书写着乱世之中孩子们的不幸遭际,为孩子们的健康成长积极思索,并将希望寄予孩子们,给孩子背上祖国民族未来命运的担子。①

3.文学引导生活创作观的相契合

在杨逵看来"文学作品除了反映时代之外,还要进一步带动时代",他强调:"我们(作家)要认识现象的根源,并要进一步在凄惨的现状中找出路子。"②杨逵的一些小说为了留有希望,在结尾的处理上甚至过于仓促与突兀,显得不合理,比如《不笑的小伙计》③。

茅盾曾就文学本体与本质关系提出"指南针"说(引导生活)、"斧子"说(改造生活)和"醇酒"说(震撼灵魂,陶冶情感操守与审美意识)。④尤其是"指南针"说,与杨逵文学"引底层人们面向人生的光明面"⑤的创作主张是颇为契合的。小说《雷雨前》《大鼻子的故事》《残冬》都是留有希望的作品,这些作品的完成毫无疑问是茅盾切实践行"以文学引导生活"创作主张的成果。为此,这些作品自然也合乎杨逵的文学主张,而这或者也正是杨逵选译此三篇作品的原因之一。

4.静思归根的诉求

如果说以上三点是较为浅层的理由,那么杨逵通过对茅盾《雷雨前》《大鼻子的故事》《残冬》三篇作品的译介,迂回呈现当年因为陈仪政府的恶政而引发的震惊中外的"二二八"事件,同时借以寄含希望

---

① 王舜日:《茅盾儿童文学的历史与现代价值》,《吉林画报(新视野)》2011年第2期。

② 梁景峰:《杨逵访问记——我要再出发杨逵》,载彭小妍编:《杨逵全集(第十四卷)》,文化资产保存研究中心筹备处,2001年,第165页。

③ 杨逵:《不笑的小伙计》,叶笛、清水贤一郎译,载彭小妍编:《杨逵全集(第八卷)》,文化资产保存研究中心筹备处,2001年,第146页。

④ 丁尔纲:《茅盾及其作品:大半个世纪时褒时贬的命运》,丁尔纲:《茅盾作品精选》,长江文艺出版社,2012年,第13页。

⑤ 谢美娟:《日治时期小说里的农工书写——以赖和、杨逵和杨守愚为中心》,中兴大学硕士学位论文,2009年,第39页。

"二二八"事件后，民众能够化解省籍矛盾、团结一致的良苦用心，在笔者看来是杨逵译介此三篇作品较为深层的原因。

台湾战后初期，由于陈仪政府在台湾的不当施政方式，引发台湾民众深深的失望与强烈的不满，最后竟在台湾战后不到两年的时间内，发生了震惊中外的"二二八"事件。台湾剧作家简国贤的话剧《壁》、苏新小说《农村自卫队》、周青散文《灰色的记忆》、吕赫若小说《冬夜》以及战后初期至台的福建籍作家欧坦生的《沉醉》《鹅仔》等作品，对此都有所反映。在这样的社会大背景下，杨逵的杂文《倾听人民的声音》（1946年）、《为此一年哭》（1946年），《阿Q画圆圈》（1947年）、《"二二七"惨案真相》（1947年），以及诗歌《上任》（1948年）等也均可见其对陈仪当局的不满与谴责。但是杨逵却也清楚地指出："这次民众的义举（'二二七'事件），并非要反抗国民政府，也不是也（要）离叛祖国，更不想要做哪一国的殖民地。正是要捉奸拿贼而已。国贼一日不清国政一日不明，汉奸一日不除，国情一日不安。""民众的行动纯出于爱国心以外并无他意。"在《"二二七"惨案真相》中杨逵在文末还高呼着"中华民国万岁！台湾省万岁！"[1]这不能不让人想起茅盾《雷雨前》营造出的黎明前最黑暗时分的压抑，与《大鼻子的故事》中行进的人流里阵阵"中华民族解放万万岁"的高亢呼喊，以及《残冬》中所写出的对家的信仰：

> 因为他们向来有一个家……他们就以为做人的意义无非为要维持这"家"，现在要他们拆散了这家去过"浮尸"样的生活，那非但是对不起祖宗，并且也对不起他们的孩子……"家"，久已成为他们的信仰。[2]

---

① 杨逵：《"二二七"惨案真相》，载[日]横地刚、蓝博洲、曾健民编：《文学"二二八"》，台湾社会科学，2004年，第339~340页。
② 茅盾：《残冬》，载《茅盾散文选》，译林出版社，2015年。

总之，在笔者看来对茅盾《雷雨前》等三篇作品的译介，其实也是杨逵继《"二二七"惨案真相》之后，再次重申对"二二八"暴乱事件的看法，即"民变不是为了反民族，不爱国，甚至想恢复日本殖民地的地位，而是台湾人民要摘除贪腐的来台官吏而已"①。

# 第三节　杨逵对郁达夫的译介兼及两位作家作品比较

相对于鲁迅、茅盾、郑振铎而言，郁达夫（1896—1945 年）至少曾经是到过台湾的。②郁达夫曾于 1936 年 12 月应台湾日日新报社的邀请，在台湾做过一周的短暂逗留。不论其去台的真正动机是什么，郁达夫至台前后在台湾文学界引起了强烈的反响是不争的事实。早在郁达夫至台的半年前，台湾地区的报刊就开始登载相关消息。在距郁达夫抵台的前几日开始，黄得时便在《台湾新民报》上通过连载方式发表"达夫片片"，共计二十回，向台湾民众介绍郁达夫。而《陈逸松回忆录》中也记录有郁达夫在台期间受到台湾文学界欢迎的情况："郁达夫还曾南下访问，在台中会见张星建、张深切，在台南会见吴新荣、郭水潭等作家。郁达夫旋风式的访问，到处受欢迎……"③

尚未央的《会郁达夫记》中也有相关详细记载："'会郁达夫'这念头，从几个月前岛内新闻一齐把这极有魅力的消息报道出来以来，就已经深刻地印在一般素常关心文学的人们的脑上了。有时偶然在路上

---

① 陈映真：《序文》，载［日］横地刚、蓝博洲、曾健民编：《文学"二二八"》，台湾社会科学，2004 年，第 9 页。

② 杨逵对郑振铎的译介将在下节论述，故在此与前两节已述及的茅盾、鲁迅及此节将论述的郁达夫进行对比。

③ 罗诗云：《郁达夫在台湾：从日治到战后的接受过程》，台湾政治大学硕士学位论文，2009 年，第 79~101 页。

相逢、书信的往来或定期聚会屡次都把他当成中心话题提出来议论，这么一来，更使这念头越深刻、越热烈地盼望其日来临。"①尚未央的《会郁达夫记》中还颇为细致地写及了郁达夫在台期间与台湾地区的作家们，尤其与台湾新文学社的尚未央、枥马、废人、林占鳌、高祥端等九位作家，以及佳里的吴新荣、郭水潭、徐清吉三位作家的见面经过。而尚未央的《会郁达夫记》就刊载在《台湾新文学》的第二卷第二号中。遗憾的是，这篇文章中并未有只言片语写及杨逵与郁达夫的交集。当然作为《台湾新文学》的创刊者及主编的杨逵，是不可能不了解郁达夫在台湾的动态。杨逵曾经多次提及与郁达夫的交集，在《〈第三代〉及其他》中他写道："去年（1936 年），郁达夫氏来日本，从东京绕道台湾回去。那时，我在台中见到他。他说，东京的知识分子非常热情地款待他。"②在柳映隄的访问稿《彷徨、觉醒、希望》中也记有杨逵说过的如下话语："其实，我和三十年代大陆作家是素不相识，只是民国二十五年（1936 年）底，郁达夫来台时，曾以招待者身份见过一面。"③因此，其他暂且不论，所可知的是杨逵与郁达夫至少有过一面之交，甚至还有过交谈。

尽管杨逵与郁达夫年龄相差近十岁，但他们却有着不少相似之处。比如，两人曾经先后东渡日本求学，两人在文学上都是多面手，在诗歌、杂文等领域都有所建树，但两人又都主要以小说称誉文坛④。两人都曾做过编辑，并都曾积极投身于抗日救亡的宣传工作。此外，郁达夫被公认为是中国新文学运动初期书写"自我小说"的作家代表。⑤

---

① 尚未央：《会郁达夫》，《台湾新文学（第二卷第二号）》1937 年 2 月 28 日。
② 杨逵：《〈第三代〉及其他》，涂翠花译，载彭小妍编：《杨逵全集（第九卷）》，文化资产保存研究中心筹备处，2001 年，第 557~558 页。
③ 林梵：《杨逵画像》，笔架山出版社，1978 年，第 18 页。
④ 郁达夫的朋友都认为他的诗词水准是在他的小说之上。如刘海粟、郭沫若，参见吴建华：《郁达夫研究》，湖南师范大学出版社，2007年，第1页。
⑤ 乐齐：《精读郁达夫》，中国国际广播出版社，1998 年，第 3 页。

而杨逵的部分小说也被视为"自我小说"，在春田亮的论文《关于"自我小说"——以〈泥娃娃〉与〈无医村〉为例》(『私小説に就いて「泥人形」の場合と「無醫村」の場合』)中，即将杨逵的小说《泥娃娃》与《无医村》界定为"自我小说"，并以此二作为例探讨台湾地区"自我小说"的书写现象。①

然而杨逵与郁达夫在文学创作主张上实则有着比较明显的差别。杨逵的文学创作是他实践的延伸，从处女作《自由劳动者的生活剖面——怎么办才不会饿死呢?》(1927年)直至辞世，杨逵的书写持续了半个多世纪，其"文学反映现实，表现着生活"②的创作理念从未改变。郁达夫的小说则更"侧重于自我表现，自我体验，抒写内心世界的苦闷、忧烦、感伤以及奋进抗击意识，有着明显的主观抒情色彩"③。尽管杨逵的作品有时也不免感伤，如《灵笺》中老实本分的效嫂夫妇一连失去了三个孩子，故事最后效嫂腹中的胎儿也未能保住，又流产了，因此效嫂夫妇日子最终也没像"灵笺"中所示的"好起来"。又如《新神符》中泰平庄上一对忠厚老实的老年夫妇，老翁因失业无力续缴保险费而被刺激得了失心疯，可谓是"新神符"成废纸，泰平庄上不太平，然而杨逵的作品多数是带有希望的、理想的写实主义作品。换言之，杨逵作品中的主角虽然会遭遇挫败，但他们在失败中却往往不丧志，他们多数是意识清楚，意志坚定的人。他们不但要认识现象的根源，并要进一步在凄惨的现状中找出路子。因为在杨逵看来"作家的任务就是要塑造这种不断打拼、不断追救济光明的动力形象"④。尽管郁达夫有"但使南疆

---

① 春田亮:《关于"自我小说"——以〈泥娃娃〉与〈无医村〉为例》,《兴南新闻》1942年7月6日。

② 杨逵:《论文学与生活》,载彭小妍编:《杨逵全集(第十卷)》,文化资产保存研究中心筹备处,2001年,第267页。

③ 乐齐:《精读郁达夫》,中国国际广播出版社,1998年,第4页。

④ 梁景峰:《杨逵访问记——我要再出发杨逵》,载彭小妍编:《杨逵全集(第十四卷)》,文化资产保存研究中心筹备处,2001年,第165~166页。

猛将在,不教倭寇渡江涯","今日不弹闲涕泪,挥戈先草册倭文"①,以及《必胜的信念》这样鼓舞人心的诗文,然而毋庸置疑的是,郁达夫的多数作品,尤其是其初期成名作《沉沦》等则是凄清的、愁苦的、感伤的,写作的是其"内心的苦闷",甚至在作品中郁达夫还会表露出因为"恶人的世界,塞尽了我的去路,有名的伟人,有钱的富者,和美貌的女郎,结了三角同盟,搎我斥我,使我不得不在空想的楼阁里寄我的残生"而产生留恋"艺术的王国"的念头②。同时,郁达夫所写的不少是女人、酒、烟、眼泪,及变态性欲。不同的是,杨逵作品中的主角多像他自身,即便再苦再痛也要咬着牙关度过的"压不扁的玫瑰花"一般的硬汉,如《送报夫》中的杨君、《鹅妈妈出嫁》中的"我"、《难产》中的"我"。

1948年8月杨逵《微雪的早晨》中日对照单行本,作为"中国文艺丛书"第三辑,由台北东华书局出版。此书中除了收有郁达夫《出奔》《微雪的早晨》两篇小说外,还有杨逵用日语写作的介绍性短文《郁达夫先生》[以下引文均采用《杨逵全集》(第三卷)中黄英哲的译文。]。但是在大约五百字的《郁达夫先生》中却存在不少文学常识错误或表述不清的问题。比如,"先生于一九一一年留学日本,就读东京第一高等学校后,由东京帝国大学经济科毕业。一九二二年回国后,立即与郭沫若、成仿吾等人共组创造社,展开文艺工作","他的处女作《沉沦》是大学毕业后不久写的","一九二六年到一九二七年的大革命转换时期,他沉醉在与王映霞之间的甜蜜恋爱生活中,仅出版了描写这种生活的日记体作品"③。

首先,郁达夫留学日本时间实为1913—1922年,即开始于1913年而非1911年,而且郁达夫是于1914年7月才考入东京第一高等学

---

① 王孙、熊融编:《郁达夫抗战诗文抄》,福建人民出版社,1982年,第3~4页。
② 郁达夫:《郁达夫》,中国社会科学出版社,2003年,第163页。
③ 杨逵:《郁达夫先生》,黄英哲译,载彭小妍编:《杨逵全集(第三卷)》,文化资产保存研究中心筹备处,1998年,第265页。

校预科。①其次,创造社是于 1921 年 6 月在日本正式成立,而非郁达夫"一九二二年回国后"才成立。再次,郁达夫的小说处女作是他 1920 年在日本留学期间写成的《银灰色的死》而并非《沉沦》,只是1921 年 10 月郁达夫曾将《银灰色的死》《沉沦》《南迁》三篇小说,集结为《沉沦》出版。小说集《沉沦》是郁达夫的第一部小说集子。为此,杨逵将郁达夫的处女作认定为《沉沦》实是有误的或者至少是表述不清的。最后,1926—1927 年的大革命转换时期,郁达夫除了出版所谓的描写恋爱生活的日记体作品外,②还出版有《达夫全集》第一卷《寒灰集》、第二卷《鸡肋集》及第三卷《过去集》,同时还发表有政论《广州事情》公开揭露作为大革命根据地的广州的黑暗。③因此,杨逵说郁达夫 1926—1927 年的大革命转换时期,"仅出版了描写这种生活的日记体作品"④,并不正确。

《微雪的早晨》是郁达夫创作于 1927 年的作品,此作是以知识分子为题材的小说。小说中写的是忠厚正直的大学生朱雅儒,在贫困艰辛的大学生活中,因为青梅竹马的恋人被军阀夺去,而在激愤郁恨中发疯至死的故事。《出奔》是郁达夫创作于 1935 年的作品,这篇小说向来被视为郁达夫小说创作的结笔之作。它是一篇直接表现大革命风云的作品。小说中对投机革命的地主的奸诈狡赖、对不择手段的悍妇的凶残狠毒、对革命青年的摇摆软弱,都有绘声绘色的刻画。其实《出奔》《微雪的早晨》这两篇小说都并非郁达夫代表作品,但是杨逵却没有选择其在《郁达夫先生》一文中着重介绍的《沉沦》进行译介,⑤或是选择

---

① 方忠:《郁达夫传》,复旦大学出版社,2012年,第220页。

② 此处应指郁达夫的《日记九种》。《日记九种》为郁达夫作于 1926 年 11 月 3 日至 1927 年 7 月 31 日的日记,1927 年 9 月由北新书局出版。

③ 方忠:《郁达夫传》,复旦大学出版社,2012 年,第 221~222 页。

④ 杨逵:《郁达夫先生》,黄英哲译,载彭小妍编:《杨逵全集(第三卷)》,文化资产保存研究中心筹备处,1998 年,第 265 页。

⑤ 此处指单篇小说《沉沦》。

与《沉沦》一样，同为郁达夫代表作品的《银灰色的死》《南迁》等进行译介，而是选译了《出奔》《微雪的早晨》这两篇作品。在笔者看来，原因主要有以下三点：

第一，《出奔》《微雪的早晨》与杨逵历来的创作主张更为接近。杨逵一贯主张并践行着"文学反映现实，表现着生活"①的创作理念。他不止一次引用克罗齐的说法："艺术家不仅是以自我贯彻为目的去创作，并为了促使他人也采取一样的态度而创作"②，以确定自己的主张，即作家创作并非只是为了表现自我。同时，杨逵也曾明确表示过："他（郁达夫）那种颓废精神和苍白生活的描述我不能接纳。"③而郁达夫的《出奔》《微雪的早晨》都是以客观现实为描写对象，偏重于对社会生活的剖析，是客观性、社会性和写实性较强的社会小说；④并非偏重描写性苦闷和灵肉冲突，反映颓废情绪的"自我小说"。⑤

第二，杨逵对《出奔》《微雪的早晨》的翻译是在 1948 年左右完成的。尽管据苏维熊"中日对照中国文艺丛刊发刊词"所述，杨逵这时期对中国现代名家名作的译介旨在"全国普及国语运动"的基础上，实现"真正理解祖国文化，而且要哺育它，使它更为高尚，更为灿烂，使其真正的精华宣扬全世界"⑥，但是杨逵在译介郁达夫这两篇小说时，也正介于如何建设台湾新文学的论争期。这场论争的焦点是台湾文学的大众性、文学的指导思想（即历史唯物论）、新现实主义、革命浪漫主义等

①　杨逵：《论文学与生活》，载彭小妍编：《杨逵全集（第十卷）》，文化资产保存研究中心筹备处，2001 年，第 267 页。

②　杨逵：《艺术是大众的》，邱振瑞译，载彭小妍编：《杨逵全集（第九卷）》，文化资产保存研究中心筹备处，2001 年，第 138 页。

③　杨逵：《不朽的老兵》，载彭小妍编：《杨逵全集（第十四卷）》，文化资产保存研究中心筹备处，2001 年，第 179 页。

④　乐齐：《精读郁达夫》，中国国际广播出版社，1998 年，第 2 页。

⑤　乐齐：《精读郁达夫》，中国国际广播出版社，1998 年，第 9 页。

⑥　转引自［日］下村作次郎：《战后初期台湾文坛与鲁迅》，邱振瑞译，载［日］中岛利郎编：《台湾新文学与鲁迅》，前卫出版社，2000年，第136页。

问题。①综观杨逵在 1947—1949 年所作的《如何建立台湾新文学》《人民的作家》《论文学与生活》等近十篇论文,在某个层面上或可知晓杨逵选译《出奔》《微雪的早晨》这样的社会小说,而非《沉沦》等"自我小说"的用意。因为在此期间,杨逵多次强调指出,台湾新文学需要的是能切实地表现人民真实的心声、促使人民奋起,推动民族解放与国家建设的伟大力量的作品。②

第三,杨逵对郁达夫的《出奔》《微雪的早晨》的翻译是于"二二八"事件发生后的 1948 年前后进行的。结合《出奔》与《微雪的早晨》的内容,在笔者看来,杨逵正是通过选译此两篇小说,委婉地表达他对战后初期国民党在台湾所实施的政策的不满与批判。《出奔》中所反映的正是国民革命不彻底、国民党内部弊病百出的现象,而《微雪的早晨》则反映的是军阀暴行。杨逵向来擅长于以古讽今的书写方式。检视杨逵于 1948 年前后的创作,如《为此一年哭》《阿 Q 画圆圈》《"二二七"惨案真相——台湾省民之哀诉》等,或许均可作为杨逵此间选择译介郁达夫这两篇小说别有一番深意的佐证。

那么至于郁达夫对杨逵的文学书写到底带来了怎样的影响,杨逵并未述及。但是笔者在阅读杨逵的作品时,却惊讶地发现杨逵的小说《天国与地狱》中的部分内容和郁达夫的《沉沦》有着颇多相似之处,为此作一番平行比较还是颇有必要的。

《天国与地狱》是杨逵篇幅最长的小说,初稿约作于 1943 年秋。但是因为手稿亡佚,③至今仍未能得见其全貌,不免遗憾。至今评论界对

---

② 蓝博洲:《消失在历史迷雾中的作家身影》,联合文学出版社,2001年,第1页。

③ 杨逵:《如何建立台湾新文学》,载彭小妍编:《杨逵全集(第十卷)》,文化资产保存研究中心筹备处,2001年,第244页。

① 《父与女》第三则后至"闇(暗)"(二)部分手稿缺,"改邪归正"第五则后的手稿亡佚。

这篇小说也甚少关注。①在笔者看来，杨逵《天国与地狱》的写作其实并不成功。比如小说主角不确定，时而为台籍青年男子陈跃人、时而为日本青年女子惠美子；中心思想不明确，内容过于庞杂，既涉及劳资问题、民众抗争运动、知识青年的成长问题、民众的信仰问题，又涉及宗教的欺骗性、青年男女的婚恋问题、台籍学子在日本的遭遇问题、父女两代间的矛盾问题等。但值得注意的是，此篇小说中的部分关注点与郁达夫的《沉沦》却颇为相似。

首先，从表面上看，杨逵的《天国与地狱》与郁达夫《沉沦》一样都是"自我小说"。《天国与地狱》中写及了一个由台湾东渡日本求学的青年学子陈跃人。尽管作品从"金福寺"开始，②小说的主角便转向日本青年女子惠美子，此后陈跃人基本未再正面出现。但是，对陈跃人的书写中是可以看到杨逵自身的影子，比如陈跃人一边在日本 N 大学夜间部文学系上学，一边为生计所迫兼当牛奶配送员；陈跃人当牛奶配送员时所住的团体宿舍条件极为恶劣：到处是跳蚤和臭虫、空气腐臭、充满阴霾；尽管留学日本的陈跃人思念故土家人，但是无奈囊中羞涩，他连假期也未能返回故乡省亲；以及陈跃人从日本返台后积极参加农民组合，并因此被捕下狱。

其次，杨逵《天国与地狱》中的陈跃人与郁达夫《沉沦》中的"我"一样，都是来自中国的青年学子，只不过陈跃人来自台湾地区，而《沉沦》中的"我"来自大陆。当然，正如前文所述，这两篇小说表面上皆可视为"自我小说"，两位主人公身上都可以看见作家自身鲜活的影子。而且，不论《沉沦》中的"我"，还是《天国与地狱》中的陈跃人，在日本同样为着生活苦、为着思乡苦、为着恋爱苦。在日本，他们都因为积贫积弱的

---

① 《杨逵全集》中收录的1934—2001年间关于杨逵的研究资料中，仅有彭小妍的《关于〈天国与地狱〉》是以《天国与地狱》为研究对象的论文，从2001年迄今，笔者亦未发现有相关研究论文。

② 《天国与地狱》分为"回忆""金福寺""父与女""闇(暗)""改邪归正"等部分。

祖国而受到不同程度的歧视,《天国与地狱》中写道:"一位老师老是逮到台湾学生就骂'清国奴',或为了一点芝麻小事就打台湾学生耳光。"①而《沉沦》中则悲哀地写道:"原来日本人轻视中国人,同我们轻视猪狗一样。"②

再次,杨逵的《天国与地狱》与郁达夫《沉沦》中对两性关系的书写都是大胆而直接的。郁达夫曾在《文艺赏鉴上的偏爱价值》一文中写道:"性欲和死,是人生的两大根本问题,所以以这两者为材料的作品,其偏爱价值比一般其他的作品更大。"③《沉沦》自不必说,小说中写的是一个病态的青年关于性要求与灵肉冲突的苦闷心理。④尽管杨逵对性的书写并不排斥,他曾说过:

> 譬如,写一种平实的日常生活的题材,如果用心理分析、意识流等技巧钻到底层去,却吸引不了读者的兴趣,那么,为什么不改头换面一下,借一般人引人耳目的杀人、抢劫、性泛滥等社会事件来烘托呢?⑤

彭小妍在《杨逵的〈三国志物语〉》中指出:

> 王允设下美人计,以貂蝉来离间董卓和吕布父子的一段,在《三国演义》中只占了五页,杨逵则花了将近十四页的日文,中间貂蝉和吕布花园偷情的一段,还竟然被日本警察删除,不知是否

① 杨逵:《天国与地狱》,涂翠花译,载彭小妍编:《杨逵全集(第十三卷)》,文化资产保存研究中心筹备处,2001年,第342页。

② 乐齐:《精读郁达夫》,中国国际广播出版社,1998年,第34页。

③ 乐齐:《精读郁达夫》,中国国际广播出版社,1998年,第41页。

④ 乐齐:《精读郁达夫》,中国国际广播出版社,1998年,第4页。

⑤ 杨逵:《"草根文化"的再出发——从文学到政治》,载彭小妍编:《杨逵全集(第十卷)》,文化资产保存研究中心筹备处,2001年,第429页。

因为写得太露骨,有伤风化？ ①

然而综观杨逵作品可见，其对于性的写作大体上还是相对保守的。他的文学创作中甚少涉及性,即便写及男女间不当关系,更多的是一笔带过。而《天国与地狱》是笔者所见到的杨逵作品中两性关系书写得最多,且相对直接的。该作中甚至还涉及了乱伦关系：

> 父亲老是用色眯眯的眼光看她(惠美子)。
>
> 这次父亲又迷上女人,她(惠美子)总算能摆脱那双色眯眯的眼睛,惠美子觉得既安心又开心。
>
> 过去,孤独地住在空旷的寺院里,盼着父亲回家,而一回来却是那淫荡又色眯眯的眼光。
>
> 一定是有男人了,泰介这么想着,压抑多时的情欲爆发出来,他嫉妒得快疯掉了。②

当然,值得注意的是,《天国与地狱》与《沉沦》尽管有着上述的相似之处,但也存在着不少差异。首先,《天国与地狱》和杨逵的多数作品一样是带有希望的书写,是理想现实主义的作品。该作中的陈跃人相较郁达夫《沉沦》中的"我"在恋情上是较为成功的。陈跃人受到了日本女子惠美子的主动追求,而且惠美子还与陈跃人许下山盟海誓,甚至为了陈跃人不惜抛别父亲,离家至台。

其次,不同于《沉沦》里的"我"直到最后还沦陷于痛苦悲怆中难以自抑,流着眼泪自伤自悼地说着伤心的哀话："祖国呀祖国！我的死是你害我的！""你快富起来,强起来罢！""你还有许多儿女在那里受苦

---

① 彭小妍：《杨逵的〈三国志物语〉》,《日报》2000年1月6日。

② 杨逵：《天国与地狱》,涂翠花译,载彭小妍编：《杨逵全集(第十三卷)》,文化资产保存研究中心筹备处,2001年,第376~378页。

呢！"①尽管《天国与地狱》中的陈跃人异域漂泊感亦是深刻的，但是他最后却走出了象牙塔返回台湾成为农民组合斗士中的一员，为解放台湾地区而奋斗。

再次，尽管陈跃人在日本也因为自身被殖民者的身份而受到歧视。"一位老师老是逮到台湾学生就骂'清国奴'"②，但是杨逵笔下的陈跃人到底不同于《沉沦》中的"我"。他不仅得到日本女子惠美子的爱，同时还得到牛奶店老板娘与同事们的关心。为此，陈跃人在日本所感受到的应该和《送报夫》中杨君的感受是一样的，"就像台湾人里面有好人也有坏人似的，日本人也一样"。"日本底层劳动者大都是和田中君一样的好人呢。（日本劳动者）反动（应为'反对'的误刊）压迫台湾人，糟蹋台湾人。"③这样的书写反映了作家杨逵一贯以来不流于教条主义，不以二分法粗糙地把人类归于善人和恶人的思想特质。

杨逵与郁达夫的性格差异大，杨逵被誉为"压不扁的玫瑰花"，他有着极强的"韧性"，他笔下的人物多是和他一样的"硬汉"。而郁达夫"认为自己的孤独是与生俱来的，而且他在作品中始终不倦地表现的人物形象几乎都有这种巨大的孤独感"④。郁达夫小说主人公的面容几乎千篇一律的愁苦、虚弱，这些主人公脸上常常挂着各种各样的眼泪，其笔下的主人公们不甘沉沦却又无力自拔，时时为自身的遭际而落泪叹息。杨逵的风格平实质朴，有些文学评论者还"嫌其作品过于粗糙"⑤，

---

① 乐齐：《精读郁达夫》，中国国际广播出版社，1998年，第38页。
② 杨逵：《天国与地狱》，涂翠花译，载彭小妍编：《杨逵全集（第十三卷）》，文化资产保存研究中心筹备处，2001年，第342页。
③ 杨逵：《送报夫》，胡风译，载彭小妍编：《杨逵全集（第四卷）》，文化资产保存研究中心筹备处，1998年，第99页。
④ 吴建华：《郁达夫研究》，湖南师范大学出版社，2007年，第35页。
⑤ 陈芳明：《放胆文章拼命酒——论杨逵作品中的反殖民精神》，载黄惠祯编：《台湾现当代作家研究资料汇编04杨逵》，台湾文学馆，2011年，第219页。

批评其作品是"口号文学"①；郁达夫的文笔则流丽、清新。杨逵的小说偏于客观写实，郁达夫的小说则"重在感情"。在郁达夫看来，"情调"二字是衡量小说优劣高下的主要标准，②为此郁达夫小说中多浸透着作家本人强烈的主观色彩。他的小说常以自身的个人经验、情感生活为线索，宣泄着一己的情怀。然而不论是杨逵还是郁达夫，他们却共同书写出作为弱国子民的青年学子在异国他乡遭受的轻侮欺凌的经历，他们共同都坚持着反帝国霸权主义的方向，他们同样作为中国觉醒的现代知识青年，通过作品反映深沉的时代郁愤，从而激起国人的共鸣。

# 第四节　在历史小说中寻找知音：<br>杨逵对郑振铎《黄公俊之最后》的译介

郑振铎（1898—1958年）与鲁迅、茅盾及郁达夫是同时代的中国现代作家。除此之外，郑振铎还是中国现代著名的学者、评论家、文学史家、艺术史家、翻译家及收藏大家。众所周知，郑振铎与鲁迅、茅盾及郁达夫都有着密切的关系。他被视为茅盾"最早的一位文坛知交"③。1921年1月文学研究会在北京成立。郑振铎与茅盾一样都是文学研究会的发起人，他们同是文学革命初期，"文学为人生"的重要倡导者。因此，可以肯定的是，郑振铎与茅盾的文学主张、创作理念是近似的。本章第二节笔者已论述指出杨逵与茅盾的创作理念及写作风格相似，为此，杨逵与郑振铎的创作主张及风格也应是相近的。此外，杨逵在介绍性

---

① 杨逵口述、王丽华记录：《关于杨逵回忆录笔记》，载彭小妍编：《杨逵全集（第十四卷）》，文化资产保存研究中心筹备处，2001年，第87页。
② 朱栋霖、朱晓进、龙泉明编：《中国现代文学史1917—2000（上）》，北京大学出版社，2007年，第53~55页。
③ 钟桂松：《人间茅盾：茅盾和他同时代的人》，河南人民出版社，1993年，第84页。

短文《郑振铎先生》中,还有着对郑振铎溢于言表的赞赏,"'三一八'(实为'八一三'之误,笔者注)战事爆发后,许多作家和文化人避走后方,但先生独自毅然坚守上海,直到最后不向意志低头的只有先生一人"①。当然,郑振铎的这种坚毅不屈的精神与杨逵又何其相像。

东华书局"中国文艺丛书"第一辑后的出书广告中,共列有六种书目,其中郑振铎作、杨逵译的《黄公俊之最后》注明"印刷中"②,然而此辑丛书至今未能得见。正因为未能见到此书,所以也就无法获知《黄公俊之最后》中是否与杨逵中日对照单行本《阿Q正传》《大鼻子的故事》以及《微雪的早晨》一样,除了收有《黄公俊之最后》之外,还收有郑振铎的其他作品。③但可以确定的是,杨逵是看过,而且翻译过郑振铎的小说《黄公俊之最后》。《黄公俊之最后》原载于1936年商务印书馆出版的现代历史小说集《桂公塘》中,是郑振铎创作于1934年的作品。此作以清朝太平天国运动为背景,写作了黄公俊参加太平天国,后来为了挽救危局,两次只身前往湘营,试图说降曾国藩和曾国荃两兄弟,然而反遭囚禁后慷慨赴死的故事。这篇小说"不把客观翔实的史事放在第一位,而是以主观感情和创作理想抒发为根本,与其说是面向历史,不如说是面向当下,面向现实。它取材于太平天国野史,夹杂了作者淋漓尽致的想象,将史无其人的黄公俊塑造成一位民族义士"。正是这种摆脱历史真实、超越常规的写法,这种不符合历史主义原则的创作,④

---

① 转引自黄惠祯:《台湾文化的主体追求:杨逵主编〈中国文艺丛书〉的选辑策略》,《台湾文学学报》2009年第12期。
② 转引自[日]下村作次郎:《战后初期台湾文坛与鲁迅》,邱振瑞译,载[日]中岛利郎编:《台湾新文学与鲁迅》,前卫出版社,2000年,第136页。
③ 从黄惠祯相关论述中可知杨逵的《黄公俊之最后》日文翻译手稿与《郑振铎先生》日语介绍文已经出土。参见黄惠祯:《战后初期杨逵与中国的对话》,联经出版事业股份有限公司,2016年,第157~158页。但是笔者未能见到杨逵《黄公俊之最后》日文翻译手稿,且黄惠祯在做相关论述时也仅涉及此篇作品。
④ 张业芸:《凝眸历史与现实,剖析忠义与不义——论郑振铎历史小说集〈桂公塘〉》,《乐山师范学院学报》2008年第1期。

使得《桂公塘》一经出版,便毁誉参半。但是在 20 世纪 30 年代的中国,民族矛盾、阶级矛盾尖锐,在动荡的时代背景下,郑振铎创作的包括《黄公俊之最后》在内的一系列新型历史小说主旨意向是明确的,现实指向性和战斗性也是极强的,它们均有很强的现实意义。

其实,正如《大鼻子的故事》《雷雨前》并非茅盾最具影响力的作品一样,《出奔》《微雪的早晨》并非郁达夫最具代表性的作品一样,《黄公俊之最后》也并非郑振铎最成功的创作。论者陈福康就曾说过《黄公俊之最后》"还不能让人满意"①,而现今小说《黄公俊之最后》也甚少被评论界所关注。

在笔者看来,就内容而言,《黄公俊之最后》其实也有值得斟酌之处。比如作品中对曾国藩的书写。尽管近百年来对曾国藩的评价是仁者见仁、智者见智,尽管曾国藩有着近二十年与太平军作战的经历,他镇压太平天国罪责难逃,但却也不能就此完全否定曾国藩的历史功绩。比如曾国藩对中国近代现代化建设所做出的积极贡献,毕竟曾国藩还被视为中国历史上真正积极实践近现代化建设的第一人,中国思想政治工作的开山祖师,修身齐家治国中华千古第一完人等。而在《黄公俊之最后》中,曾国藩则完全被丑化了。他被写成是一个"良心已经腐烂了"的虚伪的政治投机分子,"曾国藩最重要的是他的军权,他的信仰——绝对不能把将到的肥肉放了下去",他是个"帮助敌人在和自己的兄弟们战斗,相斫"的"大汉奸"。②此外,小说中不断强调着的"敌人"是进行"民族复兴运动"的太平军,而作品中的"满妖"更是指代满族人,这样的书写不免有狭隘的民族主义之嫌。尽管如此,但是正如上文所述,此作完成于 20 世纪 30 年代,即在民族与阶级矛盾极为尖锐,

---

① 张业芸:《凝眸历史与现实,剖析忠义与不义——论郑振铎历史小说集〈桂公塘〉》,《乐山师范学院学报》2008 年第 1 期。

② 郑振铎:《黄公俊之最后》,载《郑振铎全集(1 卷)》,人民文学出版社,1985 年,第 556~562 页。

创作客观环境极为险恶的时代背景下,在觅取现实题材受到极大限制的情况下,历史小说《黄公俊之最后》实则有很强的现实意义与价值。郑振铎通过该作的书写旨在通过借古讽今、借古喻今的方式来指斥时政、揭露时弊,"从反面讽刺当时国民党反动派的对日本军阀的侵略步步退让,到了谈虎色变的地步"。

尽管杨逵选译《黄公俊之最后》与郑振铎创作时的历史背景并不一样,但是在笔者看来,杨逵试图通过对《黄公俊之最后》的译介从而达到以历史影射现实的目的,这点上与郑振铎的创作用意是一致的。

首先,杨逵在选译此作时,距离台湾结束长达半个世纪的日本殖民时期不到两年。而此作中对于民族矛盾的书写,对于民族自由、解放的热切呼唤,对于那些出卖民族利益的不肖子孙的深恶痛绝,在某个层面上,正是杨逵借以对刚刚过去的日据时期的回顾与清算。

其次,1947 年 1 月①正值战后初期,如上所述,台湾人民刚刚结束了长达半个世纪的日据时期,他们欢天喜地盼到了祖国的来人。然而陈仪政府的恶政,接收人员腐败贪污、特权垄断的作风,造成物价飞扬、治安败坏,致使台湾省籍矛盾极为严重,"二二八"事件一触即发。对于希望消弭省籍矛盾的杨逵而言,可想而知是多么痛心。而《黄公俊之最后》中那原本以民族复兴运动主持者自居的太平军最终却江河日下地衰颓下来,其缘由主要就在于"领兵者都成了肠肥脑满的富翁的时候,又为了军需而不得不横征暴敛的时候,当许多新的大姓富户出现于各地,择人以噬的时候,农民们却不得不移其爱戴之心而表现出厌恶与反抗的了"②。在笔者看来,披露《黄公俊之最后》中太平军的下场,或者正是杨逵对当时国民党政府敲的一记警钟。

---

① 东华书局"中国文艺丛书"第一辑出版于1947年1月,其书后的广告中注明郑振铎作、杨逵译的《黄公俊之最后》正"印刷中",为此可知。

② 郑振铎:《黄公俊之最后》,载《郑振铎全集(1卷)》,人民文学出版社,1985年,第563页。

再者，不难从《黄公俊之最后》的主人公黄公俊身上看到杨逵的身影。换言之，黄公俊或者正是杨逵在历史中寻找到的知音。如黄公俊的舍生取义、铮铮铁骨，为了结束兄弟们之间的残杀、为了整个民族的前途，不怕任何艰苦和牺牲，明知不可为而为之的做法，与杨逵何其相似。因此，可以说杨逵选译《黄公俊之最后》何尝不是在借以间接地传达自己的心声。而且历史是极为奇妙的，正如黄公俊为结束兄弟们之间的自相残杀、为整个民族的前途试图游说曾氏兄弟却失败被囚，并最终慷慨赴义。译介《黄公俊之最后》的两年后，杨逵由于写作旨在弥补省籍关系鸿沟的《和平宣言》不但未能取得成效，其自身反而因此被捕入狱，从此身陷囹圄十二载。

当然，杨逵选译《黄公俊之最后》的原因，除了以上论及的三点之外，作品中所持有的农民立场，以及对知识分子（绅士）的批判："绅士们的口，是一味地传布着恐怖与侮蔑之辞"，"绅士们的奔走、呼号……其实，打开天窗说亮话，只是要保护他们那一阶级的自身利益而已"，"那绅士们，吃得胖胖的，出卖了自己的灵魂和民族的利益，猪狗般地匍伏（匐）在鞑子们的前面"①。这些与杨逵的"草根文学主张"、庶民立场以及对知识分子的批判性审视也是极为相似的。

战后初期（1945—1949年）"台湾行政长官公署"在制定文化重建政策时曾考虑在台湾掀起一个"新的五四运动"，兴起一股文化潮流。在这种风潮下，五四时期中国新文学被大量介绍到台湾。为了便于台湾民众学习祖国语言文化，当时也出版了不少五四时期中国新文学作家作品的中日对照本，据下村作次郎统计有：

---

① 郑振铎：《黄公俊之最后》，载《郑振铎全集（1卷）》，人民文学出版社，1985年，第542~546页。

1947 年

鲁迅著,杨逵译:《阿 Q 正传》,东华书局,1 月

鲁迅著,王禹农译:《狂人日记》,标准国语通信学会,1 月

郁达夫著,杨逵译:《微雪的早晨》,东华书局,8 月

鲁迅著,蓝明谷译:《故乡》,现代文学研究会,8 月

茅盾著,杨逵译:《大鼻子的故事》,东华书局,11 月

1948 年

鲁迅著,王禹农译:《孔乙己——头发的故事》,东方出版社,1 月

鲁迅著,王禹农译:《药》,东方出版社,1 月

1949 年

沈从文著,黄燕译:《龙朱》,东华书局,1 月①


　　从以上所列的书目可知,战后初期四年间,台湾所出版的大陆现
代作家作品的中日对照本,集中于对大陆现代左翼作家作品,尤其对
鲁迅作品的译介。这自然与战后初期"台湾省行政长官公署"的文化政
策,及许寿裳、黎烈文、雷石榆、王思翔、歌雷、欧坦生等在内的文化人
至台后,积极传播左翼文学思想有着极大的关系。②因此,杨逵战后初
期对大陆现代作家作品的译介并非其独有行为,而是在被视为"现代
台湾文学史上(至下村作次郎《台湾新文学与鲁迅》完稿时的 1992 年 4
月止)唯一的,台湾文学界与大陆文学界最直接密切交流的四年"③的背
景下发生的。但是杨逵却是这期间首个出版大陆现代作家作品中日对
照单行本的人,他通过直译的方式有所挑选地向台湾民众译介了鲁迅、

---

　　① 〔日〕下村作次郎:《战后初期台湾文坛与鲁迅》,邱振瑞译,载〔日〕中岛利郎编:《台
湾新文学与鲁迅》,前卫出版社,2000年,第128页。

　　② 黄万华:《去殖民性进程中的战后初期台湾文学》,载杨彦杰编:《光复初期台湾的社
会与文化》,福建教育出版社,2011 年,第 308 页。

　　③ 转引自〔日〕下村作次郎:《战后初期台湾文坛与鲁迅》,邱振瑞译,载〔日〕中岛利郎
编:《台湾新文学与鲁迅》,前卫出版社,2000年,第127页。

茅盾、郁达夫、郑振铎等几位现代作家的部分作品。从涉及面上看，在当时多数台湾译介者将眼光集中于鲁迅作品的时候，杨逵则在译介鲁迅作品的同时将眼光投向更多的大陆现代作家。从数量上看，战后初期四年间，台湾地区出版了大陆现代文学作品中日对照本共计8种，杨逵的译作即占3种，几近半数，为此也足可见杨逵为"普及国语运动"、促进台湾民众正确理解认识祖国文化所付出的努力与良苦用心。特别是对于没有受过传统书房教育，从小受日语教育长大，直至战后才开始正式学习普通话[①]的杨逵而言，其译介过程的不易更是可想而知的。当然，从以上对杨逵译介原因的分析中应该肯定的是，杨逵在此期间介绍五四时期具有现实主义倾向的左翼文学作品到台湾，不仅有其承接两岸新文学运动左翼传统，借古喻今批判其当下国民党执政当局的用意，而且也隐含了其对台湾前途、台湾地区与祖国关系的思考，并借以推动台湾社会建设的用心。另外，值得一提的是，尽管在战后初期两岸交流仍然受局限的情况下，杨逵书写的《茅盾先生》《郁达夫先生》中出现了错误是可以理解的，但是1998年6月由文化资产保存研究中心筹备处出版的《杨逵全集》(第三卷)中收有黄英哲对《茅盾先生》《郁达夫先生》进行的汉语直译，译文对那些错误却未给予任何修正说明，这不免令人遗憾了。

# 小　结

战后初期，因应时代变化，受东华书局邀请，杨逵着手选译现代名家鲁迅、茅盾、郁达夫及郑振铎的部分作品。其译介活动的展开是在被

---

① 戴国辉：《杨逵忆述不凡的岁月》，载黄惠祯编：《台湾现当代作家研究资料汇编04杨逵》，台湾文学馆，2011年，第175~177页。

视为"现代台湾文学史上(至下村作次郎《台湾新文学与鲁迅》完稿时的 1992 年 4 月止)唯一的,台湾文学界与大陆文学界最直接密切交流的四年"①的大背景下发生的。其译介行为不论是出于战后的文化自觉,还是缘于杨逵个人的美学选择与心境,都是一种有意识的文化传递行为。本章通过具体分析杨逵选译几位现代作家及其作品的缘由标准,在译介过程中出现的问题,以及将杨逵与几位作家部分作品进行比较,来呈现杨逵展开译介活动时台湾的政局情况与杨逵对中国的认同意识。

---

① 转引自[日]下村作次郎:《战后初期台湾文坛与鲁迅》,邱振瑞译,载[日]中岛利郎编:《台湾新文学与鲁迅》,前卫出版社,2000年,第127页。

# 第四章　囹圄中的坚持：

## 以绿岛时期戏剧创作为主

　　如果说日据时期是杨逵最重要的创作阶段,那么绿岛时期就是杨逵第二个重要的创作期。在绿岛的 12 年间,杨逵创作了 14 部戏剧、3 篇小说、14 首诗歌、38 篇评论杂文,书写有百封家信,同时还收集、改写、创作了为数不少的谚语(歇后语)、童谣与民歌。①

　　杨逵曾说过他从小便"决心做一个小说作者"②,综观杨逵的创作生涯,他也确实是以小说登上文坛并备受关注的。而且毫无疑问,在杨逵创作的所有文类中, 影响最大的是小说。《送报夫》《压不扁的玫瑰花》被称为台湾文学史脉络中的两个重要标志,③而且杨逵自己最为满意的作品《送报夫》《鹅妈妈出嫁》《模范村》也皆为小说。④也正因为小说的影响力大,为此不少评论者提及杨逵时会称他为"小说家"。刘中威在《文坛的台湾老兵杨逵》里即称杨逵为"著名的小说家"⑤。

　　如果小说是杨逵所有文类中影响最大的,那么杂文评论就是他创

---

①　彭小妍主编的《杨逵全集》中第十一卷为《谣谚卷》,该卷收录了包括杨逵采集、改写或创作的谚语(歇后语)、童谣、民歌。据判定可能都出自绿岛时期。参见《〈谣谚卷〉版本说明》,载彭小妍编:《杨逵全集(第十一卷)》,文化资产保存研究中心筹备处,2001年,第XV页。

②　杨逵:《日本殖民统治下的孩子》,载彭小妍编:《杨逵全集(第十四卷)》,文化资产保存研究中心筹备处,2001年,第22页。

③　叶衽樑:《台湾文学史脉络中的杨逵位置》,载《2013杨逵、路寒袖国际学术研讨会论文集》,台中科技大学语文学院、应用中文系,2013年,第150页。

④　梁景峰:《我要再出发——杨逵访问记》,载彭小妍编:《杨逵全集(第十四卷)》,文化资产保存研究中心筹备处,2001 年,第 165 页。

⑤　刘中威:《文坛的台湾老兵杨逵》,《团结报》2015 年 9 月 17 日。

作数量最多的文类,其创作量远远超过其他文类。换言之,杨逵创作的戏剧数量不多,不过只有 19 部,远不及杂文评论多,甚至也没有其所作的小说多,①且影响上也不及小说大。但是戏剧却是杨逵绿岛时期创作中最重要、影响最大的文类。杨逵的剧作不仅受到杨逵文学研究者的关注:比如黄惠祯硕士论文《杨逵及其作品研究》(1994 年)共计六章,其中第六章"杨逵的戏剧作品"就是专门以杨逵的剧作为研究对象。而杨逵绿岛时期的剧作还得到战后台湾戏剧研究者辟专章加以讨论,比如焦桐的《台湾战后初期的戏剧》(1990 年)共计六章,其中第三章"本地剧作家杨逵"即以杨逵绿岛时期的剧作为论述对象。近十多年来还出现了专门研究杨逵戏剧的论著,如林安英硕士论文《杨逵戏剧作品研究》(1998 年)、邱坤良论文《文学作家、剧本创作与舞台呈现——以杨逵戏剧论为中心》(2010 年)等。

焦桐曾指出:"当全台湾的戏剧都在替反共抗俄的政策作宣传","将这些剧作(杨逵绿岛时期所创作的)衡诸五〇年代的台湾剧坛,杨逵仍是杰出的剧作家"。②此章笔者将侧重以杨逵绿岛时期所创作的戏剧为对象,通过分析杨逵绿岛时期戏剧中的关注点及创作特点,呈现杨逵在绿岛牢狱时是如何继续文学世界的垦殖与进行不离岛的离岛书写。

# 第一节　笔耕心园的继续垦殖:
# 绿岛戏剧的文学特色

杨逵的次女杨素绢曾经动情地说过:"父亲的一生,扮演的就是开

---

　　①　据《杨逵全集》中所收有的杨逵小说统计,杨逵在世时已发表的与未发表的小说共有41篇。
　　②　焦桐:《台湾战后初期的戏剧》,台原出版,1990 年,第 74 页。

拓者的角色,他始终不懈,孜孜矻矻地开拓两个园地,一个是笔耕的心园,一个是锄耕的田园。"①

1950 年杨逵因撰写《和平宣言》受军法审判,被以"为匪宣传"罪名判处了十二年的有期徒刑。从此杨逵开始了长达十二年的牢狱生活,直至 1961 年刑满获释才得以返回台中与家人团聚。长期的囚徒生活给杨逵带来了不可逆转的伤害,这段经历不仅改变了杨逵的人生轨迹,对其文学创作也产生了深远的影响,杨逵曾自言:"我最有用的三十年因此'报销'。"②但是考察杨逵绿岛时期的活动,笔者发现在这期间杨逵不但没有停下开拓"笔耕心园"的努力,绿岛时期甚至还成为他第二个重要的创作期,而戏剧是杨逵这个时期最重要、影响最大的文类。

杨逵与戏剧结缘甚早。据杨逵回忆,他在孩童时常去街上或庙宇听人讲《三国志》或《水浒传》,看野台戏与傀儡戏,③六七岁时他还曾在元宵节被扮成杨贵妃游街展览。④如果说童年听说书、看野台戏等经历给予杨逵最初接触戏剧的可能,那么留学东京时结识日本戏剧名家佐佐木孝丸、出席前卫演剧研究会活动、受到日本名演员千田是也的演剧指导、扮演过一些跑龙套的角色、帮忙做舞台装置等,⑤则给了杨逵进一步了解戏剧的机会。当然杨逵的戏剧创作并不多,终其一生也不过 19 部。日据时期完成了 5 部,绿岛时期书写了 14 部。就创作数量而言,毫无疑问这 12 年的牢狱期是杨逵戏剧创作的主要时期。虽然绿

---

① 转引自林梵:《杨逵画像》,笔架山出版社,1978年,第173页。

② 杨逵:《压不扁的玫瑰花——杨逵访谈录》,载彭小妍编:《杨逵全集(第十四卷)》,文化资产保存研究中心筹备处,2001 年,第 237 页。

③ 杨逵:《一个台湾作家的七十七年》,叶石涛译,载彭小妍编:《杨逵全集(第十四卷)》,文化资产保存研究中心筹备处,2001 年,第 245 页。

④ 杨逵:《谈街头剧》,载彭小妍编:《杨逵全集(第十卷)》,文化资产保存研究中心筹备处,2001 年,第 312 页。

⑤ 杨逵:《一个台湾作家的七十七年》,叶石涛译,载彭小妍编:《杨逵全集(第十四卷)》,文化资产保存研究中心筹备处,2001 年,第 245 页。

岛时期的剧作由于是在"'全景敞视'的监控语境"中①创作出来的,这些戏剧"在表现手法上不免显得粗糙或不够完整"②,但是细读这些剧作却也能够发现杨逵这个时期在戏剧创作中依然坚持垦殖文学世界的努力。

## 一、戏剧类型多样化

就杨逵创作生涯的四个时期而言,杨逵的戏剧创作集中于日据时期与绿岛时期。日据时期他完成的戏剧有《猪哥仔伯》(1936年)、《父与子》(1942年)、《扑灭天狗热》(1943年)、《都是一样的哟!》和《怒吼吧! 中国》(1944年)5部,③绿岛时期他完成的戏剧有《驶犁歌》(1954年)、《国姓爷》(1954年)、《渔家乐》(1955年)、《赤崁拓荒》(1955年)、《胜利进行曲》(1955年)、《丰年》(1956年)、《真是好办法》(1956年)、《光复进行曲》(1956年)、《睁眼的瞎子》(1956年)、《真是好办法》(1956年)、《乐天派》(1957年)、《牛犁分家》(1959年)、《猪八戒做和尚》(1960年)、《婆心》共计14部。④前期5部作品皆为舞台剧本,后期的14部剧作在类型上则相对多样,不但有舞台剧本,如《睁眼的瞎子》《婆心》《牛犁分家》《猪八戒做和尚》等,也有《驶犁歌》《渔家乐》《丰年》《光复进行曲》《胜利进行曲》等街头剧,还有电影分场剧本《赤崁拓荒》和相声脚本《乐天派》。

---

① 杨翠:《永不放弃:杨逵的抵抗、劳动与写作》,蔚蓝文化出版股份有限公司,2016年,第184页。

② 焦桐:《台湾战后初期的戏剧》,台原出版,1990年,第74页。

③ 《都是一样的哟!》原稿写在标明"首阳农园"的稿纸上,可以确定是首阳农园时期的作品。参见黄惠祯:《杨逵及其作品研究》,麦田出版社,1994年,第169页。

④ 《婆心》仅知脱稿于绿岛时期,写作的年代不详,但根据杨逵自己写的一张剧作登记表,他在绿岛监狱服刑时所编的戏剧,截至1956年没有记录本剧,推测应该是1957—1961年间的作品。参见焦桐:《台湾战后初期的戏剧》,台原出版,1990年,第92页。

## 二、剧作中反映的时代背景更为宽泛

综观杨逵日据时期的戏剧，从表面上看只有创作于七七事变前的《猪哥仔伯》（1936年）中尚有相对明确的时代背景，即日据时期。其他三部书写于"皇民化时期"的原创剧作《父与子》《扑灭天狗热》《都是一样的哟！》，在严厉的"战时体制"下则淡化了时代背景，但是通过舞台设置或人物言行，字里行间却可知这三部作品都指涉日据时期。①此外，杨逵日据时期的小说，甚至战后所作的小说基本以日本殖民时期为故事背景。而且多数小说中的主角人物也是杨逵自况，在这类作品中他以亲身耳闻甚或经历的事为材料，直指时代的痛处。毋庸置疑，这样的书写方式与杨逵创作初衷，即"做一个小说作者，把这些被歪曲了的历史纠正过来"②是相关的。

相较而言，杨逵绿岛时期剧作中的创作背景却较为宽泛。在14部作品中，既有以战后初期为背景的，如《婆心》，也有将故事设置于百年前的历史场景中的，如《赤崁忍辱》是以荷兰侵台伊始为时代背景，《光复进行曲》是以荷兰殖民时期为时代背景。《猪八戒做和尚》更是借用了中国古代神魔小说《西游记》中的人物及故事框架，将故事设置于大唐时期。此外，部分作品如《牛犁分家》《睁眼的瞎子》《胜利进行曲》中呈现的时代，是从日据时期至战后初期，时间跨度较长。

## 三、女性角色更加鲜明

钟肇政《劳动者之歌——读杨逵戏剧集》中将杨逵的戏剧与小说

---

① 《怒吼吧！中国》为改编剧，这里暂不讨论。
② 杨逵：《日本殖民统治下的孩子》，载彭小妍编：《杨逵全集（第十四卷）》，文化资产保存研究中心筹备处，2001年，第22页。

做比较后指出："它们（杨逵戏剧）创作的根本理念，完全与他的小说类作品有所不同。以『新聞配達夫』(《送报夫》)为首的多篇作品，文中出现的主要人物几乎清一色是知识阶级，而在他的剧作里，知识分子几乎无一复见。"①

钟肇政的这个观点不免绝对。第二章第一节中笔者论述指出杨逵小说作品中知识分子占据着重要的位置，但同时也指出杨逵笔下的知识分子不乏其自况者，这类知识分子与杨逵本人一样，虽然具有较高文化水平却未必纯粹从事脑力劳动，他们同时还做着送报夫、小贩、园艺等工作。比如《鹅妈妈出嫁》中的"我"，《泥娃娃》中的"我"，《绅士轶话》中的"我"与《不笑的小伙计》中的"我"。杨逵在绿岛时期的剧作角色，比如《牛犁分家》中唱着："穷隐处兮，窟穴自藏，与其随佞而得志，不若从孤竹于首阳？"并在战乱中隐于农园的林耕南；②比如《赤崁忍辱》中号召大家同舟共济、共渡难关、同迎仇敌的领袖人物王克明又何尝不是具有杨逵自况意味的知识分子。

杨逵绿岛时期戏剧中更值得注意的特点是，剧作中的女性角色较其小说中的更为鲜明、更具分量。许俊雅曾指出："（日据时期）男性作家笔下的女性劳工，可说是台湾农民中被剥削、被牺牲得最彻底的一群人。"③杨逵小说中确实也写及了如《蕃鸡仔》中的素珠、《毒》中烂了一半身子的妻子、《水牛》中被迫卖给地主家当丫鬟的阿玉、《送报夫》中杨君的母亲、《萌芽》中 R 和 K 等这些日据时期不幸的女性劳工。在《萌芽》中杨逵甚至有意借女主角素香之口，说出了日本殖民时期女性

---

① 钟肇政：《劳动者之歌——读杨逵戏剧集》，载杨逵：《睁眼的瞎子》，合森文化事业有限公司，1990年，第17页。

② 杨逵：《牛犁分家》，载彭小妍编：《杨逵全集（第一卷）》，文化资产保存研究中心筹备处，1998年，第220页。

③ 《日据时期台湾小说中的妇女问题》，载许俊雅：《台湾文学论——从现代到当代》，南天书局有限公司，1997年，第45页。

劳工较为普遍的不幸处境。①但是杨逵小说中的主人公以男性居多，尤其以杨逵自况的人物居多。其小说中除了《萌芽》外皆以男性视角进行书写，尽管创作了素珠、阿玉、杨君母亲等女性人物，但是总体而言，其中能令人印象深刻的女性形象寥寥无几。这些女性人物出场时间一般不多，她们甚至只是在人们的交谈中出现，其中更有无姓无名者，即这些女性人物的存在感并不强，多只是处于陪衬的地位。②即便是《萌芽》中的素香，杨逵也并未对其进行直接书写，读者只能从其书信中慢慢拼凑出这个女性的面影。③

杨逵绿岛时期的剧作中虽然以女性为主角的作品仅有《婆心》，但是《婆心》中那个啰唆蛮横、看似处处为家人着想实则神经质又无脑的王太太，在杨逵的精心刻画下是那么的栩栩如生、丰满鲜活。这样的王太太不仅是"全剧的灵魂人物"，更被视为"杨逵所有剧作中塑造最成功的角色"④，称王太太为杨逵所有作品中最为鲜活的人物形象亦不为过。除了王太太之外，杨逵绿岛剧作里《婆心》中能干孝顺的媳妇秀兰，《牛犁分家》中任性却不失善良的金枝、温柔但有主见的秀兰，《睁眼的瞎子》中开明果敢的林醉生妻子，《真是好办法》中遭遇婚姻不幸的阿却，《赤崁拓荒》中可爱善良的玉珍等也都是形象鲜明的女性角色。如果说杨逵小说中的女性人物更多是处于一种被观察的陪衬式位置，那么杨逵绿岛戏剧中的女性形象则多是富有生命力的。她们嬉笑怒骂、鲜明可感，她们甚至是主导整个故事发展不可或缺的角色。

总之，绿岛十二年的监禁时期，戏剧是其时杨逵所创作的最重要文类。检视杨逵绿岛时期的剧作，不论是戏剧类型的多样化，还是戏剧

---

① 杨逵：《萌芽》，涂翠花校译，载彭小妍编：《杨逵全集（第五卷）》，文化资产保存研究中心筹备处，1998年，第446页。

② 黄惠祯：《杨逵及其作品研究》，麦田出版社，1994年，第181页。

③ 《萌芽》是以书信体来结构的，整篇小说即为素香写给其丈夫亮的一封信。

④ 焦桐：《台湾战后初期的戏剧》，台原出版，1990年，第92页。

所反映的时代背景更为宽泛、抑或女性角色更加鲜明,都可视为杨逵继续垦殖"笔耕心园"所取得的成果。

## 第二节　聚焦现实:绿岛戏剧中的社会观照

20世纪50年代初,随着国民党当局对"反共"文艺工作的强化,"战斗文艺"运动很快被纳入统一施政体系中。1950年3月1日,由张道藩为主任委员的"中华文艺奖金委员会"成立;同年5月,由陈纪滢担任主席的"中国文艺协会"成立。1952年10月,蒋介石所谓的"反共抗俄基本论"在国民党七大上获得通过,"反共抗俄""反共复国"正式成为国民党"思想言论遵循准则"和基本政治路线。①总之,通过国民党当局的大力鼓噪和具体措施,20世纪50年代的台湾"战斗文艺"运动被一步步推向高潮,以至泛滥成灾。②为了鼓动"战斗文艺"的创作,国民党当局还以高额稿酬和奖金作为笼络与诱惑。以"中华文艺奖金委员会"为征求文艺创作给予的稿费与奖金为例。一首"反共抗俄"诗可得稿费200元新台币,一部"反共抗俄"多幕剧或电影剧本可得稿费2000元,一部"反共抗俄"独幕剧可得500元,小说则有每千字50元的稿酬;至于奖金更高——一首"反共抗俄"诗或歌词各是1000元,一幅宣传画4000元,多幕剧是5000元,独幕剧、广播剧、街头剧都是3000元。以当时一个公务员的月薪100余元来看,这种稿费和奖金简直是天文数目。③于是当时便出现了大量符合政策的剧本创作。正当20世纪50年代台湾地区政治意识形态严格管控文艺时, 被囚禁于绿岛的

①　朱双一:《"反共文艺"的鼓噪与衰败——兼论50—60年代国民党的文艺政策》,《台湾研究集刊》1994年第1期。

②　吕正惠、赵遐秋编:《台湾新文学思潮史纲》,昆仑出版社,2002年,第182页。

③　焦桐:《台湾战后初期的戏剧》,台原出版,1990年,第73页。

杨逵在艰难的处境中，在权充写字桌的肥皂箱前，利用做工、上政治课、唱军歌的空隙①创作出的那些与现实政治环境疏离、与"主流意识"无涉的作品无疑是一股清流。

那么绿岛时期杨逵的剧作中到底书写了什么？聚焦了哪些问题呢？其时他的戏剧中真的已无关乎政治时局，缺乏社会关怀了吗？以上这些问题，在本书第一章第三节中笔者已有所论述。在此，笔者将进一步以杨逵绿岛时期的剧作为对象，通过进一步分析上述几个问题，以呈现杨逵如何在身陷牢狱中实现对社会现实的观照，并传递出其强烈的社会责任感。

由于绿岛时期的社会环境较日据时期已有所不同，杨逵此时创作意图自然与创作初衷，即"做一个小说作者，把这些被歪曲了的历史纠正过来"②有了不同。通览这些剧作，笔者发现杨逵主要聚焦了以下两个方面：

## 一、追忆殖民时期台湾社会状况

历史上的台湾饱经苦难，先后被荷兰、西班牙侵占；1895年甲午战争后又被迫割让于日本，从此开始了历时50年的日据时期。1945年8月15日，日本天皇通过广播宣布无条件投降，台湾才结束了历时半个世纪之久的日本殖民时期，饱受离乱之苦的台湾民众才得以回归祖国怀抱。然而那些苦难多灾的过往、那些饱受欺凌的经历，又岂能轻易被忘却的。杨逵笔下的《牛犁分家》《胜利进行曲》《赤崁拓荒》《睁眼的瞎子》《光复进行曲》等绿岛时期的剧作，就追述了那些曾经苦难不堪的

---

① 杨逵口述、王丽华记录：《关于杨逵回忆录笔记》，载彭小妍编：《杨逵全集（第十四卷）》，文化资产保存研究中心筹备处，2001年，第74页。
② 杨逵：《日本殖民统治下的孩子》，载彭小妍编：《杨逵全集（第十四卷）》，文化资产保存研究中心筹备处，2001年，第22页。

过往。比如,《牛犁分家》从 1943 年春"皇民化时期"写起直至战后初期,剧作中通过林耕南儿子大牛和铁犁被强行征兵,反映了"战时体制"之下,连原先可以"穷隐"避祸的乡村郊野也被裹挟进战争里,同时也披露了所谓"志愿兵"政策、"东亚共荣"的真正本质。通过大牛、铁犁被抓,秀兰、金枝失去丈夫,林耕南失去儿子的痛苦,反映出"征兵制"下众多台湾普通民众家庭面临离散的不幸现实;通过秀兰与耕南的唱词"不惊田水冷霜霜""不惊中午偌尔热""不惊劳苦暝日拖""只惊债主讨钱虎",①反映了台湾劳苦大众在日据时期即便不眠不休劳作却依然处于衣不御寒、食不果腹的窘境中;通过对税吏角色的书写呈现出日据时期欺压百姓、为虎作伥的部分民族败类丑恶嘴脸。《睁眼的瞎子》中通过书写小情侣建文与采莲在"皇民化时期"因征兵被迫分离的事,同样反映出日本殖民时期,尤其终战前夕,台湾民众无辜陷入生离死别的惨境中。此外,《赤崁拓荒》《光复进行曲》则将历史背景置于荷兰侵台伊始及据台时期,书写出明朝异族入侵广大台湾民众的悲苦不幸。当然,《赤崁拓荒》《光复进行曲》两部剧作以荷据时代影射日据时期的意图也是明显的。

## 二、对战后台湾命运走向的思考

杨逵素来是一个极具社会责任感的人。追忆殖民时期台湾社会状况、台湾民众的不幸遭际,在杨逵当然不只是为了记住历史之耻,让人们去体味结束长期饱受殖民奴役的不易,更在于以此唤起人们对未来美好生活的希冀与向往。毫无疑问,如何建设台湾是战后所有台湾有识之士所最为关心的问题,杨逵自然也并不例外。战后初期,他便积极

① 杨逵:《牛犁分家》,载彭小妍编:《杨逵全集(第一卷)》,文化资产保存研究中心筹备处,1998年,第226页。

投身于台湾的重建中。正如上文所述，即便被判了刑、被囚于绿岛、受到严格的管控，杨逵对社会的关注、对台湾命运走向的思考依然没有松懈。只是综观杨逵绿岛时期的剧作，作品中对战后台湾建设的谏言并不直接。

绿岛时期杨逵剧作多为家庭剧，《真是好办法》《睁眼的瞎子》《婆心》《牛犁分家》《丰年》《光复进行曲》等莫不是如此。绿岛剧作中，杨逵常常借助对小人物生活的书写及剧作人物之口来表达其真实旨意。比如这些剧作中多涉及青年男女婚恋问题。除了前文所论及的《牛犁分家》《睁眼的瞎子》通过青年男女因征兵被迫分离，反映出终战前夕台湾民众无辜陷入生离死别的不幸，①延续了日据时期杨逵在小说《死》《蕃鸡仔》《毒》《田园小景——摘自素描簿》等作品中，通过对青年男女婚恋受阻的书写以呈现日据时期台湾民众的不幸之外，《丰年》《光复进行曲》两剧婚恋（庆）是作为剧情发展的需要而设置，即两部作品皆以热闹欢喜的婚庆场面或准备婚礼的欢乐场面结束，使戏剧欢快气氛达到高潮。《睁眼的瞎子》《婆心》，包括《真是好办法》三部戏剧，则是将婚恋作为剧作矛盾冲突的焦点或导火索，即这三部戏剧中的婚恋情节对故事发展起到了重要的推动作用。《真是好办法》写了秀才女儿阿却因为父母贪财爱钱被棒打鸳鸯，嫁给吃喝嫖赌抽皆好的"猪哥精"做媳妇的故事。《婆心》里写了一个小资产阶级家庭中看似处处为家人着想，实则蛮横无理的太太，她为了女儿的"幸福"而急欲将女儿嫁给"儿子上司"陈先生的故事。②《睁眼的瞎子》里写了一个农民家庭中，嗜钱如命的父亲林醉生为了钱逼迫女儿改嫁给好色的鸦片商人褚先生的故事。当然三部作品中女儿们的命运不尽相同。

除了《真是好办法》中阿却已入魔窟未脱"歹命"外，《睁眼的瞎子》

---

① 《睁眼的瞎子》中关涉青年男女婚恋的有两个故事：显的故事是父亲林醉生逼迫女儿采莲嫁给褚先生，隐性的故事是小情侣采莲、建文因局时势变化而导致的分与合。

② 这个所谓的陈先生实际上并非真是王太太儿子的上司，而是流氓。

中采莲因为有开明硬气的母亲做后盾，终于逃脱了被迫嫁于褚先生的悲惨命运。《婆心》中当陈先生的真面目暴露后，太太终于幡然醒悟，其女儿自然也逃脱了误嫁给歹人的厄运。虽然三部作品中女儿们出生于不同的家庭、女儿们的命运不尽相同，但她们却都面临着婚姻不能自主的情况。可以说，杨逵通过对三位不同家庭出身背景的青年女子婚恋问题的书写而告诉台湾民众、当局战后台湾社会中还存在着需要被正视、被铲除的封建思想。当然，这些作品还勾连出了战后初期台湾社会其他亟待整顿的乱象，比如有些人好逸恶劳、吸食贩卖鸦片、大发光复财，拜金主义大行其道等。面对这样的台湾社会，杨逵的痛心可以想见。他通过《牛犁分家》中的人物林耕南说出了自己深深的忧虑：

> 光复以后，许多人都以为天下太平了，可以花天酒地了，全没有做国家主人翁的气魄，也没有责任感，如此下去，国土一定会来第二次的沦陷，到那个时候，要想翻身是不容易的。[1]

1945 年战争结束后，台湾民众欢天喜地迎接祖国来人，他们对新生活充满了希望与期待。然而部分国民党官员贪污腐败、国民党当局失信于民，这不仅对百废待兴的台湾百无一利，甚至引发了震惊中外的"二二八"事件，引起了省籍之间极大的矛盾对立。如何看待省籍矛盾？谁来担起台湾建设的使命？建设台湾的任务又该如何完成？台湾的建成应是怎样的？以上这些问题，杨逵同样通过绿岛时期的戏剧给予回答。他通过《胜利进行曲》中台籍日本兵的口传达了多数台湾人的心声"台湾原本中国地，满清卖阮做奴隶，几百万民都明白希望早日回

---

① 杨逵:《牛犁分家》，载彭小妍编:《杨逵全集(第一卷)》，文化资产保存研究中心筹备处，1998年，第232页。

祖家"①。他通过《牛犁分家》中人物铁犁之口,提醒台湾民众及国民党当局应正视社会问题症结所在,即"外患易防,内忧难治……日本侵犯我们的国土的时候,大家都容易认识谁是敌人,人家待我不好,大家也非常敏感,也就容易提防,可是自己心里头的仇敌——譬如自私、坏脾气、错误观念,不好习惯……都很难能发觉,也就不容易医治的。但这一切却是扰乱和平的根源……"②他还通过《赤崁拓荒》中王克明从大陆逃亡台湾在海上的亲身经历与见闻,强调了"同舟共济"的重要性,提醒台湾民众及当局政府互助合作的重要性。两条同时逃往台湾的船,其中一条船上的人自私自利不合作,他们互相争抢,最后把船弄翻了,船上的人全部同归于尽,无一幸免。另一条船上,在王克明的组织指挥下人们通力协作,这条船上的人终于全部平安到达台湾。《牛犁分家》中杨逵更是通过牛、犁分与合所造成的不同结果,强烈透露出希望经历"二二八"事件之后,外省人和本省人共同开创美丽新世界的愿景。③

那么杨逵所理想的台湾社会又该是怎样的"美丽新世界"?杨逵通过《猪八戒做和尚》给予正面回答,那就是大家协力共创的"伟大的大同世界",即"人人工作衣食丰,协力建设,居住有保障,来往旅行交通畅。学习实践,都搞通,和平安定,国家便兴旺"。④

总之,在绿岛十二年间,当全台湾的戏剧都在替"反共抗俄"的政策作宣传时,⑤杨逵在囚牢中却书写出了与"主流意识"无涉的剧作。在这些作品中,他追忆台湾殖民时期的不幸历史,他思考台湾的命运走

---

① 杨逵:《胜利进行曲》,载彭小妍编:《杨逵全集(第二卷)》,文化资产保存研究中心筹备处,1998年,第26页。

② 杨逵:《牛犁分家》,载彭小妍编:《杨逵全集(第一卷)》,文化资产保存研究中心筹备处,1998年,第237页。

③ 焦桐:《台湾战后初期的戏剧》,台原出版,1990年,第86页。

④ 杨逵:《猪八戒做和尚》,载彭小妍编:《杨逵全集(第二卷)》,文化资产保存研究中心筹备处,1998年,第149~150页。

⑤ 焦桐:《台湾战后初期的戏剧》,台原出版,1990年,第74页。

向，他表达了希望唤起民众与台湾当局领导官员们打破省籍矛盾状态、正视当下社会主要矛盾、齐心协力建设台湾的心声，即在绿岛时期的戏剧创作中，杨逵实现了不离岛的离岛书写。

# 第三节　绿岛时期戏剧创作的技巧

绿岛十二年间，饱受委屈的杨逵凭着罕见的韧性坚强地挺过那漫长的囚牢生活。他不但没有"崩解溃散"①，反而活得充实。他不但得以在"笔耕心园"中继续垦殖，完成未竟的文学创作，而且还用心观照社会现实，对台湾地区的建设及命运走向给予了积极的思考。

第一章第三节中，笔者通过对杨逵绿岛时期整体书写的分析，得出在此期间杨逵采用巧妙的规避策略才得以在避开监狱中严厉的检查制度同时，可以再次切实地践行一贯主张的"文学是人生的反映"的创作理念，写下他的内心。那么在本节，笔者则将以杨逵绿岛时期创作的剧本为对象，继续探析这十二年牢狱生活缘何能成为杨逵戏剧创作的高峰期，杨逵绿岛期间的戏剧创作中采用了何种技巧，杨逵在这些剧作中又是如何坚持自己的戏剧观与文学创作理念的。

## 一、把握创作契机

叶石涛曾说过："杨逵绝非顽固的教条主义者，他拥有柔软的思考模式，很清楚妥协并不等于屈服的道理。"②绿岛时期之所以能成为杨逵文学生涯中重要的阶段，成为其戏剧创作高峰期的原因，除了与他

---

① 叶石涛：《杨逵琐忆》，载黄惠祯编：《台湾现当代作家研究资料汇编04杨逵》，台湾文学馆，2011年，第184页。
② 叶石涛：《台湾文学的悲情》，派色文化出版社，1990年，第74页。

在书写中采用巧妙的规避策略有关之外，还与杨逵善于以适应"国策"的姿态，把握创作契机也有重要关系。就像"战时体制"下，杨逵以貌似顺应"皇民化政策"的姿态创作了《扑灭天狗热》《犬猴邻居》《增产之背后——老丑角的故事》《瞧！拉保尔的天空》《骑马战》《老雕和油豆腐》等作品一样。绿岛时期，在严厉的监管环境下，杨逵也正是善于把握时机，以"配合狱中文康活动"为契机①进行戏剧创作的。比如《赤崁拓荒》是杨逵参加绿岛狱中写作比赛而创作的，②《国姓爷》是为1954年5月"总统"就职纪念而作的，③而《驶犁歌》的创作，据杨逵在杂文《谈街头剧》中交代是为了在绿岛上过春节凑热闹而作的：

> 到绿岛来，头一次要过春节的时候，朋友们同我谈起排演春节节目的事情。因为岛上的生活有点单调与寂寞，想利用机会开开心，是人同此心的，我也不能例外。每个单位各出一个节目，大家都搬出乡土气十足的玩意儿来凑凑热闹，排成长蛇阵到附近乡村去玩一玩，这是难得的机会，也是很有意思的。我马上答应了。④

《渔家乐》的创作缘由，杨逵自述如下："另一次机会，为了换换口味，我们取材于渔村民的生活与工作，搞了一次《渔家乐》。"⑤

对照杨逵绿岛期间的文学年表，可以发现这个时期的多数剧作都曾得以公开演出，如《国姓爷》《胜利进行曲》《渔家乐》《丰年》《睁眼的

---

① 邱坤良：《文学作家、剧本创作与舞台呈现——以杨逵戏剧论为中心》，《戏剧研究》2010年第7期。

② 参见黄惠祯：《文学年表》，载黄惠祯编：《台湾现当代作家研究资料汇编04杨逵》，台湾文学馆，2011年，第73页。

③ 黄惠祯：《杨逵及其作品研究》，麦田出版社，1994年，第169页。

④ 杨逵：《谈街头剧》，载彭小妍编：《杨逵全集（第十卷）》，文化资产保存研究中心筹备处，2001年，第311~312页。

⑤ 杨逵：《谈街头剧》，载彭小妍编：《杨逵全集（第十卷）》，文化资产保存研究中心筹备处，2001年，第312页。

瞎子》《真是好办法》《牛犁分家》等。这一现象也可以确证绿岛时期的杨逵正是积极把握住"配合狱中文康活动"的契机,①努力进行合法化的戏剧创作。此外,单从绿岛时期杨逵首部剧作《驶犁歌》(1954年)出炉,到最后一部戏剧《猪八戒做和尚》(1960年)完成,短短6年间便创作了14部剧作来看,也不得不肯定杨逵善于把握时机与高效的行动力。

## 二、街头剧的实践

杨逵绿岛剧作多为街头剧,正如黄惠祯指出的,杨逵这个时期的创作"除了《赤崁拓荒》是电影分场剧本之外,所有的作品都可以作为街头演出之用"②。而且其中不少剧作还融合了民间歌舞、使用了谣谚,《光复进行曲》《胜利进行曲》等剧还使用闽南语进行创作。以上所列的杨逵绿岛剧作这些特点非常明显,相关研究论著对此也多有论及。在笔者看来,杨逵在此期间的戏剧,不论是融合了民间歌舞、使用了谣谚、还是采用闽南语进行书写,甚至包括以家庭生活为题材等特点,归根结底都与杨逵对街头剧的理解及倡导有关,是杨逵践行其戏剧观的具体体现。

杨逵重视街头剧,他曾多次强调街头剧的重要性。在《春天就要到了》中,他说:"(街头剧)是民族复兴伟大力量的宝藏。"③在《谈街头剧》中,他说:"在发扬民族文化的工作上,街头剧是一个很重要,而最容易

---

① 参见黄惠祯:《文学年表》,载黄惠祯编:《台湾现当代作家研究资料汇编04杨逵》,台湾文学馆,2011年,第73~74页。另,其中焦桐对《猪八戒做和尚》批注:这部戏剧于"一九五九年四月在绿岛监狱内演出",而河原功"略年谱"中则说其"发表上演禁止",两者说法截然有异。参见钟肇政:《劳动者之歌——读杨逵戏剧集》,载杨逵:《睁眼的瞎子》,合森文化事业有限公司,1990年,第11页。

② 黄惠祯:《杨逵及其作品研究》,麦田出版社,1994年,第175页。

③ 杨逵:《春天就要到了》,载彭小妍编:《杨逵全集(第十卷)》,文化资产保存研究中心筹备处,2001年,第309页。

发生效能的部门。"①在两部闽南语街头剧《胜利进行曲》《光复进行曲》开篇，杨逵都附上了一小段说明街头剧特色的文字，"街头剧的特色是深入民众中间去表演，无论台词与歌词都应该用方言才可以提高观众的兴趣与了解"②。在《谈街头剧》中他说过："'街头剧'虽然短小，却也是五脏俱全的。事实上，因为短小，就必须精悍，把一切多余的噜苏铲除。"在该文中，他还提倡"把原始形态的民歌民舞，民间故事综合起来，发展成一个高度的民众街头剧，使民众的艺术表现力与鉴赏力更为丰盛起来"③。在实际创作过程中，杨逵正是照着对街头剧的认识来实践的。

首先，杨逵绿岛时期的戏剧，尤其那些在街头演出过的剧作《国姓爷》《驶犁歌》《胜利进行曲》《渔家乐》《丰年》等皆不长。《国姓爷》《胜利进行曲》《丰年》均为独幕剧。《驶犁歌》《渔家乐》甚至"可以说是'街头剧以前'，是'街头剧'的原始形态"。因为它们都缺乏戏剧的主要因素——故事与情节，只可以说是描绘了一场的情景，表现了一个地方情调而已。④其次，如上文所述，杨逵绿岛期间的戏剧大量使用民歌、民舞元素，甚至采用闽南语与杨逵对街头剧这种戏剧形式的理解也不无关系。最后，在绿岛期间杨逵的戏剧中多采用与人们生活、工作关系较紧密的题材，书写出不少家庭戏的原因，除了前文所述的是杨逵在当时情况下为了逃避监狱严厉管控所采用的一种书写策略外，从杨逵对街头剧的理解角度看，选择这样的题材实则也是一种必然。因为街头剧本就是对民众生活感情率直的表现，本来就是要与民众的生活结合

---

① 杨逵：《谈街头剧》，载彭小妍编：《杨逵全集（第十卷）》，文化资产保存研究中心筹备处，2001年，第314页。

② 杨逵：《胜利进行曲》，载彭小妍编：《杨逵全集（第二卷）》，文化资产保存研究中心筹备处，1998年，第19页。

③ 杨逵：《谈街头剧》，载彭小妍编：《杨逵全集（第十卷）》，文化资产保存研究中心筹备处，2001年，第314页。

④ 杨逵：《谈街头剧》，载彭小妍编：《杨逵全集（第十卷）》，文化资产保存研究中心筹备处，2001年，第313页。

在一起。①

## 三、谣谚的使用

杨逵素来主张"文学为人生"的创作理念,他一生都坚持着真实性、生活性与富有"草根性"的文学创作。如果说日据时期报告文学是杨逵实践其文学主张的重要形式之一,战后初期进行歌谣创作是杨逵实践其文学主张的重要形式之一,那么街头剧书写与谣谚收集创作就是杨逵绿岛时期实践其文学主张的重要形式。杨逵手稿资料中有一本未命名的歌谱稿与三本谣谚稿,据判断这些皆是杨逵绿岛时期所采集或创作的。②

在绿岛时期杨逵曾书写有多篇谈论谣谚的文章,如《谚语四则》《谚语与时代》《谈谚语》,倡导谣谚收集并强调进行谣谚收集的重要性。在杨逵看来,"谚语是我们民族伟大文化遗产之一,它用很通俗简洁的几个字,告诉我们对事物的看法,常常含有很深的哲理,给我们很明快的解释"③。而且他认为具有时代性的谚语,是每个时代民众真正舆论的深切表现。因此,他强调研究历史的人都应该要注意到,单就官方的记录去抄写下来的历史书总难免有不恰当的地方。④而在绿岛时期戏剧中,杨逵也援引或化用了不少的谣谚。《婆心》中"顶司管下司,

---

① 杨逵:《谈街头剧》,载彭小妍编:《杨逵全集(第十卷)》,文化资产保存研究中心筹备处,2001年,第314页。

② 参见彭小妍编:《杨逵全集(第十一卷)》,文化资产保存研究中心筹备处,2001年,第 XV 页。

③ 杨逵:《谈谚语》,载彭小妍编:《杨逵全集(第十卷)》,文化资产保存研究中心筹备处,2001年,第 295 页。

④ 杨逵:《谚语与时代》,载彭小妍编:《杨逵全集(第十卷)》,文化资产保存研究中心筹备处,2001年,第 293 页。

锹头管粪箕"①；《胜利进行曲》中"虎落平洋(阳)被狗欺"②，"懒懒马也有一步踢"③；《睁眼的瞎子》"人非圣贤谁能无过，知过必改方为完成"④；《相声·乐天派》中"前车之覆(鉴)是后车之师"⑤，《猪八戒做和尚》中"胜者为官，败者为贼"⑥等。杨逵在绿岛时期戏剧中对谣谚的援引或化用，正是实践其倡导谣谚收集的具体行为。

## 四、喜剧结尾的设置

钟肇政曾指出："(20世纪40年代末到50年代初的戏剧) 就乡间言，所谓之'军民同乐晚会'一类场合，必也有是类演出，剧情末尾不外是坏人('共匪'及'俄国大鼻子'之类)被诛，亮出一面青天白日红旗，在满场鼓掌中落幕。"而且，他判断"杨氏剧作中，有不少剧情在末尾忽然来了个转折，形成'恶人伏诛，好人得胜'的结局，正好也证明它们有些的确是符合'当前需要'的"⑦。综观杨逵绿岛时期的剧作，除了《赤崁拓荒》外皆为喜剧。当然在剧作中设置皆大欢喜的结尾，此种做法自然有钟肇政所说的以当时杨逵的处境而言，这一点必是有其不得不为的

① 杨逵：《婆心》，载彭小妍编：《杨逵全集(第二卷)》，文化资产保存研究中心筹备处，1998年，第4页。

② 杨逵：《胜利进行曲》，载彭小妍编：《杨逵全集(第二卷)》，文化资产保存研究中心筹备处，1998年，第25页。

③ 杨逵：《胜利进行曲》，载彭小妍编：《杨逵全集(第二卷)》，文化资产保存研究中心筹备处，1998年，第34页。

④ 杨逵：《睁眼的瞎子》，载彭小妍编：《杨逵全集(第二卷)》，文化资产保存研究中心筹备处，1998年，第94页。

⑤ 杨逵：《相声·乐天派》，载彭小妍编：《杨逵全集(第二卷)》，文化资产保存研究中心筹备处，1998年，第157页。

⑥ 杨逵：《猪八戒做和尚》，载彭小妍编：《杨逵全集(第二卷)》，文化资产保存研究中心筹备处，1998年，第108页。

⑦ 钟肇政：《劳动者之歌——读杨逵戏剧集》，载杨逵：《睁眼的瞎子》，合森文化事业有限公司，1990年，第16~17页。

因素。①换言之,杨逵的这种写法,可算是他应对牢狱中严格管控所采用的写作策略。而且正如笔者在第一章第三节中指出的,绿岛时期不单戏剧,但凡有鲜明情感色彩的创作,不论小说抑或诗文多凸显的是他坚强与乐观的精神。即便《赤崁拓荒》中王克明等人尚未能获得最终胜利,但他们却也满怀着胜利的信心,坚信成功是指日可待的。喜剧结尾的设置,除了如上文所述的是杨逵应对牢狱中严格管控所采用的写作策略外,与杨逵自身乐天派的性格也不无关系。而《相声·乐天派》中的一句话,或者也能够视为杨逵对采用这种写法所作的解释:"整天忧头苦脸的,有什么好处? 在艰难途上,寻找一点乐趣开开心,说说笑话开开心,那不是很可以提提精神,克服许多困难吗? "②

除了上述两个原因外,杨逵绿岛时期戏剧多以喜剧为主,实际上与其向来的创作主张也是相契合的。杨逵曾说过:"文学作品除了反映时代之外,还要进一步带动时代。作家应该敏感,应该是在时代的前头。……作家的任务就是要塑造这种不断打拼,不断追求光明的动力形象。"③

此外,值得注意的是,日据时期杨逵的作品结尾多给人以希望,为人们指出前行的方向。比如《模范村》中不仅有作为领路人的新旧知识分子阮新民、陈文治的最终觉悟奋起,而且还有团结在他们身边的满怀希望为改变台湾不幸处境而携手共进的青年们。《送报夫》中的杨君最终选择离日返乡,充满信心义无反顾地投身到抗日救台的行列中。《扑灭天狗热》中村民们最后团结起来,对于扑灭"天狗热"充满信心了,李天狗则被村民们的气势所吞没,惊惧战栗。但是杨逵笔下以日据时期为背景的文学创作中,总会给人以"革命尚未成功、同志们还需努

① 钟肇政:《劳动者之歌——读杨逵戏剧集》,载杨逵:《睁眼的瞎子》,合森文化事业有限公司,1990年,第17页。
② 杨逵:《相声·乐天派》,载彭小妍编:《杨逵全集(第二卷)》,文化资产保存研究中心筹备处,1998年,第153页。
③ 梁景峰:《我要再出发——杨逵访问记》,载彭小妍编:《杨逵全集(第十四卷)》,文化资产保存研究中心筹备处,2001年,第165~166页。

杨逵及其文学研究

力"的感觉，比如《模范村》结束于陈文治的觉醒与奋起："(陈文治)'青年们在我困难的时候，拯救了我，我也得拿出我最大的力量，为他们……'他自言自语地站了起来，太阳从山后出现，一道道灵光透过窗口射了进来。"①

《送报夫》结束于杨君满怀信心乘坐上返回台湾的轮船："我满怀着确信，从巨船蓬莱丸底甲板上凝视着台湾的春天，那儿表面上虽然美丽肥满，但只要插进一针，就会看到恶臭逼人的血脓的迸出。"②《扑灭天狗热》的李天狗虽然"被跳舞的人们包围着，被挤得一塌糊涂，惊惧战栗"③，但是他未被最终打倒。而杨逵绿岛时期戏剧中的胜利却并不预设，成功是实在的。这样的不同与时代已变，日本殖民时期已彻底结束，台湾回归祖国，进入新时期的建设不无关系。

# 小　结

20世纪50年代初，因为撰写《和平宣言》杨逵被判处十二年的监禁。这段长久的囚徒生活不但没有击垮他，反而成为其文学生涯中一个重要的阶段。在这期间，杨逵创作中最出彩、最引人关注的是14部剧作。综观这些剧作，可知身陷图圄中的杨逵，善于把握创作的契机，不但在剧作中坚持对文学的垦殖与创新，而且还努力地践行着自身的戏剧观与文学主张，把自己对社会的观照、对台湾命运走向的思考都写入其中，巧妙地完成了不离岛的离岛书写。

---

① 杨逵：《模范村》，萧荻译，载彭小妍编《杨逵全集(第五卷)》，文化资产保存研究中心筹备处，1998年，第144页。
② 杨逵：《送报夫》，胡风译，载彭小妍编《杨逵全集(第四卷)》，文化资产保存研究中心筹备处，1998年，第101页。
③ 杨逵：《扑灭天狗热》，叶笛译，载彭小妍编《杨逵全集(第一卷)》，文化资产保存研究中心筹备处，1998年，第107页。

# 第五章　永远的杨逵,当下的意义

　　杨逵一生命运多舛,挫折不断。从日据时期至国民党执政时代,杨逵八十年的岁月,均等地在两个时期、两种体制下度过。日据时期,他参加农民组合、文化协会,出入牢狱数十次;国民党执政时期,他饱受委屈两次下狱,第二次更是因为起草《和平宣言》呼吁停止内战、消除省籍矛盾,被判入狱十二年。然而无论何种磨难挫折都无法将他击倒,杨逵铮铮铁骨,他被视为"压不扁的玫瑰花"。杨逵的一生正如他曾经自言的"能源在我身,能源在我心","虽然到处碰壁,却未曾冻僵"①。

　　1924年,年仅19岁的杨逵为了寻求新知,中学未毕业便背井离乡负笈东渡日本;三年后杨逵又应台湾农民组合的召唤匆匆结束日本学习生涯,肄业而归,旋即参加台湾农民组合、台湾文化协会,积极投身于社会运动中。然而由于意识歧见,1929年他被逐出农民组合。② 1931年台湾左倾分子遭受大检举,社会运动遭遇重创。在个人社会运动受到挫折、台湾左翼运动遭受重创之后,杨逵真正开始以笔为戟,把写作视为社会运动的另一战场,从而走上文学之路。在不同的历史时期,杨逵的书写也有所不同,不论文类比重上,还是关注侧重点上,或是使用的书写语言,以及书写策略上都会有所转变。然而不论何时何种处境,

---

　　① 杨逵:《冰山底下》,载彭小妍编:《杨逵全集(第十卷)》,文化资产保存研究中心筹备处,2001年,第386页。
　　② 参见陈芳明:《台湾文坛向左转——杨逵与三〇年代的文学批评》,《台湾文学学报》2005年第12期。

杨逵总能坚持他的文学主张不变，并切实加以践行。

杨逵出生于工人家庭，他是"拥有正常的市民职业"①的文学评论者与作家。杨逵一生曾做过诸如送报夫、清道夫、挑土工、小贩、园艺、苦力工人等职业。为此，不论是生活环境，还是成长经历，抑或社会活动都使杨逵与工农大众有着密切的联系。也正因此，不论何时杨逵都能怀抱着人道主义情怀，对工农大众给予最大的同情与理解，并以庶民视角、工农立场，认真思考当下的社会现实、发展变革并将其呈现于笔端。

杨逵的书写上承赖和下启银铃社，陈映真、蓝博洲等人也都深受其影响。他怀抱着强烈的社会责任感，始终关注着台湾的发展，关心着台湾的大众民生，并自觉地担负起建设台湾新文学的任务。同时，他也关注着大陆的命运走向，他愿作为海峡两岸交流的"桥"。无论遭受何种委屈，他始终坚持台湾是中国的一省、台湾文学是中国文学的一环，②未曾动摇。

王晓波在《被颠倒的台湾历史》中写道："（杨逵）一生的无可如何之遇，是台湾的悲剧，也是近代中华民族的悲剧。他一生的奋斗不但是台湾子弟的精神遗产，也必将成为整个中华民族的瑰宝。杨逵的一生是台湾人民苦难的化身，也是台湾人民不屈的写照。"③在笔者看来，不论是杨逵呈现多样风貌的文学创作，还是他那"压不扁的"硬汉精神；不论是杨逵作品中所反映出的反侵略、反帝国殖民政策、反阶级压迫的思想，还是他对台湾和台湾文学是中国和中国文学的一部分的坚决主张；以及致力于通过"台湾文学"运动以填平省内外同胞间的误解，促

---

① 杨逵：《艺术是大众的》，载彭小妍编：《杨逵全集（第九卷）》，文化资产保存研究中心筹备处，2001年，第135页。

② 杨逵：《台湾文学问答》，载彭小妍编：《杨逵全集（第十卷）》，文化资产保存研究中心筹备处，2001年，第248页。

③ 王晓波：《冰山下的台湾良心——我所知道的杨逵先生》，载王晓波：《被颠倒的台湾历史》，帕米尔书店，1986年，第278页。

进民族团结的良苦用心。回溯杨逵的生命史、文学创作及其在文学中所呈现出的精神品格,不仅对当下文学创作发展方向而且对拉近今天两岸关系都具有重要的现实意义。

## 第一节　论争纷起,众声喧哗论杨逵

杨逵晚年曾表示自己早年深受左右内斗之痛苦,他认为内斗对运动发展不利,因此他不愿卷入其中。[①]然而在 1985 年 4 月 5 日,杨逵逝世尚不到一个月,《亚洲人》(周刊)即刊登了吕昱的文章《走进历史,留下公案——左、右、统、"独"、争相拥抱杨逵》。文中吕昱直指杨逵甫才辞世,便立刻成为各家各派争相诠释对象的事实。这种论争纷起、众声喧哗论杨逵的情况,从 1985 年 3 月 31 日台北与美国哥伦比亚杨逵追悼会上的门户之争,[②]以及当时台北杨逵追悼会的策划、主持与参加追悼会演讲的人员均可见一斑。[③]

尽管杨逵次子杨建、戴国辉教授以及钟傅等人在悼念会上或悼念文中已恳切呼吁人们停止对杨逵阐释权的争夺,并力倡"还杨逵真面目"[④]"让他回归文学和历史"[⑤]。然而直至今日"杨逵"及"杨逵文学"在文化、政治、历史脉络中沦为各方争相解读的现象仍旧存在,甚至愈演愈烈。那么杨逵为什么会在他甫才辞世便立刻成为各家各派争相诠释

---

① 转引自周馥仪:《杨逵晚年的台湾思索(1970—1985)》,载《第三届"全国"台湾文学研究生学术论文研讨会论文集》,2006年,第175页。

② 傅钟:《门户之争何时休?——从杨逵追悼会谈起》,《薪火周刊》1985年第3期。

③ 此次追悼会筹备与策划负责为杨祖珺,主持为王晓波,参与大会演讲的有周合源、戴国辉、巫永福、叶石涛、尹章义、钟逸人、陈永兴、胡秋原、杨翠等。参见《杨逵先生逝世纪念会演讲录》,载王晓波:《被颠倒的台湾历史》,帕米尔书店,1986年,第334页。

④ 参见傅钟:《门户之争何时休?——从杨逵追悼会谈起》,《薪火周刊》1985年第3期。

⑤ 戴国辉:《请将杨逵先生回归文学和历史》,载王晓波:《被颠倒的台湾历史》,帕米尔书店,1986年,第343页。

的对象呢？其原因确如吕昱所指出的，源于杨逵一身兼具了台湾人历史命运所必不可免的既复杂又矛盾的全部性格吗？[①]下面笔者将试着对这个问题进行阐析。[②]

杨逵研究肇始于 20 世纪 30 年代中期，从研究之初直至 40 年代末，杨逵研究比较零散且多集中于文学层面的解读。然而当 20 世纪 70 年代杨逵伴随着"乡土文学"与台湾文学的寻根热潮而重新复出文坛、受到重视后，杨逵研究就开始不再是纯粹文学层面的解读。不过 70 年代的杨逵，是因为小说中抵抗日本殖民统治的姿态才成为备受瞩目的作家。因此，当时学界相对一致地将研究聚焦于其小说创作中的抵殖精神上。随着 70 年代中期"乡土文学"论争的展开，台湾地区"去中国化"、分离主义的文化、政治和文学论述甚嚣尘上。至 80 年代初期，由于当时尚不能公开倡言"台独"，于是"台独派"便选择了组织关于台湾史、台湾新文学的论坛，通过对台湾史、台湾新文学的积极、广泛、不择手段地篡改、湮灭、歪曲和改造的工程，以此为"台湾分离运动"的政治目的服务。[③]换言之，原本应以文学论文学为议题的"重写台湾文学史"，实际上已颇具政治意味。而对那些别有用心的"文学台独"炮制者和鼓吹者们而言，历经台湾日据时期的杨逵与赖和、吴浊流、钟理和等一起，正可以成为其文学史建构风潮中的重要作家。为了"去中国化"，从流变过程上割断台湾新文学和大陆新文学的血缘关系，这些"文学台独者"更不惜进行刻意歪曲事实的论述，而杨逵等作家的思想和作品，在他们的论述中就被"扭曲了面貌，歪曲了本质"[④]。特别是在杨逵离世之后，"台独"分子这种借杨逵为己张目的行为就愈演愈烈了。主

---

① 吕昱：《走进历史，留下公案——左、右、统、"独"、争相拥抱杨逵》，《亚洲人（周刊）》1985年第4期。

② 左、右、统、"独"之间关系复杂，以下侧重就统、"独"派杨逵论争现象展开分析。

③ 吕正惠、赵遐秋编：《台湾新文学思潮史纲》，昆仑出版社，2002年，第327页。

④ 《"文学台独"的本质》，载赵遐秋编：《"文学台独"批判（上）》，台海出版社，2012年，第6页。

要可归纳为以下四种情况:

## 一、刻意解读并放大杨逵文学作品、
## 文学主张及其为台湾地区发展所付诸的实践中的"台湾色彩"

作为台湾日据时期及战后初期重要的文学家,杨逵对台湾文学的发展建设所进行的思考与付诸的努力终其一生都没有停止过。日据时期,他曾撰写《台湾文坛·一九四三年的回顾》《台湾的文学运动》《台湾文学运动的现况》等相关文章,同时创办《台湾新文学》用心培育台湾文坛新人。战后初期,杨逵撰写了《台湾新文学停顿的检讨》《如何建立台湾新文学》《"台湾文学"问答》等系列文章,并创办台湾战后最早发行的杂志《一阳周报》,编辑出版《文化交流》杂志,创办《台湾文艺》丛刊等,为战后台湾地区文学文化发展付诸实践。而且,不论日据时期还是战后初期,抑或出狱后,杨逵都曾参加过关于台湾文学建设的座谈会。比如日据时期的"台湾新文学检讨座谈会""台湾文学界总检讨座谈会""谈台湾文学——《植有木瓜树的小镇》及其他",战后初期的"桥的路——第一次作者茶会总报告""如何建立台湾新文学——第二次作者茶会总报告",出狱后的"传下这把香火——'光复前的台湾文学'座谈会"等。当然,作为具有强烈社会责任感的人,杨逵终其一生都坚持着"文学为人生"的理念不变。不论遭受何种际遇,他总是以庶民立场,代民发声,将自己的家国情怀书写于作品中。

然而不论是杨逵的文学作品还是他的文学主张,抑或是他为台湾地区发展所付诸的实践,却都被"台独"分子蓄意解读,以成为"台湾文学自主性"的重要论据。比如,叶石涛就曾将1947年《新生报》"桥"副刊上展开的"台湾文学"路线问题讨论,曲成己见,硬说杨逵与林曙光、濑南人等"希望台湾文学扎根于台湾的特殊性,建立自主性的文学"。①
而这种解读方式,陈芳明 1981 年 8—10 月在《美丽岛》上发表的论文
《放胆文章拼命酒——论杨逵作品中的反殖民精神》更具代表性。文
中,陈芳明将杨逵小说《送报夫》《模范村》《鹅妈妈出嫁》及《羊头集》中
的部分作品作为其本土论述的重要依据。陈芳明将杨逵在《羊头集》中
的语句"宇宙间虽然还有许多未解决的问题与矛盾,但人类的努力不
断在打开智慧之门,但我们能够把复杂的问题一项一项得到了合理的
解决……"曲成自见,硬说"这段话指的'人类'似乎显得空泛,但是落
实一点来说,岂不指的就是'台湾人'"。文中陈芳明还提出胡秋原为
《羊头集》所作的序中所写到的"看了杨逵小说——虽是短短的几篇,
我毋宁有'先进的台湾,落后的大陆'之感"这句话"主要在于指出杨逵
小说中的乡土性,较之于 1930 年代的中国小说还来得真切"②。

## 二、刻意解读杨逵创作语言的特点

利用语言分裂来鼓吹文学的独立是"文学台独"的重要方法之一。
"文学台独者"在"多语言文学"的幌子下,扭曲台湾话,把原本属于汉
语方言的台湾话说成是"独立的""民族语言",在语言版图上制造分
裂。③杨逵出生于日据时期,从小即受日语教育长大,他是在战后才学
习并掌握汉语的,但是作为出生并成长于台湾的人,杨逵是懂闽南语
的。日据时期,杨逵也曾尝试使用闽南语写作,而且在战前,文章也已
在《台湾新民报》刊出来了。④结合杨逵的创作年表可知,杨逵在《台湾

---

① 叶石涛:《台湾文学史纲》,春晖出版社,1987年,第77页。

② 陈芳明:《放胆文章拼命酒——论杨逵作品中的反殖民精神》,载黄惠祯编:《台湾现当代作家研究资料汇编 04 杨逵》,台湾文学馆,2011 年,第 217~218 页。

③ 吕正惠、赵遐秋编:《台湾新文学思潮史纲》,昆仑出版社,2002 年,第 394 页。

④ 戴国辉:《杨逵忆述不凡的岁月——陪内村刚介先生访问杨逵于日本东京》,载黄惠祯编:《台湾现当代作家研究资料汇编 04 杨逵》,台湾文学馆,2011 年,第 177 页。

新民报》上登出的用闽南语书写的作品,应该是发表于 1935 年的小说《死》,此作乃是杨逵在日据时期唯一以闽南语书写并发表的小说。①此外,绿岛时期杨逵还创作了两部闽南语街头剧《胜利进行曲》《光复进行曲》,而且他还多次强调在戏剧创作上"无论台词与歌词都应该用方言才可以提高观众的兴趣与了解"②。

杨逵的这些主张与实践也成为"台独分子"利用的材料。比如,陈芳明在 2005 年发表的论文《台湾文坛向左转——杨逵与三〇年代的文学批评》(《台湾文学学报》)中曾引用黄石辉的文章《答负人》(《南音》1932 年 6 月 13 日),指出杨逵在《台湾新闻》(1932 年)发表过一篇与所谓"台湾话文"建设相关的文章,但是陈芳明遗憾地表示由于尚未获见该文,至今未能获知其立场与观点。③而叶石涛于 1995 发表的《杨逵未发表的四篇日文小说中文译稿》(《台湾新闻报》)则在这一方面更具典型性。该文中叶石涛先列出杨逵未发表的四篇日文作品《收获》(『収獲』)、《毒》(『毒』)、《蚂蚁盖房子》(『蟻の普请』)、《波末之死》(『ポーモの死』),④而后指出在翻译杨逵小说时要注意的问题,尤其"最重要的莫过于对杨逵独特的思考方式和写作态度有所研究才好",接着叶石涛肯定了四篇小说的译者 R 先生与 S 先生对作品的翻译"可以说接近了'信、达、雅'的境界",之后他特别指出《蚂蚁盖房子》《波末之死》翻译的高明处:

---

① 日据期间杨逵还运用"台湾话文"书写过另一篇小说《剁柴囝仔》(未发表),以及几篇评论杂文,如杨逵在世时已发表的《当面的国际情势》和未发表的《劳动者阶级的阵营》《革命与文化》等。

② 杨逵:《胜利进行曲》,载彭小妍编:《杨逵全集(第二卷)》,文化资产保存研究中心筹备处,1998 年,第 19 页。

③ 陈芳明:《台湾文坛向左转——杨逵与三〇年代的文学批评》,《台湾文学学报》2005 年第 12 期。

④ 本书杨逵这四篇日文作品的中文标题皆引自彭小妍编:《杨逵全集(第十三卷)》,文化资产保存研究中心筹备处,2001 年。

　　如『蟻の普請』,是蚂蚁盖房子的意思。R 先生把它译为"蚂蚁起厝",可说是神来之笔。"起厝"这一句话有浓厚的本土味,很符合台湾小说的不同于大陆小说的特异性。『ポーモの死』中『ポーモ』是高山族的名字。翻译为"波莫"也没有什么不对。但是译者却匠心独运,把它译为"波欧莫之死",增加了一个"欧"字很符合原住民的语气。①

该文中叶石涛看似不过在谈论杨逵生前未发表的四篇日文小说译文情况,但实际上不管是指出要翻译好杨逵作品,"最重要的莫过于对杨逵独特的思考方式和写作态度有所研究才好"的暧昧说法,还是对两篇译文"高明处"的肯定,无不显见其所谓"本土论述"的用心。②

## 三、确定并强调杨逵也书写过"皇民化作品"

　　吕正惠曾指出在 20 世纪八九十年代的"文学台独论"中,最令人不可思议的现象是对"皇民文学"的"平反",即翻案。他认为年轻的"台湾文学论者"的基本态度是,对于比较认同日本人的"皇民文学",他们可以同情其处境,而对于比较具有中国意识(或汉族意识)的作家,他们却不惜以"学术客观"的立场,指出他们也有跟日本人合作的时候。③杨逵在"皇民化时期"创作过貌似顺应"皇民化政策"的作品,如《瞧! 拉保尔的天空》《骑马战》《老雕和油豆腐》《增产之背后——老丑角的故事》。当然,早在被公认的第一篇学术性杨逵专论《台湾出身作家文学的抵抗——谈杨逵》(1972 年)中,尾崎秀树就曾敏锐地指出,"皇民化

---

①　叶石涛:《杨逵未发表的四篇日文小说中文译稿》,《台湾新闻报》1985年8月3日。
②　叶石涛在文中并未对杨逵独特的思考方式和写作态度有所说明。
③　吕正惠、赵遐秋编:《台湾新文学思潮史纲》,昆仑出版社,2002 年,第 378~379 页。

时期"的杨逵是"以适应日本国策的姿态,发表了许多把抵抗深藏在底层的作品"[1]。然而 1985 年杨逵甫刚逝世,就有论者言辞凿凿指陈杨逵曾写过"皇民化作品"。此类文章以张恒豪发表于 1986 年的《超越民族情结重回文学本位——杨逵何时卸下"首阳农园"?》较为典型。文中,张恒豪不但以其在"文学奉公会"策划的"台湾总崛起"专号中发现的《"首阳"解除记》(《台湾文艺》1944 年 6 月 14 日)指出,杨逵并非如其所说是在 1945 年 8 月 15 日早晨听到日本天皇广播后,才把"首阳农场"招牌卸下来,换上"一阳农园"的;而且张恒豪还写道:

> 我们若不强作解人,这两篇(《"首阳"解除记》与《增产之背后——老丑角的故事》)实在都含有扭曲自我、呼应时局的意味。假如,这是出自杨逵的原意,我并不觉得诧异,究竟形势比人强,那像是一段被倒吊起来的岁月,价值悬空,信仰崩溃,炸弹在眼前开花,死亡在暗处招手,人们无法掌握自己,看不清局势的演变,不敢妄想今天的命运, 这种不愿捏死自己而与世推移的论调,毋宁是可以理解的。

虽然张恒豪强调要"先求事实,再论是非"[2],但是在王晓波看来,张恒豪之所以做出这种为 "历史翻案" 的指认,"可能是想借杨老的《"首阳"解除记》的发现,来讨论台湾文学史上的'皇民文学',并想指出在战争体制下的殖民地'皇民文学'有其复杂性"[3]。无论如何,这样未通过更深入的诠释来解读杨逵"皇民化时期"的"违心之作"却也成

---

① [日]尾崎秀树:《台湾出身作家文学的抵抗——谈杨逵》,载杨素绢编:《杨逵的人与作品》,民众日报社,1978年,第35页。
② 张恒豪:《超越民族情结重回文学本位——杨逵何时卸下"首阳农园"》,《文星》1986年第 9 期。
③ 《论〈和平宣言〉及〈"首阳"解除记〉》,载王晓波:《被颠倒的台湾历史》,帕米尔书店,1986 年,第 34 页。

為部分"別有用心者"可資利用的材料。

## 四、楊逵晚年的思想及其與台共關係等，
## 也成了為"台獨文學"張目的重要論據

　　戰後國民黨"接收大員"的巧取豪奪、胡作非為，以及國民黨在台灣失當的施政，造成了省籍矛盾緊張尖銳。"二二八"事件的發生、五〇年代整肅異己的"白色恐怖"陰影、長期的軍事戒嚴，確實令台灣民眾寒了心，他們從戰後最初的歡欣鼓舞而至於失望至極，甚至強烈憤慨。戰後初期，楊逵寫有《上任》《營養學》《卻糞掃》《不如豬》《傾聽人民的聲音》《為此一年哭》《阿Q畫圓圈》《"二二七"慘案真相——台灣省民之哀訴》等諷諫作品。1947年"二二八"事件爆發後，楊逵因參與抗暴而與妻子葉陶雙雙被捕，系獄近四個月。1949年楊逵更因為撰寫《和平宣言》蒙冤入獄十二年。楊逵在戰後的這些諷諫性文章以及兩次系獄的不幸遭遇，包括其綠島出獄後是否在思想上、信仰上有了轉向，也都成為被關注與可資利用的材料。比如，陳芳明1981年8—10月在《美麗島》上發表的論文《放膽文章拼命酒——論楊逵作品中的反殖民精神》，將楊逵戰後因撰寫《和平宣言》而蒙受的冤獄與日據時期台灣民眾所受的殖民壓迫相提並論，並指出楊逵《羊頭集》中收錄的作於綠島時期的文章《園丁日記》及家書《智慧之門將要開了》與其日據時期的小說《送報夫》《模範村》《鵝媽媽出嫁》等作品一樣，均是受壓迫下所作的，都具有"反殖民精神"①。

　　針對楊逵晚年的思想如何，信仰是否有過轉變，陳映真、王曉波、戴國輝、鍾逸人、林進坤等都做過研究，甚至還曾就此問題當面問詢過楊逵。楊逵摯友鍾逸人曾清楚指出楊逵的"祖國情懷"是從日據時期延

---

① 陳芳明：《放膽文章拼命酒——論楊逵作品中的反殖民精神》，載黃惠禎編：《台灣現當代作家研究資料匯編04楊逵》，台灣文學館，2011年，第217~218頁。

201

续下来的,始终未曾改变。①戴国辉在《最后的见证》中也明确指出杨逵还是主张中华民族主义。②

王世勋曾在悼念杨逵的文章中写道:

> 在他(杨逵)回台中这一段日子中,言谈之间,对于目前的党外刊物,很推许《前进》的作为一个新闻刊物的客观而超然的立场,尤其在一百期所揭的"不是左派、不是右派,而是前进派;不是统派、不是'独'派,而是百姓派"的理念最是推许。③

杨逵晚年也曾明确表示自己不愿卷入所谓"内战",他的这种看似非左非右、非"独"非统的超然态度,更引发人们的兴趣,同时也使其饱受质疑。比如,杨逵离世不久,王琦在《台湾青年的新教条主义》中针对杨逵晚年提出的"不再选择立场",认为杨逵"也加入了'什么都不是'的混混行列"④。

另外,杨逵到底有没有加入台共,他对台共的态度到底如何。这一点也受到很多论者的关注,叶石涛曾撰文说:

> 他(杨逵)一生中最重要的一点,即他和台共的关系如何,却是始终他不提的,是永远解不开的谜。他带着这个谜题,带着台湾思想运动史的重要部分永远走了。⑤

---

① 钟逸人:《杨逵的祖国情怀》,载钟逸人:《辛酸六十年(下)》,前卫出版社,2009年,第371页。

② 戴国辉:《最后的见证》,《中国时报》1985年3月15日。

③ 转引自《杨逵是"什么都不是"的混混吗?——兼论他晚年的思想立场》,载王晓波:《被颠倒的台湾历史》,帕米尔书店,1986年,第303页。

④ 转引自《杨逵是"什么都不是"的混混吗?——兼论他晚年的思想立场》,载王晓波:《被颠倒的台湾历史》,帕米尔书店,1986年,第305页。

⑤ 《杨逵与台共的关系》,载叶石涛:《走向台湾文学》,自立晚报社,1990年,第93页。

除了叶石涛之外，蓝博洲也曾撰专文《杨逵与中共台湾地下党的关系初探》(2004年)加以探析。王丽华、何昀、戴国辉等在采访杨逵时也都涉及过此问题。不同于蓝博洲通过调查走访剥丝抽茧探析杨逵与台共的关系，也不同于王丽华等人通过记录访谈以杨逵自述方式呈现此问题。①叶石涛的《杨逵与台共的关系》中依然可见其借探析杨逵与台共关系以进行所谓"本土论述"的意图。该文中为了支撑其观点，叶石涛还写下这样几句话：

> 他(杨逵)注重本土，注重实践，认为社会主义的改革必须脚踏实地从本土的改革实践开始。所以他一辈子的所作所为倒有点像旧俄的民粹主义者了。
>
> 杨逵先生从来不批评人。晚年头脑有点昏乱，说话有时不连贯，所以偶尔会不经意地轻轻流出埋怨，但是绝不说出埋怨的原因。所以我们无从知道他对某人，心里怀有怎样的评价。后来他讲的有关他生涯的各种阶段的叙述都是经过编造和选择创作的，几乎都有同样的内容和叙事观点。②

如果以上第一段话是叶石涛通过刻意解读杨逵的生平实践及其思想观点以证纲目的话，那么第二段文字就存在故意暧昧表述，甚至在一定程度上有了侮辱杨逵人格的嫌疑。

尽管杨逵逝世前明确表示他反对打"泥巴战"，不愿意卷入内斗之中。然而面对刻意解读、恶意扭曲与篡改事实的现象，与之辩驳，重回历史现场，相对客观地还原杨逵的生命历程、书写创作真貌，是富有良

---

① 参见王丽华《关于杨逵回忆录的笔记》、何昀《"二二八"事件前后》，以及戴国辉、若林正丈《一个台湾作家的七十七年》，以上三篇均收录于彭小妍编：《杨逵全集(第十四卷)》，文化资产保存研究中心筹备处，2001年。

② 《杨逵与台共的关系》，载叶石涛：《走向台湾文学》，自立晚报社，1990年，第94页。

知的学者们不得不为的。

　　对于"台独论者"为自身论述张目而故意曲解杨逵的做法，最先起而辩驳的是被视为"统派"的台湾地区学者们，其中王晓波具有代表性。杨逵逝世后约半年内，王晓波连续撰写并发表了《冰山下的台湾良心——我所知道的杨逵先生》(《薪火周刊》1985 年 3 月 24 日)、《有关杨逵先生的一个"历史之谜"——兼论林献堂先生的民族立场》(《薪火周刊》1985 年 4 月 13 日)、《杨逵是"什么都不是"的混混吗？——兼论他晚年的思想立场》(《薪火周刊》1985 年 6 月 22 日)、《民族主义仅是得自书本的吗？——对温万华批评杨逵的批评》(《大学杂志》1985 年 8 月)，及其论著《被颠倒的台湾历史》的自序《论〈和平宣言〉及〈"首阳"解除记〉》(1986 年 9 月 28 日)等文，对"台独论者"的杨逵解读进行辩驳。其中《有关杨逵先生的一个"历史之谜"——兼论林献堂先生的民族立场》《民族主义仅是得自书本的吗？——对温万华批评杨逵的批评》主要为澄清杨逵的民族立场而做的。前文是针对有人污蔑杨逵在战后初期和林献堂一道勾结日人阴谋"台湾独立"而做的澄清；后文从副标即可见，是针对陈芳明的言论而做，文中王晓波通过事实以确证杨逵及日据下其他台湾知识分子的民族主义是源自台湾社会现实，而绝非如陈芳明所说的来自书本。《杨逵是"什么都不是"的混混吗？——兼论他晚年的思想立场》则主要就王琦在《台湾青年的新教条主义》中对杨逵晚年"不再选择立场"，认为他"也加入了'什么都不是'的混混行列"进行了辩驳，王晓波通过充分的事实证明杨逵晚年反对打"泥巴战"并非没有立场，而是宽容，且杨逵思想立场数十年一贯未变。①在《论〈和平宣言〉及〈"首阳"解除记〉》中，王晓波主要针对张恒豪《超越民族情结重回文学本位——杨逵何时卸下"首阳农园"？》而做的辩驳。

---

　　① 《杨逵是"什么都不是"的混混吗？——兼论他晚年的思想立场》，载王晓波：《被颠倒的台湾历史》，帕米尔书店，1986 年，第303~318页。

针对张恒豪揭出杨逵也做有"皇民文学"一事，王晓波认为杨逵的《"首阳"解除记》重新被揭出，只能证明杨逵的文学灵魂也被"强暴"过，但"强暴"不是"通奸"，故而不能以此证明杨逵的文章灵魂的失贞。此外，针对张恒豪所提出的要"超越民族情结重回文学本位"，王晓波认为对待"皇民文学"的问题，并不是"超越民族情结"才能"重回文学本位"的问题，而是必须扬弃政治宣传和"堕落""荒诞"才能"重回文学本位"的问题。

除了王晓波之外，陈映真、施淑等部分坚持一个中国、两岸同源流立场的台湾学者，则将"杨逵"与"杨逵文学"视为抗日志士与战后台湾文学的开路先锋，以佐证两岸本是不可分割的整体。①比如陈映真在《学习杨逵精神》中积极地肯定了杨逵为民族团结做出的贡献：

> 他（杨逵）与反民族的分离运动鲜明对立，坚持克服民族反目，力争民族团结，不遗余力。
>
> 作为杨逵先生的后辈作家，我对杨逵先生的文学、政治和民族团结的坚持之敬佩和仰望之心，可谓与时俱增。②

施淑在《土匪和马贼的背后——杨逵·一九三七》中也肯定地指出：

> 至于土匪与马贼的背后，连同句末意味深长的删除符号，隐藏着的二十世纪的两岸人民共同走过的历史真象（相），也就不言而喻了。③

---

① 徐一仙：《海峡两岸关于杨逵之评论》，台湾中山大学硕士学位论文，2006年，第11页。
② 陈映真编：《学习杨逵精神》，人间出版社，2007年，第135页。
③ 施淑：《土匪与马贼的背后——杨逵·一九三七》，载陈映真编：《学习杨逵精神》，人间出版社，2007年，第94页。

面对"文学台独者"的不实言论,抱持中国本位民族意识与中国统一目标的大陆学者也不惜与之隔海笔战。比如赵稀方曾经撰文《杨逵小说与台湾本土论述》,毫不留情地指出陈芳明将杨逵作为其本土论述的重要依据"是一个误会",他以《送报夫》为例力证"杨逵不但不能构成对于陈芳明的支持,而且正相反,杨逵让我们发现了陈芳明本土论述的漏洞";为了清楚陈述自己的观点,赵稀方引用杨逵的《台湾文学问答》与《模范村》来实证陈芳明因为"对于本土立场的执着",而"虚构了杨逵以本土'台湾'对抗'中国'的立场"。①

相对于"台独分子"歪曲历史事实、颠倒黑白的文学论述,一贯坚持台湾是中国的一省、台湾文学是中国文学支流的部分大陆学者们在对"杨逵"及"杨逵文学"进行论述时,相对更聚焦于其中国属性、中国认同。比如21世纪初,大陆曾于2004年2月2日在广西南宁召开了"杨逵作品研讨会",会议主要围绕"追忆杨逵""杨逵文学的精神、品格和属性""杨逵文学的主题思想""杨逵文学的艺术成就""台独谎言批判"四个方面展开。考察该会议议题及大陆学者在会议中所提交的论文标题,便可窥其一二,如刘红林《日文写作的中国属性——论杨逵小说的文化特质》、庄若江《殖民统治下的中国文化的标识——论杨逵小说的文化精神》、赵遐秋《杨逵的中国文学视野——从〈新生报〉"桥"的论争看杨逵的中国作家身份》等。

黎湘萍曾指出:"'杨逵问题'不只是一个'文学'的问题。"②的确,尤其在当今,伴随着"台湾性"与"中国性""台湾乡土文学""文学台独"等众多相关议题的持续加温,台湾文学研究已然成为政治、思想统"独"斗争的延伸,战场的硝烟强烈地弥漫于文字的论述之中。由于文化立

---

① 赵稀方:《杨逵小说与台湾本土论述》,载陈映真编:《学习杨逵精神》,人间出版社,2007年,第105~110页。

② 黎湘萍:《"杨逵问题":殖民地意识及其起源》,《华文文学》2004年第5期。

场、意识形态差异，部分论述更具有了话语权对抗的性质。①在这种历史大背景下，对"杨逵"及"杨逵文学"的阐释自然就不可避免地具有了政治的意涵。

## 第二节　沉潜流续，写实文学的传承

杨逵首先是一个社会活动家，然后才成长为一名作家。20世纪30年代初，当台湾左倾分子遭受大检举，农民组合、文化协会等社会运动濒临崩溃时，杨逵才真正开始以笔代戈进行文学创作。虽然杨逵的文学创作总量不算多，杨逵但自从1927年发表处女作《自由劳动者的生活剖面——怎么办才不会饿死呢?》至1985年离世，杨逵的文学书写持续了半个多世纪，为世人留下了十四册作品。

黎湘萍在论文《"杨逵问题"：殖民地意识及其起源》中写道："关于杨逵作品的评论，的确有一种几乎是共同的现象，那就是对于杨逵小说的'文学性'或'艺术性'的评价一直不是作家、评论家们关心的问题。"②

其实，自从20世纪30年代中期杨逵研究伊始，评论界就对其作品，尤其是其小说的艺术性持有保留意见，如德永直、中条百合子、龟井胜一郎、藤森成吉、窪川稻子等都曾指出《送报夫》存在艺术上的不足。德永直的"这篇小说绝不是巧手，宁可以说还不成为小说"；中条百合子的"需要更高的艺术化，这要求是可以理解的，但以作者的能力，现在似乎不可能"；龟井胜一郎的"文章的不够畅顺与结构的不够成熟也许是有的"；藤森成吉的"形象化的不足是缺点"；窪川稻子的"作为

---

① 计璧瑞：《光复初期台湾文学与文化现象的对抗论述》，载杨彦杰编：《光复初期台湾的社会与文化》，福建教育出版社，2011年，第243页。

② 黎湘萍：《"杨逵问题"：殖民地意识及其起源》，《华文文学》2004年第5期。

一篇小说，它难说是完整的"等等，都指出了《送报夫》的艺术上的不足。尾崎秀树也曾指出，杨逵在书写《送报夫》时"没有采取直接的方法，却在主角的动作中提起了问题，而其提出的方式是呆板的，观念的，所以也未能说是熟练的"①。胡风认为《送报夫》的技巧与结构是存在缺陷的。②除此之外，还有学者也指出杨逵小说"文学性""艺术性"偏低，③有论者则指出杨逵的小说在表现上有流于意识先行的缺失，降低了写作的艺术技巧。④

本书第二章，笔者也提出杨逵的小说创作有不足之处。比如为了使作品留有希望，在结尾的处理上过于仓促，甚至过于突兀，显得不合理。同时，杨逵不少小说、戏剧中的主要人物由于是作家自况，在塑造上有明显的类型化倾向。

杨逵自己是否对小说艺术性不足的评价有所回应？杨逵又是如何看待自己小说艺术性的问题呢？就在1934年《送报夫》获奖的当月与次月，杨逵先后发表了《送报夫——杨逵君的作品》《灵签与迷信——〈革新〉杂志上的杨逵与赖庆》以及《送报夫——女性这样看》。以上三文皆含有杨逵就当时学界，特别是德永直等评审对其作品艺术性不足评价的回应。在《送报夫——杨逵君的作品》中，杨逵承认《送报夫》"文笔生涩、结构有失严谨"，并且表示"将来努力改善"。⑤但是杨逵却并不因为艺术性的不足而否定自己的作品，反之在上述三文中杨逵对自己

---

① ［日］尾崎秀树：《台湾出身作家文学的抵抗——谈杨逵》，载杨素绢编：《杨逵的人与作品》，民众日报社，1978年，第35页。

② ［日］山口守：《杨逵——殖民地的眼光》，载［日］藤井省三、黄英哲、垂水千惠编：《台湾的"大东亚战争"》，株式会社精兴社，2002年，第125页。

③ 贾振勇：《提升文学史肌质：文学史编撰的创新之路——以杨逵的文学史形象为中心》，《河北学刊》2013年第6期。

④ 阮美慧：《劳动与运动：杨逵战前小说中社会主义思潮的启蒙与实践》，载《2013杨逵、路寒袖国际学术研讨会论文集》，台中科技大学语文学院、应用中文系，2013年，第81页。

⑤ 杨逵：《送报夫——杨逵君的作品》，邱振瑞译，载彭小妍编：《杨逵全集（第九卷）》，文化资产保存研究中心筹备处，2001年，第87页。

的作品更多的是肯定。杨逵还在《送报夫——女性这样看》中专门用了一部分，专就"技巧拙劣吗？"做了回应。在这一部分里，杨逵先引用德永直与窪川稻子二人对《送报夫》的评价，即"这篇绝不是巧妙的，更可以说是未成小说的……""这不能说是充分成熟的小说……"然后明确地表示不同意上述说法，最后他引用作品中的多处文字以确证《送报夫》是简洁、生动、逼真的作品，"它既不是图式的，也不是公式的，没有教条也没有口号"，甚至肯定《送报夫》的书写"鬼斧神工""非常精彩"。①不过，需要指出的是，尽管如此，杨逵还是在《送报夫——女性这样看》发表后，专门就《送报夫》艺术性问题致信德永直，德永直则侧重就杨逵信中关于"何为高度形象化"的问题做了答复，这封复信于 1935 年 2月公开刊载在《台湾文艺》第二期上。②由此可见，杨逵还是很在意德永直的评价的。

杨逵曾对《送报夫》有过多次的修改。张钰在《民族的·阶级的·文学的——论杨逵〈送报夫〉的思想和艺术》中，通过对 20 世纪 30 年代版与 70 年代版《送报夫》进行认真比对后，指出 70 年代版的修改处契合德永直所提出的"形象化"建议，为此张钰认为，"对'形象化'的文学艺术追求，很可能正是杨逵修改《送报夫》的重要动因之一"③。

杨逵对《送报夫》的艺术性问题看似矛盾，实则与杨逵的艺术观不无关系。不论从杨逵及时回应德永直等对《送报夫》艺术性不足的评价，还是其致信德永直对"何为高度形象化"的问询，抑或 70 年代他对《送报夫》的改写等，均可见到杨逵对文学艺术性的追求。笔者在本书第四章第一节中论及的杨逵绿岛时期剧作中具有戏剧类型多样化、反

---

① 王氏琴：《送报夫——女性这样看》，载杨素绢编：《杨逵的人与作品》，民众日报社，1978 年，第 12~15 页。

② 德永直：《关于形象化》，载［日］中岛利郎、河原功、下村作次郎编：《日本统治时期台湾文学文艺评论集（第一卷）》，绿荫书房，2001 年，第 23 页。

③ 张钰：《民族的·阶级的·文学的——论杨逵〈送报夫〉的思想和艺术》，《华文文学》2019 年第 4 期。

映的时代背景更为宽泛、女性角色更加鲜明等文学特点,也可视为杨逵对文学艺术性追求的表现。此外,杨逵在发表于1935年4月的文章《艺术是大众》中,也明确提出要"以批判的态度来吸收众多世界文学技巧上的成果"①。

　　实际上,杨逵终其一生都坚决反对那种躲进象牙塔中、忽略读者的纯文学创作,他呼吁"应该彻底打倒那些视细节描写为生命的文坛上的文艺,应该尽量多刊载具有行动精神的作品,即使技巧粗糙、生涩,我们还是应该重视其精神对大众的影响力量"②。杨逵认为真正鉴赏艺术的是大众,而真正的艺术是能够掳获大众的感情、撼动他们心魂,并引领大众走向正确的方向。在他看来,真正的优秀文学作品所选用的题材、塑造的人物或描写的风景,都是为主题服务的。③也正因此,杨逵认为批评家或者作家批评或分析一部作品的目的,应该是追究该作品主题的社会性、主题发挥的程度、读者的反响,或者未得好评的原因。④他坚决否定在进行文学批评时,将作品的震撼力和感动人心的力量抛在一边而单纯进行创作技巧的分析。他指出,这种单纯的创作技巧分析就像是"把作品放在解剖台上肢解了",是偏颇与变质的。⑤简而言之,杨逵倡导的文艺批评是不能将作品艺术性及精神割裂开来的,或将艺术性凌驾于作品精神之上的。而以此种文艺批评标准来反观杨逵的文学,即可解释杨逵的作品虽然缺乏艺术性,却仍能获得巨大影响力,并成就其在台湾文学史上不容置疑地位的矛盾。且笔者认为,黎

---

①　杨逵:《艺术是大众的》,邱振瑞译,载彭小妍编:《杨逵全集(第九卷)》,文化资产保存研究中心筹备处,2001年,第140页。

②　杨逵:《为了时代的前进》,邱振瑞译,载彭小妍编:《杨逵全集(第九卷)》,文化资产保存研究中心筹备处,2001年,第125页。

③　杨逵:《艺术是大众的》,邱振瑞译,载彭小妍编:《杨逵全集(第九卷)》,文化资产保存研究中心筹备处,2001年,第135~138页。

④　杨逵:《文艺批评的标准》,增田政广、彭小妍译,载彭小妍编:《杨逵全集(第九卷)》,文化资产保存研究中心筹备处,2001年,第169页。

⑤　杨逵:《文艺批评的标准》,增田政广、彭小妍译,载彭小妍编:《杨逵全集(第九卷)》,文化资产保存研究中心筹备处,2001年,第165页。

湘萍在论文《"杨逵问题"：殖民地意识及其起源》中也对此问题做了很好的解答：

> "文学杨逵"的形象好像都是由于其作品所表现的"非文学"意义而得以牢固地建立起来的。但这一点并非证明，杨逵的作品真的缺乏"艺术性"，毋宁说，所有欣赏和介绍杨逵的评论家、作家，更关心的是他们所面临的日益急迫的时代课题，而杨逵的"殖民地意识"以及对生活于底层的人们的关怀和描写，正好形象地表现了帝国主义时代的殖民地这一重大课题。①

换言之，杨逵在台湾文学史中之所以具有重要地位，主要原因有两点：一是文学创作的灵魂，二是其本身经历与反映的精神。②正如贾振勇在论文《提升述史肌质：文学史编撰的创新之路——以杨逵的文学史形象为中心》（2003年）中指出的：

> （杨逵）将他那个时代、那个区域、那个社群的内心追求，表现到了他那个时代所能达到的一个历史高度。即使仅仅凭借这个因素，他也会成为他那个时代、那个区域的经典作家。③

台湾青年学者叶衽榤在论文《台湾文学史脉络中的杨逵位置》（2013年）中，通过分析叶石涛、彭瑞金、陈芳明在文学史书写中对杨逵的评述，并结合当下台湾民众对杨逵的接受情况，肯定了杨逵在"台湾文学史脉络中的位置"。叶衽榤还指出，如果单从文学史内部的形成来

① 黎湘萍：《"杨逵问题"：殖民地意识及其起源》，《华文文学》2004年第5期。
② 叶衽榤：《台湾文学史脉络中的杨逵位置》，载《2013杨逵、路寒袖国际学术研讨会论文集》，台中科技大学语文学院、应用中文系，2013年，第150页。
③ 贾振勇：《提升文学史肌质：文学史编撰的创新之路——以杨逵的文学史形象为中心》，《河北学刊》2013年第6期。

看,杨逵的《送报夫》《压不扁的玫瑰花》可说是台湾文学史脉络中的两个重要标志。②

正如前文所述,《送报夫》在小说艺术性上的确存在一些不足,而且也有论者指出《压不扁的玫瑰花》寓义过于直白。然而正因为《送报夫》与《压不扁的玫瑰》所具有的深刻社会性与强烈"震撼力和感动人心的力量"③,使这两篇作品不仅成就了杨逵在文坛上的地位,而且也成就了杨逵的多个第一。《送报夫》被视为杨逵一生中的压轴之作。叶石涛曾经高度评价了此作,他说:"在日据时代的台湾文学日文作品中,这部作品和吴浊流的《亚细亚的孤儿》同为影响力广泛而深远的作品。"①叶衽樑也指出:"《送报夫》这篇小说的出现,使台湾新文学运动发展达到尖峰。"② 1934 年,杨逵因为《送报夫》入选东京《文学评论》第二奖(首奖缺)而一举成名。杨逵不仅凭着该作成为首度在日本文坛得奖的台湾人,更成为第一位进入日本现代文坛的台籍作家。与此同时,20 世纪 30 年代中期,由于胡风等人的翻译推介,《送报夫》在大陆也得以迅速传播,杨逵因而成为首批进入大陆的台湾作家之一。如果说《送报夫》是杨逵日据时期在台湾文学史脉络中最重要的标志,那么《压不扁的玫瑰花》则是杨逵在战后台湾文学史脉络中最重要的作品。《压不扁的玫瑰花》是杨逵写于绿岛时期的作品,原题为《春光关不住》,后于 1976 年收录台湾语文课本时改题为《压不扁的玫瑰花》③,这篇小说

① 叶衽樑:《台湾文学史脉络中的杨逵位置》,载《2013杨逵、路寒袖国际学术研讨会论文集》,台中科技大学语文学院、应用中文系,2013年,第150页。

② 杨逵:《文艺批评的标准》,增田政广、彭小妍译,载彭小妍编:《杨逵全集(第九卷)》,文化资产保存研究中心筹备处,2001年,第165页。

③ 叶石涛:《杨逵的文学生涯》,载黄惠祯编:《台湾现当代作家研究资料汇编04 杨逵》,台湾文学馆,2011 年,第239页。

④ 叶衽樑:《台湾文学史脉络中的杨逵位置》,载《2013 杨逵、路寒袖国际学术研讨会论文集》,台中科技大学语文学院、应用中文系,2013 年,第 150 页。

⑤ 关于改名缘由,杨逵曾做过如下解释:"春光云云"会使中学生引起不好的联想(春光同性冲动文意相通),所以不行。杨逵:《台湾老社会运动家的回忆与展望》,载彭小妍编:《杨逵全集(第十四卷)》,文化资产保存研究中心筹备处,2001年,第288页。

是首次被选编入台湾地区教科书的日据时期台湾作家作品。由于该作的影响大,此后"压不扁的玫瑰花"成了杨逵的代名词。当然,除了《送报夫》和《压不扁的玫瑰花》是奠定杨逵在台湾文学史地位的重要作品外,仅日据时期杨逵还完成了《模范村》《无医村》《泥娃娃》《鹅妈妈出嫁》等其自身较满意且影响颇大的作品。①

不论是日据时期还是战后初期,不论是绿岛时期还是出狱以后,不论是50年代"反共文艺时期"还是70年代"乡土文学"时期,抑或八〇年代多元化后现代时期,杨逵一生都坚持现实主义文学书写。当然,作为崛起于20世纪30年代的台湾左翼作家,杨逵坚持进行现实主义文学书写其实并不奇怪,因为这既是当时的时代潮流,也是在严峻环境下从实际的政治运动中转移到文艺战线的左翼人士的必然选择。然而正如朱双一说的,杨逵对于现实主义文学的真实性、社会性、思想性和时代性要求,都具有独特的表述和强调,并数十年如一日地坚持着,这成为杨逵文艺理论创作的重要特色之一。②那么杨逵现实主义文学创作的独特性到底是什么呢? 笔者认为"行动性"是杨逵文学创作最本质的特色。具体而言,主要体现在两个层面:③

## 一、杨逵的文学作品与自身的实际行动有密切关系

杨逵曾说过:"只有生活体验才能决定作品的好坏。"④杨逵终生都

①　杨逵口述、许惠碧笔记:《台湾新文学的精神所在——谈我的一些经验和看法》,载彭小妍编:《杨逵全集(第十四卷)》,文化资产保存研究中心筹备处,2001年,第37页。
②　朱双一:《杨逵左翼文艺理论创作的特点及其对1970年代以来台湾左翼作家的影响》,载《2013杨逵、路寒袖国际学术研讨会论文集》,台中科技大学语文学院、应用中文系,2013年,第41页。
③　这两个层面主要借用张良泽的提法,参见张良泽:《不屈的文学魂——论杨逵兼谈日据时代的台湾文艺》,杨素绢编:《杨逵的人与作品》,民众日报社,1978年,第213页。
④　王氏琴:《送报夫——女性这样看》,载杨素绢编:《杨逵的人与作品》,民众日报社,1978年,第9页。

倡导并践行贴近大众的文学。为了实现文艺的大众化，杨逵主张作家应该"摒弃高级的艺术观"，做"人民的作家"。他呼吁作家走出书斋、走出象牙塔、走上街头，与民众在一起、同哭同乐，关注社会，体味生活，体谅人民疾苦。杨逵自身便是如此实践的，不论是日据时期还是战后。叶石涛说："文化协会瓦解以后的台湾知识分子大多和杨逵有共同倾向；譬如龙瑛宗和吕赫若。然而杨逵有别于上述的这些作家而独树一帜，却是扎根于他的草根性。杨逵是唯一选择务农为生，一辈子靠园艺谋生活的人。"①吕正惠说："当时（战后）的台湾新文学，在'人民文学'的路线上，最有代表性的作家就是杨逵。"②

萨义德在《知识分子论》中写道："知识分子的代表是在行动本身，依赖的是一种意识，一种怀疑、投注、不断献身于理性探究和道德判断的意识。"③毫无疑问，杨逵正是这样一位富有行动力，"不断献身于理性探究和道德判断的意识"的知识分子。然而杨逵却自言："我同知识分子交往，但我自己并不耽溺于知识分子的名分。"④不但"不耽溺于知识分子的名分"，杨逵甚至在想法与做法上都努力把自己变成一个劳动者，而且是最底层的劳动者。⑤他不是一个领导者，而是一个参与者。胡秋原指出："他（杨逵）以一颗诚实的心，一支质朴的笔，描写他身受的或目击的人生，也就是平民的生活。"⑥

杨逵坚决否定与生活脱节的写作，他甚至反对站在"第三者"或是

---

① 叶石涛：《杨逵的文学生涯》，载陈芳明编：《杨逵的文学生涯》，前卫出版社，1989年，第267页。

② 吕正惠、赵遐秋编：《台湾新文学思潮史纲》，昆仑出版社，2002年，第157页。

③ ［美］爱德华·W.萨义德：《知识分子论》，单德兴译，生活·读书·新知三联书店，2016年，第38页。

④ 杨逵：《台湾老社会运动家的回忆与展望》，载彭小妍编：《杨逵全集（第十四卷）》，文化资产保存研究中心筹备处，2001年，第289页。

⑤ 宋泽莱：《推荐序》，载杨翠：《永不放弃：杨逵的抵抗、劳动与写作》，蔚蓝文化出版股份有限公司，2016年，第9页。

⑥ 胡秋原：《序》，载杨逵：《羊头集》，辉煌出版社，1976年，第8页。

"旁观者"的位置的书写,这从杨逵批评小说《扁头那里去?》与《两个世界》即可见一斑。在1948年发表的《"实在的故事"问答》中,杨逵批评了上述两篇小说,指出它们的问题就在于两位作者皆是站在"第三者"或是"旁观者"的位置来书写的,因此他们对作品中的人物所取的态度都是观望的,这便导致作品人物与作者无关,作者与社会也没丝毫的关系,也就更无法看到作品里的人物与社会之间的关系。①

杨逵主张书写时应把生活中的见闻或自身所遭受的各种经验反映在作品里,为此杨逵小说多以第一人称书写,且作品人物多为自况。小说《归农之日》可以看到20世纪20年代中后期杨逵一家由台北迁移至台南乡间,以务农为生的经历。《难产》中可以看到杨逵一家在20世纪30年代初的遭际,其中不仅有其自身的投射,还能见到其妻叶陶,甚至其儿女的面影。还有《送报夫》中的杨君,以及《鹅妈妈出嫁》《灵笺》《泥娃娃》《不笑的伙计》《种地瓜》中的"我",均可见到杨逵的身影。

## 二、杨逵的文学是直接参与影响别人的文学

单纯以作品反映现实生活体验,在杨逵看来是绝对不够的。因为在杨逵看来,真正的艺术是能够俘获大众的感情、撼动他们心魂,并引领大众走向正确的方向,这也正是杨逵文学获得成功的重要原因。杨逵认为,如果作品中仅有怜悯与伤感,是肤浅的、消极的,②这样的作品并非"健全的写实主义"文学。③唯有如《送报夫》这样既能充分表现出弱者的心声,而且能为人们指出"一种真实诚恳有秩序的人生道路"的

① 杨逵:《"实在的故事"问答》,载彭小妍编:《杨逵全集(第十卷)》,文化资产保存研究中心筹备处,2001年,第260页。
② 杨逵:《"实在的故事"问答》,载彭小妍编:《杨逵全集(第十卷)》,文化资产保存研究中心筹备处,2001年,第260页。
③ 杨逵曾评价《送报夫》"是健全的写实主义的凯歌",参见王氏琴:《送报夫——女性这样看》,载杨素绢编:《杨逵的人与作品》,民众日报社,1978年,第10页。

作品,①才是其心中"健全的写实主义"文学。张良泽在《不屈的文学魂——论杨逵兼谈日据时代的台湾文艺》中,通过分析杨逵一生中重要的七篇小说《鹅妈妈出嫁》《种地瓜》《无医村》《萌芽》《送报夫》《模范村》《春光关不住》后,指出杨逵作品中反抗行为绝非幼稚、盲目的行动。……其每篇作品都赋予一个"方法论",引导读者行一条明确可行的路。②从这点看来,杨逵作品中貌似模式性的书写,其实正是他为践行"健全的写实主义"文学观所付诸的努力。

除了在具体书写中践行"健全的写实主义"文学观之外,杨逵从日据时期开始倡导报告文学写作、进行街头剧创作演出,在 1947 年 11 月展开的台湾新文学路线论争中提出肯定共性前提下兼及特殊性的观点,在绿岛时期倡导并进行谣谚收集整理与创作,以及晚年多次谏言"文化村"建设等,皆可视为杨逵实践其现实主义文艺理论观的努力。在这些努力中,笔者认为杨逵倡导及实践报告文学书写最为突出。学者林淇瀁曾在论文《台湾报导文学书写策略分析》中指出:"报导文学,作为文学书写的一个文类,其出现期间为时不长,在台湾新文学发展过程中,开始出现创作和理论,乃是从杨逵开始。"③

1935 年 4 月 21 日,台湾屯子脚、新庄子、神岗、清水、丰原一带发生了当时台湾地方史上规模最大、死伤最惨重的大地震,杨逵不仅投入赈灾行列,并以见证者身份写出了台湾首篇报告文学作品《台湾地震灾区勘察慰问记》④,杨逵因此被视为台湾报告文学的第一人。其实杨逵还是台湾最早有系统建构报告文学的理论者。1937 年 2 月 5 日、

①　赖健儿:《送报夫——杨逵君的作品》,邱振瑞译,载彭小妍编:《杨逵全集(第九卷)》,文化资产保存研究中心筹备处,2001年,第87页。
②　张良泽:《不屈的文学魂——论杨逵兼谈日据时代的台湾文艺》,载杨素绢编:《杨逵的人与作品》,民众日报社,1978 年,第 225 页。
③　林淇瀁:《台湾报导文学书写策略分析》,《台北教育大学语文集刊》2013 年第 3 期。
④　随后杨逵还写了另一篇相关的报告文学《逐渐被遗忘的灾区——台湾地震灾区劫后情况》1935 年 7 月刊于《进步》(第二卷第七号),载彭小妍编:《杨逵全集(第十卷)》,文化资产保存研究中心筹备处,2001 年。

1937 年 4 月 25 日及 1937 年 6 月,杨逵先后于不同刊物上发表了《谈"报导文学"》《何谓报导文学》《报导文学问答》三篇文章。在《谈"报导文学"》中,杨逵主要分析论述了倡导报告文学的缘由,"(报导文学)和社会有最密切的关系。""我们从这里开始建构稳固的基础,无疑是台湾新文学将会结出好果实的前提"①在《何谓报导文学》中,杨逵主要剖析了报告文学的概念。杨逵首先从报导文学的释义引入,即"何谓报导文学(Reportage)? 报导文学顾名思义,是笔者以报告的方式,就其周边、村镇,或当地所发生的事情所写下来的文学";而后将报告文学与普通文学加以区分;最后提出报告文学广义的解释应包括小品文和壁报甚至诸如书信和日记都可以列入报告文学,并指出"报导文学可以说是最简单、最自由奔放的写作方式:其素材之丰富与多样性也具有社会生活的丰富与多样性,因此是反映时代的最佳文学形式"②。如果说以上两篇文章涉及的内容还相对单一,那么在《报导文学问答》中,杨逵则以问答方式更综合地对报导文学进行了解释说明。文中除了对倡导报告文学的理由做出更为详细的回答,即"(报导文学)是开拓台湾新文学的一个基本领域","(报导文学是)依据思考和观察,来把握社会事物的真面目,并寻求、训练最适合各种内容的最有效表现方式",还针对报导文学究竟为何物、报导文学是否像新闻报道和通讯文、报告文学是否需要结构、现代文学是否必须都是报告文学等问题做出回答,让人们对报告文学有更清楚的认识。①

创作报告文学并有系统阐述报告文学理论外,杨逵还以《台湾新文学》作为其发挥的场域。1935 年 12 月《台湾新文学》创刊号上有"乡

---

① 杨逵:《谈"报导文学"》,涂翠花译,载彭小妍编:《杨逵全集(第九卷)》,文化资产保存研究中心筹备处,2001年,第470页。

② 杨逵:《何谓报导文学》,邱慎译,载彭小妍编:《杨逵全集(第九卷)》,文化资产保存研究中心筹备处,2001年,第503~504页。

③ 杨逵:《报导文学问答》,邱慎译,载彭小妍编:《杨逵全集(第九卷)》,文化资产保存研究中心筹备处,2001年,第 522~528 页。

土素描"与"街头写真栏"两个短文专栏,而《台湾新文学》(一卷四号)
(1936 年 5 月)"编辑后记"中指出:

> 应该收于乡土素描及街头写真栏的报导文学几乎没有,轻视
> 报导文学是不对的。希望大家记住,以台湾文学现在的水平来说,
> 这样的短文是作为今后伟大作品的前提,也是不可或缺的修炼表
> 现技术的舞台。日常生活的一个断面、社会生活的一角的活泼描
> 写是为了写作贴近土地的伟大作品的前提,而且是为了介绍台湾
> 的现实状况最好的舞台。日记的一节也好,小品文也好,希望大家
> 马上送来。①

倘若依据《台湾新文学》(一卷四号)的"编辑后记"中所述"应该收
于乡土素描及街头写真栏的报导文学",那么《台湾新文学》自创刊号
就设有的"乡土素描"与"街头写真栏"中的短文,均可视为杨逵界定的
报告文学,杨逵以笔名林泗文发表在《台湾新文学》(创刊号)(1935 年
12 月)的"乡土素描"中《我的书斋》也可算是报告文学了。从上述可知,
杨逵报告文学的创作实践是从 1935 年 4 月开始,对报告文学有意识
的倡导是从 1935 年 12 月《台湾新文学》(创刊号)上开始,对报告文学
的理论阐述则集中出现于 1937 年 2 月至 6 月间。

遗憾的是,不论是被视为报告文学跻身于文学领域里的重要文
论,即郑明娳的《新新闻与现代散文的交轨》,还是关于台湾报告文学
的第一本专著,杨素芬的《台湾报导文学概论》都未写及杨逵对报告文
学的贡献。在追溯台湾报告文学的得名时,郑明娳指出:

---

① 转引自赵勋达:《〈台湾新文学〉(1935—1937)定位及其抵殖民精神研究》,台南市图
书馆出版,2006年,第219页。

（二十世纪）三、四〇年代的报告文学，到了台湾，在六〇年代已易名为报导文学。一九六六年，"国军"文艺金像奖设立文学奖，一九七六年《中国时报》设立报导文学奖……许多传播媒体的推动，形成台湾报导文学的兴盛期。①

杨素芬则指出：

直至一九七五年，高信疆在他所主编的中国时报人间副刊策划推出第一个报导文学专栏，命名为"现实的边缘"，"报导文学"这个文学术语才开始出现在台湾的文坛，也在文坛掀起了一阵报导文学创作热潮，此后高信疆所称用的"报导文学"几乎取代了原有存在的"报告文学"一词。②

从上述引文中可知，郑明娳与杨素芬在对台湾"报导文学"得名时间上有不同看法。尽管致使台湾地区出现"报导文学"的源头颇多，即它既受到中国左翼作家主张的"报告文学"，以及 20 世纪 70 年代美国"新新闻"写作的影响，同时又融合了部分社会主义和部分资本主义思潮的浸透而产生的。但其作为文学书写的一个文类，在台湾新文学发展过程中，其创作和理论提出皆是从杨逵开始的。③

陈芳明曾说过："杨逵脱离政治运动后，才开始涉入文学活动，他的启蒙老师正是赖和。"④杨逵曾自言"是受赖和先生栽培的后进中的

---

① 郑明娳：《现代散文现象论》，大安出版社，1976年，第145~146页。
② 杨素芬：《台湾报导文学概论》，稻田出版有限公司，2001年，第21页。
③ 林淇瀁：《台湾报导文学书写策略分析》，《台北教育大学语文集刊》2013年第3期。
④ 转引自柳书琴：《〈送报夫〉在中国：〈山灵：朝鲜台湾短篇集〉与杨逵小说的接受》，《台湾文学学报》2016年第12期。

一员"①,在同一代作家中,与赖和最亲近,文风最相似。② 1943 年 4 月,赖和逝世约三个月后,杨逵在《台湾文学》上刊登了一篇题为《忆赖和先生》的文章。文中杨逵动情地回忆了初见赖和时的印象、赖和为他修改文章、替他命名、给他及他的家人无私帮助以及在参加赖和葬礼时的种种见闻,均展现了赖和高尚的人格。1947 年 1 月,在《文化交流》第一辑上刊有杨逵的文章《幼春不死! 赖和犹在! 》,杨逵肯定地写道:"林幼春、赖和先生二位台湾新文学的开拓者,现在都死了;他们的肉体也许是毁了,但是,他们的精神永远存在下一代青年的心窝里。"③

　　1984 年 2 月在"庆贺赖和先生平反讲演会"上,杨逵做了《希望有更多的平反》的演讲。杨逵动情地回忆了赖和对他的栽培,并且表达了"要接下赖先生的这枝棒子"④的决心,而此时的杨逵已是七十九岁高龄了。可以说,赖和是杨逵精神上的指引者,"我每次回忆到幼春赖和这四个字,我便明显地看到这二位开拓者在鼓励着我们,光燦(灿)的灯塔似地诱导着我们"⑤。杨逵亦是赖和自觉的传承者,他有意识地接过了赖和手中的大旗,继续着赖和未竟的文学书写,直至生命的最后。正如沈玲在《论杨逵的文学观——以〈书信集〉为中心》中指出的:"赖和终其一生追求的让文学成为'民众的先锋,社会改造运动的喇叭手','忠忠实实地替被压迫民众去叫喊'的文学理想在杨逵的身上得到了承继。"⑥

---

① 杨逵:《希望有更多的平反》,载彭小妍编:《杨逵全集(第十四卷)》,文化资产保存研究中心筹备处,2001年,第44页。
② 梁景峰:《杨逵访问记——我要再出发》,载彭小妍编:《杨逵全集(第十四卷)》,文化资产保存研究中心筹备处,2001年,第166页。
③ 杨逵:《幼春不死! 赖和犹在! 》,载彭小妍编:《杨逵全集(第十卷)》,文化资产保存研究中心筹备处,2001 年,第 236 页。
④ 杨逵:《希望有更多的平反》,载彭小妍编:《杨逵全集(第十四卷)》,文化资产保存研究中心筹备处,2001 年,第 45 页。
⑤ 杨逵:《幼春不死! 赖和犹在! 》,载彭小妍编:《杨逵全集(第十卷)》,文化资产保存研究中心筹备处,2001 年,第 236 页。
⑥ 沈玲:《论杨逵的文学观——以《书信集》为中心》,《扬子江评论》2015 年第 2 期。

同时,正像杨逵深受赖和的影响一样,杨逵作为战后台湾新文学的方向与主流当之无愧的代表,①其现实主义文学书写不仅影响了战后初期与之有着密切关系且将其视为"仰慕与学习的对象"的青年文学社团银铃会的文学新秀们,比如朱实、张彦勋、萧金堆、许育诚、张有义、高田等。②而且他的报告文学理论和创作对以陈映真为核心的,包括蓝博洲、钟乔、关晓荣等众多作家在内的《人间》作家群也产生了重要的影响。③就如蓝博洲在其报告文学作品《消失在历史迷雾中的作家身影》后记中指出的:"我和大学里的少数几位文艺青年,又通过左翼作家杨逵老先生的实际交往,一同走到了那迷雾般历史的前沿。"④

## 第三节 压不扁的玫瑰花,永不过时的杨逵精神

"二二八"事件后,国民党当局把民众反对政府当局暴政的行为,归因于台湾地区受"日本奴化教育"。这一说法自然引发了台湾民众的不满。关于"奴化教育"问题,杨逵也曾作《"台湾文学"问答》一文加以回应,他说:

> 奴化教育是有的,因为主子要万世一系,日本帝国主义者要台湾是它们的永久的殖民地,奴化教育当然是它的重要国策之一。但,奴化了没有,是另一个问题。

---

① 文新:《不灭的精神 宝贵的财产"文学台独"的本质》,载赵遐秋编:《"文学台独"批判(下)》,台海出版社,2012年,第1282页。
② 参见黄惠祯:《承先与启后:杨逵与战后初期台湾文学系谱》,《台湾文学学报》2006年第6期。
③ 朱双一:《杨逵左翼文艺理论创作的特点及其对1970年代以来台湾左翼作家的影响》,载《2013杨逵、路寒袖国际学术研讨会论文集》,台中科技大学语文学院、应用中文系,2013年,第59页。
④ 蓝博洲:《消失在历史迷雾中的作家身影》,联合文学,2001年,第400页。

部分的台湾人是奴化了，他们因为自私自利，愿做奴才来升官发财，或者求一顿饱。但这种人，在今日原是一批的奴才，他们的奴才根性，说因教育来，宁可说是因为环境。……但大多数的人民，我想未曾奴化。台湾的三年小反五年大反，反日反封建斗争得到绝大多数人民的支持就是明证。①

不只是日据时期，包括战后，无论遭受何种困难不幸，杨逵都能以其不屈的灵魂屹立在人类正义的山冈上。②而这样具有"压不扁的玫瑰花"般铮铮铁骨的杨逵，不正是多数未被奴化的台湾民众的代表与典范吗？正如吕昱在《走进历史，留下公案——左、右、统、独、争相拥抱杨逵》中指出的："不管杨老在历史中将被如何定位，他的一生懿行，他的不屈不挠的'牛劲'，都无疑是'压不扁的玫瑰'，都必然要成为台湾人的精神象征。"③

2004 年在广西南宁主办的"杨逵文学研讨会"上，陈映真发表了《学习杨逵精神》一文。陈映真侧重归纳了杨逵的文艺思想及其政治思想，并表达了对杨逵文学、政治和民族团结的坚持的敬佩和仰望之情。2007 年，时值七七事变 70 周年之际，以陈映真为核心的人间出版社更是出版了《学习杨逵精神》专辑。④

陈映真说："杨逵先生的文学是他的政治思想和实践在审美上的体现。"⑤杨逵的创作生涯经历了日据时期、战后初期、绿岛时期以及出狱以后。随着时间的推移，由于创作历史背景不同，杨逵在每个时期的

---

① 杨逵：《"台湾文学"问答》，载彭小妍编：《杨逵全集（第十卷）》，文化资产保存研究中心筹备处，2001年，第248页。

② 《冰山下的台湾良心——我所知道的杨逵先生》，载王晓波：《被颠倒的台湾历史》，帕米尔书店，1986年，第278页。

③ 吕昱：《走进历史，留下公案——左、右、统、"独"、争相拥抱杨逵》，《亚洲人（周刊）》1985 年第 4 期。

④ 《编辑旨趣》，载陈映真编：《学习杨逵精神》，人间出版社，2007 年，第 3 页。

⑤ 陈映真编：《学习杨逵精神》，人间出版社，2007 年，第 135 页。

书写也各具特色,比如风格、文类、语言甚至书写策略等方面都各有不同。这在本书第一章中已有过详细的论述。然而值得一提的是杨逵终其一生的创作,无论是小说、评论杂文,还是戏剧、诗歌中的"文学与思想、与社会改造联系在一起的追求却呈现出一致性,并贯穿于其创作始末"①。杨逵在其作品中,一以贯之的精神思想特质,主要可归结为以下内容:脚踏实地、屹立不倒的精神,坚持庶民立场、以天下为己任的强烈意识,包容辩证、国际主义的博大胸怀。

## 一、脚踏实地、屹立不倒的精神

> 人生固然有许多艰难困苦,特别在异族侵占之下,但我觉得,只要我们能够保持镇静,就是面临彷徨颓丧的深渊,时间也会帮我们解决许多问题的。②

以上是杨逵写于绿岛时期的小说《春光关不住》中的一句话。《春光关不住》是以 1944—1945 年日据末期为历史背景,文中写作了一个小娃娃兵林建文在基地发现了"被水泥块压在底下的一棵玫瑰花",尽管这棵玫瑰花"被压得密密的",但它"竟从小小的缝间抽出一条芽,还长着一个拇指大的花苞"。杨逵在此作中将玫瑰花这一意象的喻义说得很清楚,即"象征着在日本军阀铁蹄下的台湾人民的心"③。

> 她说才八十五岁 Nai Nai,这句话好比一针强心针,怎能叫我

---

① 沈玲:《论杨逵的文学观——以〈书信集〉为中心》,《扬子江评论》2015年第2期。
② 杨逵:《春光关不住》,载彭小妍编:《杨逵全集(第八卷)》,文化资产保存研究中心筹备处,2000 年,第 240 页。
③ 杨逵:《春光关不住》,载彭小妍编:《杨逵全集(第八卷)》,文化资产保存研究中心筹备处,2000 年,第 236~237 页。

不振奋起来！①

以上这句话援引自杨逵小说《才八十五岁的女人》，此作书写于1956年6月，绿岛时期。②小说的背景设置于绿岛期间，作品以绿岛政治犯林秋生为主角。林秋生最初是一副毫无精神的病态样子，因为担忧家人一直唉声叹气，不停地说着丧气话"老了，完了……"而当他得知自己的太太与孩子们能够自力更生、自食其力后放心且恢复了健康；最后当他遇见一个自称"才八十五岁 Nai Nai"的自强能干的女人之后，更是"振作起来，精神百倍"。③

> 我觉得我的意志和想法还是很年轻，跟现在求进步的年轻人并不差得太远。虽然我冲力没有他们大，跑路没有他们快，但是仍然跟他们一起跑路。能够跑到什么时候，就跑到什么时候。我曾经对年轻人说："小伙子，大家来赛跑。"我对新事物有我的观察力，跟年轻人也能沟通思想。所以我的时代还没有过去。④

以上这段话记载在1976年《我要再出发——杨逵访问记》中。当时杨逵已经是七十一岁的高龄老人了，当时他早已结束绿岛囹圄生涯，重新回归家庭。这段话中，他清楚地表达出自信与欲"再出发"，并"将努力做下去"的决心。⑤

---

① 杨逵：《才八十五岁的女人》，载彭小妍编：《杨逵全集（第八卷）》，文化资产保存研究中心筹备处，2000年，第233页。

② 此作书写于1956年6月，最初题为《才八十五岁呀！》；此处引用为杨逵：《羊头集》，辉煌出版社，1976年。

③ 杨逵：《才八十五岁的女人》，载彭小妍编：《杨逵全集（第八卷）》，文化资产保存研究中心筹备处，2000年，第227~233页。

④ 梁景峰：《杨逵访问记——我要再出发》，载彭小妍编：《杨逵全集（第十四卷）》，文化资产保存研究中心筹备处，2001年，第169页。

⑤ 梁景峰：《杨逵访问记——我要再出发》，载彭小妍编：《杨逵全集（第十四卷）》，文化资产保存研究中心筹备处，2001年，第172页。

上面所援引的三段文字虽然出自不同的作品,三篇作品所反映的时代背景也不相同,①但是它们却共同传递出杨逵那种始终如一、坚韧不屈、乐观昂扬的精神。宋泽莱曾说过:

> 像(杨逵)这样的人生,如果是我的话早就自行放弃了,焉有活着的道理! 但是,与杨逵在一起,你不会感到他身上曾背负过这些压力。他常保持乐观,对未来始终保持一种前进、瞻望的姿态。②

的确,这就是杨逵,独一无二的杨逵。尽管命运多舛,挫折不断,但是他却从未绝望过,也不曾被击倒过。究其原因,用杨逵自己的话,即"心中有这股能源,它使我在纠纷的人世中学会沉思,在挫折来时更加振作,在苦难面前展露微笑,即使到处碰壁,也不致被冻僵"③。这也是杨逵最为突出的精神特质,而且也正是这种精神特质才使杨逵成为当之无愧的"压不扁的玫瑰花"。

## 二、坚持庶民立场、以天下为己任的强烈意识

叶石涛曾经在《杨逵琐忆》中对杨逵之所以能"越过了时光之流,跳过了年龄悬殊的差距,打动了年轻人的心弦"的原因进行了归结,其一为庶民性、其二为韧性。叶石涛认为杨逵最重要的特质是庶民性。在叶石涛看来,杨逵庶民性毫无疑问是源自杨逵认为作家也是一种行

---

① 《春光关不住》与《才八十五岁的女人》尽管都写于绿岛时期,但其反映的时代并不相同。

② 宋泽莱:《推荐序》,载杨翠:《永不放弃:杨逵的抵抗、劳动与写作》,蔚蓝文化出版股份有限公司,2016 年,第 8 页。

③ 杨逵口述、言梓记录:《沉思、振作、微笑》,载彭小妍编:《杨逵全集(第十四卷)》,文化资产保存研究中心筹备处,2001 年,第 43 页。

业,跟木匠、泥水匠、农民、工人一样是劳动者没有什么不同。①毋庸置疑,杨逵是知识分子,他还被视为台湾日据时期最重要的小说家之一。但是杨逵却"并不耽溺于知识分子的名分"②,"他在想法与做法上把自己变成一个劳动者,而且是最底层的劳动者"③。而至于杨逵所具有的罕见的"韧性",在叶石涛看来是值得大书特书的。叶石涛指出,杨逵所具有的此种"韧性",就是拥有着始终和被欺凌的劳动大众站在一起的坚定信念,正是这个信念使杨逵不论遭受任何摧残和苦楚,从没有低头或屈服过。④杨逵曾说过:"文学对于我,不论是今天、去年的今天、十年前的今天,以至于是五十年前的今天,都没有两样。"⑤

　　从 1927 年处女作《自由劳动者的生活剖面——怎么办才不会饿死呢?》发表至离世前两天的《杨逵先生的最后演说》,杨逵在半个多世纪的文学生涯中共有各种文类作品近 500 种。不论是进行文学创作,还是进行文学评论,其庶民立场都是非常明显的。杨逵曾经明确指出,"艺术是属于大众的",而"文艺大众化"的重点即在于"民众也参加艺术","没有劳动者与农民的参与,也没有撼动民心的作品的话,何来文艺复兴之有!"⑥对其而言,不仅艺术是民众的,而且作品中的关注与书写的主要对象也应是普罗大众,"至于描写台湾人民的辛酸血泪生活,

---

　　①　叶石涛:《杨逵琐忆》,载黄惠祯编:《台湾现当代作家研究资料汇编04杨逵》,台湾文学馆,2011年,第185~186页。

　　②　杨逵:《台湾老社会运动家的回忆与展望》,载彭小妍编:《杨逵全集(第十四卷)》,文化资产保存研究中心筹备处,2001年,第289页。

　　③　宋泽莱:《推荐序》,载杨翠:《永不放弃:杨逵的抵抗、劳动与写作》,蔚蓝文化出版股份有限公司,2016年,第9页。

　　④　叶石涛:《杨逵琐忆》,载黄惠祯编:《台湾现当代作家研究资料汇编04杨逵》,台湾文学馆,2011年,第185~186页。

　　⑤　杨逵:《文学可以把敌人化为朋友》,载彭小妍编:《杨逵全集(第十四卷)》,文化资产保存研究中心筹备处,2001 年,第 203 页。

　　⑥　杨逵:《艺术是大众的》,邱振瑞译,载彭小妍编:《杨逵全集(第九卷)》,文化资产保存研究中心筹备处,2001 年,第 139 页。

而对殖民残酷统治形态抗议,自然就成为我所最关心的主题"①。诚然,这里主要是针对其日据时期的创作而言。但是综观杨逵的创作,可知杨逵的"文艺大众化"是历经数十年而未曾动摇和改变的主张。杨逵晚年写就的文章《"草根文学"的再出发——从文学到政治》中指出:

> 所谓草根文学,简单地说,就是将我们日常生活中周围所发生的实际状况真实地描写下来的文学,也就是要反映真实的人民生活与社会状况的文学。这就必须常去接触、实际去观察、了解、参与各阶层民众的生活与工作,以及深入探讨他们的感情与希望,有了切实的认识与了解之后,才有可能认知老百姓的愿望与困难所在,才有可能进一步寻求改革之道。因此我要鼓励所有写作者"多多下乡,并且多多参与劳动,实际跟土地接触,跟群众接触",这样才能避免在象牙塔里幻想,与实际现实脱节的现象发生,这样的有真实生命、真实感触的作品也才能获得读者大众的共鸣与接受。②

由于杨逵的出生及其谋生经历,再加上他实际参与农民团体、工人团体、文化团体的种种活动,杨逵能深入到普通民众,尤其是工农大众的现实生活里,并对这些劳苦大众的悲苦生活有深刻的理解。也正因此,杨逵的作品中历历可见到他对工农大众的同情、体恤,以及为其寻找走出凄惨现状出路的努力。

---

① 陈芳明:《放胆文章拼命酒——论杨逵作品中的反殖民精神》,载黄惠祯编:《台湾现当代作家研究资料汇编04杨逵》,台湾文学馆,2011年,第204页。

② 杨逵口述、许惠碧笔记:《台湾新文学的精神所在——谈我的一些经验和看法》,载彭小妍编:《杨逵全集(第十四卷)》,文化资产保存研究中心筹备处,2001年,第38~39页。

### 三、包容辩证、国际主义的博大胸怀

陈芳明曾说过："杨逵文学的视野与格局特别受到注意的原因,在于他能够把台湾社会的被支配关系联系到整个国际资本主义的扩张。"①笔者在本书第一章第一节中也分析指出杨逵的阶级意识与民族意识孰强孰弱,实是因历史背景的不同而有所不同。但值得注意的是,杨逵具有的包容辩证、国际主义博大胸怀则是一以贯之的。而他这种广阔的胸襟不仅仅体现在他早年和日本左翼作家贵司山治、德永直、中西伊之助、矢崎弹,以及日本警察入田春彦之间的超越国界的友谊,还体现在他的文学创作上。

陈映真在《学习杨逵精神》中写道:"在日帝统治下的台湾新文学史中,以创作实践深刻、真诚、艺术地表现这种无产阶级国际主义的感情和思想的作家,除杨逵先生的《送报夫》《顽童伐鬼记》等之外,绝无仅有。"②

叶石涛也曾说过杨逵不流于教条主义,始终反对以暴力来对付殖民统治者,主张以理性和和平的方式去开展农民运动。在叶石涛看来,杨逵之所以能如此,"跟他在幼小时代有美好的日本经验有关"③。叶石涛还指出:"这种温和性格来自杨逵聪颖的人性观照,这是他的天资之一,他洞悉人类脆弱易碎的心灵结构,从不以二分法来粗糙地把人归

---

① 陈芳明:《台湾新文学(上)》,联经出版事业股份有限公司,2011年,第132页。

② 陈映真编:《学习杨逵精神》,人间出版社,2007年,第128页。

③ 笔者不认同叶石涛揭出的留学日本时期的杨逵日本经验仍是美好的。因为杨逵曾经很清楚地说过:"一九二四年八月我到日本,一九二七年返台,前后三年在东京的生活,(我)尝到了人生中最为艰困的滋味。"载彭小妍编:《杨逵全集(第十四卷)》,文化资产保存研究中心筹备处,2001年,第59页;或者可以将叶石涛此处所说的"美好经验"视为指涉杨逵在日本的交际层面,即认识了许多著名日本作家及善良的日本劳工,参加在日本的台湾留学生的读书会,在思想和生活的结合中确立及接受了科学的社会主义。载黄惠祯编:《台湾现当代作家研究资料汇编04杨逵》,台湾文学馆,2011年,第137页。

于善人和恶人。"①而这一点的确鲜明地体现在杨逵的文学创作中,如《送报夫》《顽童伐鬼记》。在《送报夫》中,杨逵以客观的态度评估了日本人和台湾民众。杨逵在小说里指出日本人中有好人也有坏人,而在台湾也有甘愿做统治者的鹰犬来压迫自己兄弟姊妹的人。在杨逵看来人性的善良是不分国籍、肤色和种族的。②《顽童伐鬼记》以到台湾旅游寻找创作灵感的日本美术专业中学毕业生井上健作的视角,既质疑了其父辈前去征讨台湾并为此而死的行为,也写出了日据时期不仅台湾劳工大众,而且包括在台湾地区的日本、朝鲜、中国(大陆)等劳工生活也极其困苦的现实。

当然,杨逵这种宽大的胸襟以及理性辩证的态度,不仅体现在对日本殖民者的态度上,而且还体现在战后遭受国民党当局不合理对待的反应上,以及他对两岸关系的思考上。③

1945 年 8 月 15 日,日本天皇宣布无条件投降,被日本殖民了半个世纪的台湾终于回归祖国。其时,杨逵与多数的台湾民众一样欢欣鼓舞,他把"首阳农园"改为"一阳农园",并创办《一阳周报》,取"一阳来复"之意,以庆祝台湾光复。④同时,他还积极参与到战后台湾的建设中。但是未曾料及陈仪政府官员胡作非为,他们的行为与孙文"三民主义"的民族、民权、民生,完全背道而驰,使得刚刚脱离日本帝国主义殖民统治的台湾民众再度陷入不幸的深渊,甚至发生了震惊中外的"二二八"事件。在这样的情况下,杨逵用了如椽之笔写就了杂文《阿Q画圆圈》《为此一年哭》《"二二七"惨案真相——台湾省民之哀诉》《光复

① 叶石涛:《日据时期的杨逵——他的日本经验与影响》,载黄惠祯编:《台湾现当代作家研究资料汇编04杨逵》,台湾文学馆,2011年,第136页。

② 叶石涛:《杨逵的文学生涯》,载黄惠祯编:《台湾现当代作家研究资料汇编04杨逵》,台湾文学馆,2011年,第239~240页。

③ 杨逵对两岸关系的思考将在下一节集中论述。

④ 关于杨逵何时卸下"首阳农场"的招牌,是有争议的。参见张恒豪:《超越民族情结重回文学本位——杨逵何时卸下"首阳农园"?》,《文星》1986年第9期,以及王晓波:《把抵抗深藏在底层——论杨逵的〈"首阳"解除记〉和皇民文学》,《文星》1986年第11期等文。

话当年》;诗歌《黄虎旗》《上任》《营养学》《却粪扫》《不如猪》;戏剧《婆心》《猪八戒做和尚》《睁眼的瞎子》等作品直接或间接反映当时的社会现状。从这些作品中可以明显感受到杨逵对国民党失政的痛心,对台湾命运的忧虑。1947年"二二八"事件中,杨逵一家也深受牵连,杨逵与夫人叶陶双双被捕,系狱近四个月。1949年正当壮年的杨逵因为写作呼吁停止内战、消除省籍矛盾的《和平宣言》身陷囹圄十二年。对此杨逵常说:"我领过世界上最高的稿费,我只写了一篇数百字的文章,就可吃十余年免费的饭。"① 日据时期杨逵被捕入狱数十次,但其身陷牢狱合计只有四十五天,最长的一次是十七天。② 然而战后杨逵却被心心念念的祖国同胞抓入坚牢之中,因"二二八"事件牵连,坐了一百零五天牢,1949年因为写作《和平宣言》被判了十二年的监禁。③ 遭遇了如此不公正对待,杨逵的无奈与不解,痛苦与委屈是可想而知的。但是杨逵对此却没有过多抱怨。1982年当杨逵再度回忆起因《和平宣言》遭受十二年牢狱之灾时,他说:"我自己的看法误了自己,是这种心境。唉! 我有什么办法! 自己的判断,误了自己,只好自己认了。"④ 1984年杨逵参加"纪念赖和先生平反会",在致辞《我的心声》中针对当年因为写作《和平宣言》被判了十二年监禁的事,他肯定地说:"知过必改是传统教育最强调的德行。人没有十全十美的,不管是个人,或是一个政党、一个政府,都会有犯错的时候,这不足为奇,只要诚心愿意改过,他的本质就是可贵的。"⑤

① 转引自陈芳明:《放胆文章拼命酒——论杨逵作品中的反殖民精神》,载黄惠祯编:《台湾现当代作家研究资料汇编04杨逵》,台湾文学馆,2011年,第216页。

② 杨逵口述、方梓记录:《沉思、振作、微笑》,载彭小妍编:《杨逵全集(第十四卷)》,文化资产保存研究中心筹备处,2001年,第42页。

③ 杨逵口述、杨翠笔录:《我的心声》,彭小妍编:《杨逵全集(第十四卷)》,文化资产保存研究中心筹备处,2001年,第67页。

④ 戴国辉:《杨逵忆述不凡的岁月——陪内村刚介先生访谈杨逵于日本东京》,载黄惠祯编:《台湾现当代作家研究资料汇编04杨逵》,台湾文学馆,2011年,第180页。

⑤ 杨逵口述、杨翠笔录:《我的心声》,载彭小妍编:《杨逵全集(第十四卷)》,文化资产保存研究中心筹备处,2001年,第66页。

杨逵及其文学研究

陈若曦在悼念文章《杨逵精神不朽》中回忆道："老人（杨逵）的抗议性格已锤炼成宽容无我的圣人胸怀。抗议精神升到了更高的境界，对外人的压迫绝不妥协，但对自己人的错误却宽宏大量。"①综观杨逵的一生，套用王晓波在《被颠倒的台湾历史》中所作出的评价："（杨逵）一生的无可如何之遇，是台湾的悲剧，也是近代中国民族的悲剧。他一生的奋斗不但是台湾子弟的精神遗产，也必将成为整个中国民族的瑰宝。杨逵的一生是台湾人民苦难的化身，也是台湾人民不屈的写照，在冰山下发出了良心的呼声，在困顿中振作了道德的勇气，从杨先生的身上，我看到了圣者的光芒，也看到了自己的渺小，我看到了中国人民在苦难中不屈服的灵魂，也看到了中华民族的宽阔与伟大。"②

为此，现今"学习杨逵精神"确实仍具有现实和理论意义。一方面，"杨逵精神"代表了现代台湾文学精神的主流走向，另一方面"杨逵精神"也正面反击了那些"本土论者"对台湾现代精神史的种种意识形态化和工具主义化的错误阐释。③

# 第四节 血脉相连，两岸关系再思考

杨逵没有像钟浩东、蒋碧玉、萧道应、黄素贞、吴思汉、林如堉、雷灿南、李苍降、李志中等台湾热血青年那样，在决战前历尽劫难远赴祖国大陆；杨逵也没有赖和、张我军、张深切、吴浊流、钟理和等作家在大陆生活的经验。杨逵在其有生之年未曾到过大陆，这不仅是杨逵觉得

---

① 陈若曦：《杨逵精神不朽》，《台声》（香港）1985年2、3合刊。

② 《冰山下的台湾良心——我所知道的杨逵先生》，载王晓波：《被颠倒的台湾历史》，帕米尔书店，1986年，第278页。

③ 刘小新、朱立立：《当代台湾文化思潮观察之一——"传统左翼"的声音》，《福建师范大学学报（哲学社会科学版）》2009年第1期。

"很遗憾的事"①,对大陆民众而言,一样是件憾事。正如胡风在《悼杨逵先生》一文中写道的:

在台湾回归祖国运动正在旺盛展开的今天,祖国人民和我都热切地期待着杨逵先生的处境能够得到改善,能够来到大陆观光……但不幸,噩耗传来,杨逵先生竟去世了!我们的期待没有能够实现。②

尽管杨逵未曾到过大陆,但他却是最早被介绍到大陆的台籍作家之一。杨逵的文学创作早在 20 世纪 30 年代就引起了大陆文学界的关注。1935 年胡风将杨逵的《送报夫》译成中文,发表于上海的《世界知识》杂志。之后,新文学研究会又将《送报夫》译成拉丁化新文字本。1936 年,《送报夫》又被收入巴金主编的"译文丛刊"之一的《山灵》,由文化生活出版社出版。③由于胡风的翻译推介,当时未能在台湾全文发表的《送报夫》却得以在祖国大陆迅速传播。《送报夫》不仅使大陆读者了解台湾底层百姓走投无路的生活处境,而且抗战时期还鼓舞了很多大陆年轻人上前线抗日。1949 年至台的一些大陆青年中,有的在抗日战争时期便读过这篇小说。此外,1946 年 1 月范泉于上海《新文学》杂志创刊号上发表了被视为大陆学者研究台湾文学的开山之作——《论台湾文学》,文中也多次提及杨逵,并肯定杨逵的小说《送报夫》是"短篇的杰作"④。而且范泉还在 1947 年 7 月,即"二二八"事件发生不久后写作了《记杨逵》。文中范泉盛赞杨逵"是一个真正热爱着祖国的文化

---

① 杨逵:《〈第三代〉及其他》,载涂翠花译,载彭小妍编:《杨逵全集(第九卷)》,文化资产保存研究中心筹备处,2001 年,第 557 页。

② 胡风:《悼念杨逵先生》,《台声》(香港)1985 年 2、3 合刊。

③ 《送报夫》1946 年 7 月才以中日文对照形式,首度在台湾全文刊载。

④ 范泉:《论台湾文学》,载钦鸿编:《范泉文集·文学创作(第二卷)》,上海书店出版社,2015 年,第 410 页。

斗士"，他强调"至少像杨逵那样的人永远会活着，永远会活着"，同时他对杨逵在"二二八"事件后被"宣告失踪"表示了极大的担忧与痛心。①尽管杨逵曾经与范泉有过书信的往来，台湾战后初期杨逵从台湾为范泉寄去有亲笔签字的书，然而在现实中不论是胡风还是范泉都未曾与杨逵有直接的见面机会。

　　而今，杨逵与大陆现代作家们的关系已成为杨逵研究中的一个关注点。比如杨逵对鲁迅的接受，杨逵与萧军，杨逵战后初期对郁达夫、茅盾、郑振铎等的译介。1982年，杨逵应美国艾奥瓦大学"国际作家工作坊"之邀赴美，杨逵与参加"写作班"及"中美作家会议"的中国作家们，如冯牧、刘宾雁、李准、蒋子龙、李瑛等有过几天的朝夕相处。他们一起探讨文学创作、一起参观访问，留下了一段弥足珍贵的记忆。②杨逵曾多次提及此次经历，在《台湾新文学的精神所在——谈我的一些经验和看法》中，杨逵回忆了在美国期间受到全美各地华人的热烈欢迎与接待，他说那种只有我们中国人才有的热烈乡情，使他感动不已。而参与此次"国际写作班"的部分大陆作家也用他们的笔记录下与杨逵的见面经历，如范宝慈《依阿华（艾奥瓦）的回忆》、刘宾雁《在著名台湾老作家杨逵先生纪念会上的发言》，冯牧此后还于1985年12月出版了《杨逵作品选集》，由人民文学出版社出版。

　　尽管杨逵一生从未踏上大陆的土地，尽管杨逵在战后对国民党的恶政不无痛心，尽管杨逵曾经因为撰写《和平宣言》被国民党投入牢狱长达十二年，使其"最有用的三十年因此'报销'"③，但是杨逵终其一生从未否定过自己是中国人，他始终坚持"台湾是中国的一省，台湾不

---

　　①　范泉：《记杨逵》，载陈映真编：《学习杨逵精神》，人间出版社，2007年，第42页。

　　②　《台声》（香港）1985年2、3合刊中刊有此次活动的合照。

　　③　杨逵：《压不扁的玫瑰花——杨逵先生演讲会记录》，载彭小妍编：《杨逵全集（第十四卷）》，文化资产保存研究中心筹备处，2001年，第237页。

能切离中国"的观点不变。①

杨逵对大陆的关注从其文学书写至实践行动处处可见。比如杨逵在小说《泥娃娃》(1942年)中直接痛斥了校友富冈氏之流在战乱期间跑到南京大发国难财的事。"在那儿(南京),不知有多少人因为战祸而在饥饿边缘挣扎。日本人也好,当地人也罢,在那种地方赚了五十万,每天就将近两千。这不是趁火打劫,是什么?"②在戏剧《光复进行曲》(1956年)中,杨逵将作品背景设置于明朝郑成功时期,写作了台湾民众勇斗荷兰人侵者的事,通过剧中人物之口对中国人加以肯定"是我们中国人,好威风的中国人"③。在戏剧《胜利进行曲》(1955年)中,杨逵将作品背景设置在1945年终战前夕的福建沿海,安排剧中人物直接唱出"台湾原本中国地,满清卖阮做奴隶,几百万民都明白,希望早日回祖家"的心声。④总之,不论是历史剧还是现代剧、不论是日据时期的作品还是战后的作品,杨逵的文学创作在在可见到他对祖国大陆的关注。

尽管如上文所述,杨逵对战后国民党不合理的执政方式有极大的不满,为此他还写作了《阿Q画圆圈》讽刺国民党的失信"礼义廉耻之邦,在这一年来给我们看到的,已经欠少了一个信字"⑤;《为此一年哭》则直指国民党的恶政导致台湾地区"打破了旧枷锁,又有了新铁链",直言为"民国"却不民主,言论、集会、结社的自由未能得到保障,并为

---

① 杨逵:《"台湾文学"问答》,载彭小妍编:《杨逵全集(第十卷)》,文化资产保存研究中心筹备处,2001年,第247页。

② 杨逵:《泥偶》,涂翠花校译,载彭小妍编:《杨逵全集(第五卷)》,文化资产保存研究中心筹备处,1998年,第334页。

③ 杨逵:《光复进行曲》,载彭小妍编:《杨逵全集(第一卷)》,文化资产保存研究中心筹备处,1998年,第263页。

④ 杨逵:《胜利进行曲》,载彭小妍编:《杨逵全集(第二卷)》,文化资产保存研究中心筹备处,1998年,第26页。

⑤ 杨逵:《阿Q画圆圈》,载彭小妍编:《杨逵全集(第十卷)》,文化资产保存研究中心筹备处,2001年,第232页。

宝贵的一年白费而痛哭；[①]《倾听人民的声音》则表达了对国民党当局寄予的希望，希望其能健全人民的舆论，好好倾听人民的心声。[②]正当壮年的杨逵还因为撰写希望减少省籍矛盾的《和平宣言》而被捕入狱十二年，受尽了委屈。但是即便如此，在绿岛狱中杨逵却还是写作了寓言戏剧《牛犁分家》以传递出希望。[③]刑满获释，从绿岛回归家园的杨逵晚年也多次谈及对两岸关系的思考。1973 年林载爵的访问稿《访问台湾老作家杨逵——东海花园的主人》及 1982 年戴国辉、若林正丈的访问稿《台湾老社会运动家的回忆与展望》中对此均有记载。

20 世纪 70 年代末，随着台湾政治环境的变化，"台湾住民自决论"开始散播，"中国结、台湾结论战"甚嚣尘上，台湾党外人士的"中国意识""台湾意识"歧异也逐渐明朗化。然而杨逵从未否定过台湾与大陆的关系，直到生前两天还在主张中华民族主义，并表示不希望台籍知识分子因为种族挫折感而情绪化。[④]杨逵晚年不断对"台独思想"产生的根源进行剖析，"那就是，台湾发生了'二二八'，大陆以后又发生了'文化大革命'，变得一团糟。因此，他们（台湾人）对大陆也失望了。只看出有'独立'一条路"[⑤]。他曾表示："对待论争与论战，就应先了解对方的心结，帮对方解决其心结。如这样还不能奏效，这样的争论与论战将成为离题的泥巴战，可以不理，自己以实践来证明、解决问题了。"[⑥]总之，对于两岸关系，杨逵秉持着一贯的人民立场，他表示两岸统一是

---

① 杨逵：《为此一年哭》，载彭小妍编：《杨逵全集（第十卷）》，文化资产保存研究中心筹备处，2001 年，第 229 页。

② 杨逵：《倾听人民的声音》，载彭小妍编：《杨逵全集（第十卷）》，文化资产保存研究中心筹备处，2001 年，第 227 页。

③ 焦桐：《台湾战后初期的戏剧》，台原出版，1990 年，第 86 页。

④ 戴国辉：《最后的见证》，《中国时报》1985 年 3 月 15 日。

⑤ 杨逵：《台湾老社会运动家的回忆与展望》，载彭小妍编：《杨逵全集（第十四卷）》，文化资产保存研究中心筹备处，2001 年，第 286 页。

⑥ 《冰山下的台湾良心——我所知道的杨逵先生》，载王晓波：《被颠倒的台湾历史》，帕米尔书店，1986 年，第 282 页。

要"通过说服和了解,大多数人自发地参加到一起的那种形式的统一"①。虽然杨逵对两岸关系的谏言是在当时政局下所提出的,但是即便今日看来,却也不能不叹服杨逵的理智与卓识。

诚然今日的两岸关系相对复杂,其成因错综复杂。日本帝国主义的五十年殖民,日据时期为断绝两岸往来、沟通,殖民当局刻意丑化中国形象,美帝国主义的干政,国民党政府战后在台湾的不当施政等。例如日据时期,日人为了提高治理台湾的效率,因而确实完成了相当的基础建设。但其建设实质是更多地压榨台湾人民,为日本输送最大的利益。然而部分"去中国化"的"台独分子",如李登辉却罔顾史实、颠倒是非硬说"日人不惜生命地支援、奉献,屈功厥伟"②。而国民党退踞台湾以后,为了"去日本化""再中国化"过于仓促地限制和禁止使用日语,曾引起台湾同胞的不满,伤害了台湾同胞的感情,确实也给"台独分子"提供了一个口实。

有关于台湾的"本土论述",近可以追溯到 1977 年叶石涛在《夏潮》杂志发表的《台湾乡土文学史导论》,远则可追溯至 1930—1932 年台湾乡土文学论争。③台湾解严后,"台湾本土主义"声势愈加强大,不仅在政治、军事,在文学领域也出现了"文学台独","台湾本土主义"如今早已构成了台湾当代十分重要的人文思潮之一。④2016 年蔡英文执政以来,"台独"势力"去中国化"愈加明显,两岸关系愈加紧张。其实早在"台独"意识初萌的战后初期,杨逵就在《"台湾文学"问答》和《和平宣言》中,明确发出反对并"消减"所谓"独立"或"托管"企图的呼吁:

---

① 杨逵:《台湾老社会运动家的回忆与展望》,载彭小妍编:《杨逵全集(第十四卷)》,文化资产保存研究中心筹备处,2001年,第286页。

② 戚嘉林:《日据殖民在台近代化本质及其影响》,中国社会科学院台湾史研究中心编:《日据时期台湾殖民地史学术研讨会论文集》,九州出版社,2010年,第164页。

③ 赵稀方:《杨逵小说与台湾本土论述》,载陈映真编:《学习杨逵精神》,人间出版社,2007 年,第 105 页。

④ 朱立立、刘小新:《近 20 年台湾文学创作与文艺思潮》,江苏大学出版社,2012 年,第 98 页。

台湾是中国的一省，没有对立。台湾文学是中国文学的一环，当然不能对立。存在的只是一条未填完的沟。如台湾的托管派或是日本派、美国派得独树一帜，而生产他们的文学的话，这才是对立的。①

刘宾雁曾经在《在著名台湾老作家杨逵先生纪念会上的发言》中很动情地回忆了他第一次见到杨逵时的情形：

一九八二年在美国芝加哥华人纪念"九一八"事变五十周年的集会上。……那天晚上，我们是在芝加哥大学的一间客厅里餐会的。杨逵和陈白尘两位老作家，聂华苓女士和我坐在沙发上，几十名中国留学生则席地而坐，围在我们身旁。杨先生说普通话很吃力，我们听起来也同样吃力。有人不断嘀咕，觉得他还不如干脆讲闽南话，由他儿媳妇翻译呢。我也这样想。但是这位老人却很固执，非讲普通话不可，一讲就讲到底。我使劲地听和记，倒也听懂了，只有几个人名、书名没记下来。显然，这是他做了很大努力的结果。……但是那个晚上，后来我猜想，他大概还别有一层用意，可能是想通过语言和大陆来的作家更靠近些，同时表明他不仅仅是个台湾人，而且是一个中国人吧。②

因此，或者可以想见，对于这样的杨逵，若他知晓现今"台独分子"所为，甚至自身被别有用心的"台独分子"加以利用来分裂两岸关系，

① 杨逵：《"台湾文学"问答》，载彭小妍编：《杨逵全集（第十卷）》，文化资产保存研究中心筹备处，2001年，第248页。
② 刘宾雁：《在著名台湾老作家杨逵先生纪念会上的发言》，《台声》（香港）1985 年 2、3 合刊。

该会多么痛心！

# 小　结

对杨逵文学的研究自 20 世纪 30 年代至今，仍然方兴未艾。不同的研究者出于不同的角度、立场展开各自的分析研究。而今，杨逵研究更是从最初单纯的学术研究，逐渐趋向颇富政治意涵的解读。在本章，笔者试图从当下众声喧哗论杨逵的现象入手，从杨逵的现实主义文学创作、他抗争不屈的精神品格和他对两岸关系思考等方面解读杨逵当下的意义，以此力证杨逵文学的价值。

# 参考文献

## 一、专著、论文集等

1.[美]爱德华·W.萨义德.知识分子论[M].单德兴译.北京:生活·读书·新知三联书店,2016.

2.白春燕.普罗文学理论转换期的骁将杨逵——1930年代台日普罗文学思潮越境交流[M].台北:秀威资讯科技股份有限公司,2015.

3.卞凤奎.日据时期台湾籍民在大陆及东南亚活动之研究(1895—1945)[M].合肥:黄山书社,2006.

4.陈芳明.台湾新文学(上)[M].台北:联经出版事业股份有限公司,2011.

5.陈芳明.左翼台湾——殖民地文学运动史论[M].台北:麦田出版社,2007.

6.陈芳明编.杨逵的文学生涯[C].台北:前卫出版社,1988.

7.陈建忠.被诅咒的文学——战后初期(1945—1949)台湾文学论集[C].台北:五南图书出版公司,2007.

8.陈建忠.日据时期台湾作家论:现代性、本土性、殖民性[M].台北:五南图书出版股份有限公司,2004.

9.陈小冲.日本殖民统治台湾五十年史[M].北京:社会科学文献出版社,2005.

10.陈映真,曾健民编.1947—1949台湾文学问题论议集[C].台北:人间出版社,1999.

11.陈映真编.学习杨逵精神[C].台北:人间出版社,2007.

12.陈映真编.迎回尾崎秀树[C].台北:人间出版社,2005.

13.陈映真编.爪痕与文学[C].台北:人间出版社,2004.

14.陈映真编.左翼传统的复归[C].台北:人间出版社,2008.

15.邓慧恩."日治"时期外来思潮的译介研究:以赖和、杨逵、张我军为中心[M].台南:台南市立图书馆,2009.

16.第三届台湾文学研究生学术论文研讨会论文集[C].台南:台湾文学馆筹备处,2006.

17.第一届台湾文学研究生学术论文研讨会论文集[C].台南:台湾文学馆筹备处,2004.

18.杜聪明.回忆录(上)[M].台北:龙文出版社股份有限公司,1989.

19.樊洛平.冰山底下绽放的玫瑰——杨逵和他的文学世界[M].北京:作家出版社,2006.

20.方忠.郁达夫传[M].上海:复旦大学出版社,2012.

21.何况.拥抱阿里山:一九四五年光复台湾纪实[M].北京:中国人民解放军出版社,1998.

22.[日]河原功.台湾新文学运动的展开——与日本文学的接点[M].莫素微译.台北:全华科技图书股份有限公司,2004.

23.[日]横地刚,蓝博洲,曾健民编.文学"二二八"[C].台北:台湾社会科学出版社,2004.

24.胡平.海角旗影——台湾五十年代的红色革命与白色恐怖[M].南昌:二十一世纪出版社,2013.

25.黄惠祯.杨逵及其作品研究[M].台北:麦田出版社,1994.

26.黄惠祯.战后初期杨逵与中国的对话[M].台中:联经出版事业

股份有限公司,2016.

27.黄惠祯.左翼批判精神的锻接:四〇年代杨逵文学与思想的历史研究[M].台北:秀威资讯科技股份有限公司,2009.

28.黄惠祯编.台湾现当代作家研究资料汇编 04 杨逵[C].台南:台湾文学馆,2011.

29.黄景春编.大陆学者论台湾乡土文学[C].上海:上海大学出版社,2012.

30.黄美娥.重层现代性镜像——"日治"时代台湾传统文人的文化视域与文学想像[M].台北:麦田出版社,2004.

31.黄乔生.鲁迅:战士与文人[M].郑州:大象出版社,2013.

32.[日]黄英哲.战后台湾文化重建(1945—1947)[M].镇江:江苏大学出版社,2016.

33.焦桐.台湾战后初期的戏剧[M].台北:台源出版社,1990.

34.[日]荆子馨.成为"日本人"——殖民地台湾与认同政治[M].郑力轩译.台北:麦田出版社,2006.

35.静宜大学台湾文学系编.杨逵文学国际学术研讨会论文集[C].台中:台湾文学馆,2004.

36.康文荣编.土匪婆 V.S.模范母亲——杨逵的牵手叶陶[C].台南:杨逵文学纪念馆,2007.

37.康原.台湾农村一百年[M].台中:晨星出版社,1999.

38.柯虹岑.杨逵小说中的社会图像[M].台南:春晖出版社,2012.

39.蓝博洲.幌马车之歌[M].北京:生活·读书·新知三联书店,2018.

40.蓝博洲.消失在历史迷雾中的作家身影[M].台北:联合文学出版社,2001.

41.蓝博洲.寻找祖国三千里[M].北京:新星出版社,2018.

42.乐齐.精读郁达夫[M].北京:中国国际广播出版社,1998.

43.黎活仁,林金龙,杨宗翰编.阅读杨逵[C].台北:秀威资讯科技股份有限公司,2013.

44.黎湘萍,李娜编.事件与翻译:东亚视野中的台湾文学[C].北京:中国社会科学出版社,2010.

45.黎湘萍.台湾文学:台湾知识者的文学叙事与理论想象[M].北京:人民文学出版社,2003.

46.李继凯.鲁迅与茅盾[M].石家庄:河北人民出版社,2003.

47.林梵.杨逵画像[M].台北:笔架山出版社,1978.

48.林衡哲编.廿世纪台湾代表人物[M].台北:望春风文化出版社,2001.

49.林瑞明.台湾文学的历史考察[M].台北:允晨文化实业股份有限公司,1996.

50.林书扬.台湾社会运动史[M].王乃信,等译.台北:海峡学术出版社,2006.

51.刘登翰,庄明萱编.台湾文学史[M].台湾文学史(第二册).北京:现代教育出版社,2007.

52.刘进庆.台湾战后经济分析[M].台北:人间出版社,1992.

53.刘育嘉.台湾史文献析论[M].台北:洪叶文化事业有限公司,2003.

54.柳书琴,邱贵芬编.后殖民地的东亚在地化思考:台湾文学场域[C].台南:台湾文学馆筹备处,2006.

55.鲁迅.鲁迅全集[M].北京:人民文学出版社,2005.

56.吕正惠,赵遐秋编.台湾新文学思潮史纲[M].北京:昆仑出版社,2002.

57.吕正惠.殖民地的伤痕:台湾文学问题[M].台北:人间出版社,2002.

58.茅盾.大鼻子的故事[M].杨逵译.台北:东华书局,1947.

59.茅盾.茅盾散文速写集[M].北京:人民文学出版社,1980.

60.茅盾.茅盾散文选[M].南京:译林出版社,2015.

61.彭瑞金.台湾新文学运动四十年[M].台北:自立晚报社出版部,1993.

62.彭小妍编.杨逵全集(1~4卷)[M].台南:文化资产保存研究中心筹备处,1998.

63.彭小妍编.杨逵全集(5~6卷)[M].台南:文化资产保存研究中心筹备处,1999.

64.彭小妍编.杨逵全集(7~8卷)[M].台南:文化资产保存研究中心筹备处,2000.

65.彭小妍编.杨逵全集(9~14卷)[M].台南:文化资产保存研究中心筹备处,2001.

66.钦鸿编.范泉文集·文学创作(第二卷)[M].上海:上海书店出版社,2015.

67.阮斐娜.帝国的太阳下——日本的台湾及南方殖民地文学[M].吴佩珍译.台北:麦田出版社,2010.

68.[日]若林正丈.台湾抗日运动史研究[M].东京:研文出版(山本书店出版部),2001.

69.施淑编.日据时代台湾小说选[M].台北:麦田出版社,2007.

70.石廷宇.日治时期台湾新文学小说中的贫困书写[M].新北:花木兰文化出版社,2013.

71.[日]矢内原忠雄.日本帝国主义下之台湾[M].周宪文译.台北:帕米尔书店,1987.

72.台湾近现代史研究会编.台湾近现代史研究Ⅱ[C].东京:绿荫书房,1982.

73.台湾文学研究会编.先人之血·土地之花[C].台北:前卫出版社,1989.

74.台中科技大学语文学院编.2013 杨逵、路寒袖国际学术研讨会论文集[C].台中:台中科技大学语文学院、应用中文系,2013.

75.[日]藤井省三,黄英哲,垂水千惠编.台湾の『大東亜戦争』[C].东京:株式会社精兴社,2002.

76.涂照彦.日本帝国下的台湾[M].台北:人间出版社,1993.

77.王黎君.儿童的发现与中国现代文学[M].北京:中国社会科学出版社,2009.

78.王孙,熊融编.郁达夫抗战诗文抄[M].福州:福建人民出版社,1982.

79.王晓波.被颠倒的台湾历史[M].台北:帕米尔书店,1986.

80.王晓波.台湾史与台湾人[M].台北:东大图书股份有限公司,1999.

81.王志蔚.批判与重建:鲁迅的文化选择与文学姿态[M].合肥:安徽大学出版社,2008.

82.[日]尾崎秀树.旧殖民地文学的研究[M].陆平舟、間ふさ子合译.台北:人间出版社,2004.

83.吴建华.郁达夫研究[M].长沙:湖南师范大学出版社,2007.

84.吴佩珍编.中心到边陲的重轨与分轨[C].台北:台大出版中心,2012.

85.吴素芬.杨逵及其小说作品研究[M].台南:台南县政府,2005.

86.吴浊流.台湾连翘[M].钟肇政译.台北:南方丛书,1987.

87.吴浊流.亚细亚的孤儿[M].黄玉燕译.高雄:春晖出版社,2008.

88.[日]下村作次郎,中岛利郎,藤井省三,黄英哲编.よみがえる台灣文學——日本統治期台灣作家と作品[M].东京:东方书店,1995.

89.[日]下村作次郎.从文学读台湾[M].邱振瑞译.台北:前卫出版社,1997.

90.肖成.日据时期台湾社会图谱:1920–1945 台湾小说研究[M].

北京:九州出版社,2004.

91.徐秀慧.光复变奏——战后初期台湾文学思潮的转折期(1945—1949)[M].台南:台湾文学馆,2013.

92.许俊雅.日据时期台湾小说研究[M].台北:文史哲出版社,1995.

93.许俊雅.台湾文学论——从现代到当代[M].台北:南天书局有限公司,1997.

94.许俊雅编.日治时期台湾小说选读[M].台北:万卷楼图书股份有限公司,2003.

95.许寿裳.许寿裳日记:1940—1948[M].福州:福建教育出版社,2008.

96.薛化元编.近代化与殖民——日治台湾社会史研究文集[C].台北:台大出版中心,2012.

97.杨翠.永不放弃:杨逵的抵抗、劳动与写作[M].台北:蔚蓝文化出版股份有限公司,2016.

98.杨逵.绿岛家书[M].台中:晨星出版社,1987.

99.杨逵.绿岛家书[M].北京:中国工人出版社,2019.

100.杨逵.杨逵集[M].台北:前卫出版社,1991.

101.杨逵.睁眼的瞎子[M].台北:合森文化事业有限公司,1990.

102.杨素芬.台湾报导文学概论[M].台北:稻田出版有限公司,2001.

103.杨素绢编.杨逵的人与作品[C].台北:民众日报出版社,1978.

104.杨彦杰编.光复初期台湾的社会与文化[C].福州:福建教育出版社,2011.

105.叶荣钟.日据下台湾政治社会运动史[M].台北:允晨文化实业股份有限公司,1996.

106.叶石涛,钟肇政编.光复前台湾文学全集·送报夫[M].台北:远景出版事业公司,1997.

107.叶石涛.台湾文学的悲情[M].台北:派色文化出版社,1990

108.叶石涛.台湾文学史纲[M].高雄:春晖出版社,1987.

109.叶石涛.走向台湾文学[M].台北:自立晚报社出版部,1990.

110.余凤高.鲁迅杂文中的医学文化[M].桂林:漓江出版社,2014.

111.张葆莘编.台湾作家小说选集[M].北京:中国社会科学出版社,1985.

112.张克,崔云伟编.70后鲁迅研究学人论文集[C].上海:上海三联书店,2014.

113.张羽编.社团、思潮、媒体:台湾文学的发展脉络[C].北京:九州出版社,2011.

114.赵遐秋编."文学台独"批判[C].北京:台海出版社,2012.

115.赵勋达.台湾新文学(1935—1937)的定位及其抵殖民精神研究[M].台南:台南市立图书馆,2006.

116.郑家建.透亮的纸窗[M].北京:人民出版社,2014.

117.郑明娳.现代散文类型论[M].台北:大安出版社,1987.

118.郑明娳.现代散文现象论[M].台北:大安出版社,1976.

119.郑振铎.郑振铎全集(1卷)[M].北京:人民文学出版社,1985.

120.[日]中岛利郎,河原功,下村作次郎编.日本统治期台湾文学文艺评论集(第二卷)[C].东京:绿荫书房,2001.

121.[日]中岛利郎编.台湾新文学与鲁迅[C].台北:前卫出版社,2000.

122.中国社会科学院台湾史研究中心编.日据时期台湾殖民地史学术研讨会论文集[C].北京:九州出版社,2010.

123.钟桂松.人间茅盾:茅盾和他同时代的人[M].郑州:河南人民出版社,1993.

124.钟逸人.辛酸六十年(下)[M].台北:前卫出版社,2009.

125.周正章.笑谈俱往:鲁迅、胡风、周扬及其他[M].台北:秀威资讯科技股份有限公司,2009.

126.朱东润编.中国历代文学作品选(第一册中篇)[M].上海:上海古籍出版社,1980.

127.朱栋霖,朱晓进,龙泉明编.中国现代文学史(1917—2000)(上)[M].北京:北京大学出版社,2007.

128.朱立立,刘小新.近20年台湾文学创作与文艺思潮[M].镇江:江苏大学出版社,2012.

129.朱双一,张羽.海峡两岸新文学思潮的渊源和比较[M].厦门:厦门大学出版社,2006.

130.朱双一.台湾文学创作思潮简史[M].北京:九州出版社,2010.

## 二、报刊文章、学位论文

1.包恒新.浅论杨逵与鲁迅[J].学习月刊,1987(12):22-24.

2.曹剑.杨逵文学中的土地情结[J].世界华文文学论坛,2004(2):14-18.

3.陈芳明.台湾文坛向左转:杨逵与三〇年代的文学批评[J].台湾文学学报,2005(12):99-127.

4.陈美霞.赖和"形象建构"与战后台湾文化政治思潮研究[J].台湾研究,2014(3):89-94.

5.陈明娟."日治"时期文学作品所呈现的台湾社会——赖和、杨逵、吴浊流的作品分析[D].东吴大学硕士学位论文,1989.

6.陈培丰.乡土文学、历史与歌谣:重层殖民统治下台湾文学诠释共同体的建构[J].台湾史研究,2011(12):109-164.

7.陈若曦.杨逵精神不朽[J].台声(香港),1985(2、3合刊):7.

8.陈淑容.失落的"新村"? 杨逵、田中保男和入田春彦的文学交际与思想实践[J].台湾文学学报,2011(6):91-116.

9.陈子善.杨逵的《鲁迅先生》[J].鲁迅研究动态,1989(6):74-75.

10.春田亮.私小説に就いて—「泥人形」の場合と「無醫村」の場合[N].兴南新闻,1942-07-06.

11.戴国辉.最后的见证[N].中国时报,1985-03-15.

12.戴惠津.杨逵文学的流变佮伊的意义[D].成功大学硕士学位论文,2009.

13.董恩慈.台湾日本语作家的日本经验——以吕赫若与杨逵为中心[D].台北教育大学硕士学位论文,2011.

14.董惠,袁勇麟.论台湾东北作家抗日书写的史诗性、抒情性与纪实性[J].学术交流,2016(9):172-177.

15.樊洛平.写实的、大众的、草根的文学追求——也谈杨逵对文学理论建设的自觉意识[J].语文知识,2010(5):16-21.

16.范宝慈.依阿华的回忆[J].台声(香港),1985(2、3合刊):22.

17.封淑玲.杨逵小说叙事研究[D].台南大学硕士学位论文,2012.

18.傅钟.门户之争何时休?——从杨逵追悼会谈起[J].薪火周刊,1985(3):55-56.

19.辜也平.论郁达夫传记文学的"文学"取向[J].浙江师范大学学报(社会科学版),2007(12):44-49.

20.郭胜宗.杨逵小说作品研究[D].彰化师范大学硕士学位论文,2009.

21.郭侑欣.当听诊器遇见草药——《蛇先生》与《无医村》中的疾病和医疗叙事[J].台湾文学研究学报,2007(4):227-257.

22.[日]河原功.不见天日十二年的《送报夫》——力搏台湾总督府言论统制之杨逵[J].张文薰译.台湾文学学报,2005(12):129-148.

23.[日]横地刚.范泉的台湾认识——上一世纪40年代后期的台湾文学状况[J].复旦学报,2004(5):15-26.

24.胡风.悼念杨逵先生[J].台声(香港),1985(2、3合刊):12.

25.胡星亮.在狱中传递台湾现代戏剧精神——杨逵在1950年代台湾剧坛的意义[J].西南民族大学学报,2012(9):189-195.

26.黄惠祯.承先与启后:杨逵与战后初期台湾文学系谱[J].台湾文学学报,2006(6):1-32.

27.黄惠祯.抗议作家的皇民文学——杨逵战争期小说评述[J].中华学苑,1999(8):167-188.

28.黄惠祯.融注社会意识于文学——杨逵早期的小说风格[N].日报,1992-08-08.

29.黄惠祯.三民主义在台湾——杨逵主编《一阳周报》的时代意义[J].文史台湾学报,2011(3):9-51.

30.黄惠祯.身在日营,心系中国——试论杨逵剧作《怒吼吧!中国》[J].台湾观光学报,2011(7):109-120.

31.黄惠祯.台湾文化的主体追求:杨逵主编《中国文艺丛书》的选辑策略[J].台湾文学学报,2009(12):135-164.

32.黄惠祯.扬风与杨逵:战后初期大陆来台作家与台湾作家的合作交流[J].台湾文学学报,2013(6):27-66.

33.黄惠祯.杨逵与粪现实主义文学论争[J].台湾文学学报,2003(5):187-224.

34.黄惠祯.杨逵与赖和的文学因缘[J].台湾文学学报,2002(12):162-165.

35.黄惠祯.杨逵与日本警察入田春彦——兼及入田春彦仲介鲁迅文学的相关问题[J].台湾文学评论,2004(4):107-116.

36.黄惠祯.战后初期杨逵的社会运动及政治参与[J].台湾文学研究学报,2006(10):249-286.

37.黄科安."心"与"体":郁达夫关于现代散文理论建设之思考[J].福建论坛(人文社科版),2018(12):123-133.

38.贾振勇.提升文学史肌质:文学史编撰的创新之路——以杨逵的文学史形象为中心[J].河北学刊,2013(6):15-19.

39.蓝博洲.杨逵与中共台湾地下党的关系初探[J].批判与再造,2004(10):40-58.

40.黎湘萍."杨逵问题":殖民地意识及其起源[J].华文文学,2004(5):11-18.

41.李朝霞.日据时期的台湾医师及医疗书写——从杨逵的《无医村》谈起[J].世界华文文学论坛,2018(3):33-40.

42.李红.论杨逵小说中的农民形象[J].牡丹江大学学报,2015(1):52-54.

43.李银,倪金华.现实认知与文化沉思——文化视野中的杨逵及其作品[J].新疆大学学报,2007(3):136-139.

44.李昀阳.文学行动、左翼台湾——战后初期(1945—1949)杨逵文学论述及其思想研究[D].静宜大学硕士学位论文,2006.

45.梁伟峰.论杨逵青年文化心理的形成[J].江苏师范大学学报,2014(4):31-35.

46.林安英.杨逵戏剧作品研究[D].成功大学硕士学位论文,1998.

47.林淇瀁.台湾报导文学书写策略分析[J].台北教育大学语文集刊,2013(3):97-121.

48.刘红林."杨逵作品研讨会"论点摘编[J].世界华文文学论坛,2004(2):19-27.

49.刘红林.杨逵小说艺术辩[J].学海,2004(6):120-122.

50.刘林霞,向阳.阳光一样的热——读杨逵先生《绿岛家书》[N].自立晚报,1987-03-12.

51.刘小新,隋欣卉.光复初期台湾左翼文艺思潮述论[J].东南学术,2018(5):192-206.

52.刘小新,朱立立.当代台湾文化思潮观察之一——"传统左翼"

的声音[J].福建师范大学学报,2009(1):75-82.

53.刘小新.杨逵的意义[J].学术评论,2020(4):11-16.

54.刘勇,杨志.论日据时期台湾小说的民族认同主题[J].中国现代文学研究丛刊,2005(8):1-17.

55.刘中威.文坛的台湾老兵杨逵[N].团结报,2015-09-17.

56.柳书琴.《送报夫》在中国:《山灵:朝鲜台湾短篇集》与杨逵小说的接受[J].台湾文学学报,2016(12):1-38.

57.卢斯飞:疾风知劲草·严霜知贞木——杨逵笔下的知识分子形象[J].阅读与写作,2004(3):1-2.

58.陆卓宁.历史的"遗漏":深入杨逵文学精神[J].长江大学学报,2005(2):38-41.

59.罗诗云.郁达夫在台湾:从日治到战后的接受过程[D].台湾政治大学硕士学位论文,2009.

60.吕昱.走进历史,留下公案——左、右、统、"独"、争相拥抱杨逵[J].亚洲人,1985(4):58-59.

61.吕周聚.论杨逵的叙事伦理——以《送报夫》为例[J].河北科技大学学报,2013(3):75-81.

62.马泰祥.《台湾新文学》(1935—1937)研究[D].南京大学硕士学位论文,2012.

63.马泰祥.文风嬗变、语言转换与文学史评价——论杨逵光复后的中文创作[J].台湾研究集刊,2017(2):86-93.

64. 马泰祥. 殖民地左翼文学刊物的坚持与溃败:《台湾新文学》(1935—1937)之文化生产研究[J].台湾研究集刊,2014(10):67-76.

65.欧薇蘋.楊逵研究——植民地時代における楊逵の『転向』を中心に[D].熊本大学社会文化科学研究科博士学位论文,2010.

66.彭小妍.杨逵的《三国志物语》[N].日报,2000-01-06.

67.彭小妍.杨逵作品的版本、历史与国家——《杨逵全集》版本问题[J].联合文学,1998(7):145-160.

68.邱坤良.文学作家、剧本创作与舞台呈现——以杨逵戏剧论为中心[J].戏剧研究,2010(7):117-148.

69.邱坤良.戏剧的演出、传播与政治斗争——以《怒吼吧! 中国》及其亚洲演出史为中心[J].戏剧研究,2011(1):107-150.

70.沈玲.论杨逵的文学观——以《书信集》为中心[J].扬子江评论,2015(4):100-106.

71.[日]辻明寿.楊逵と日本近代文學——大杉荣『民众艺术论』を中心として[D].台湾大学硕士学位论文,2013.

72.石镒瑜."日治与战后"時期杨逵小说之比较研究[D].嘉义大学硕士学位论文,2014.

73.宋田水.杨逵·胡风·左翼文学[N].台湾日报,1998-01-07.

74.宋颖慧.论杨逵小说中的底层民众形象[J].渭南师范学院学报,2014(9):41-45.

75.汪海生,陈洁.论杨逵的"鲁迅情结"[J].阜阳师范学院学报,2011(7):64-67.

76.王丰,孟凡舜.用铁锹写作的辛勤园丁[J].台声(北京),2005(11):36-37.

77.王冠祺.论杨逵与萧军小说的左翼书写(1931—1945 年)[D].彰化师范大学硕士学位论文,2012.

78.王钰琇.杨逵文学作品之研究——以《送报夫》《泥娃娃》《鹅妈妈出嫁》为中心[D].中国文化大学硕士学位论文,2008.

79.吴彬.在娱乐中"表现真实的人生"——论杨逵的戏剧观[J].上海戏剧学院学报,2017(4):69-79.

80.吴嘉浤.国家战争动员下台湾人日语作家的"伦理"论述分析:以张文环与杨逵为例(1937—1945)[D].台湾大学硕士论文,2015.

81.吴晓芬.杨逵戏剧研究[D].台湾大学硕士学位论文,2001.

82.武治纯,梁翔踪.台湾老作家杨逵及其作品[J].读书,1980(3):89-90.

83.向阳.一个自主的人:杨逵的文学与实践[J].新地文学,2012(9):211-218.

84.谢美娟.日治时期小说里的农工书写——以赖和、杨逵和杨守愚为中心[D].中兴大学硕士学位论文,2009.

85. 徐俊益. 杨逵普罗小说研究——以日据时期为范畴(1927—1945)[D].静宜大学硕士学位论文,2005.

86.徐秀慧.无产阶级文学的理论旅行(1925—1937)——以日本、中国大陆与台湾的"文艺大众化"的论述为例[J].现代中文学刊,2013(4):34-46.

87.徐一仙.海峡两岸关于杨逵之评论[D].台湾中山大学硕士学位论文,2006.

88. 许南村."台湾文学"是增进两岸民族团结的渠道——读杨逵《台湾文学问答》[J].文艺理论与批评,2000(5):50-57.

89.闫二鹏.杨逵日据时期小说创作简论[J].文学教育,2020(1):13-15.

90.杨素绢.心襟上的白花——父亲与我、兼记母亲叶陶女士[J].联合文学,1985(6):26-32.

91.叶石涛.杨逵未发表的四篇日文小说中文译稿[N].台湾新闻报,1985-08-03.

92.詹澈.从杨逵的几首诗谈起[J].世界华文文学论坛,2004(2):11-13.

93.张朝庆.杨逵及其小说、戏剧、《绿岛家书》之研究[D].台南大学硕士学位论文,2009.

94.张恒豪.超越民族情结重回文学本位——杨逵何时卸下"首阳农园"?[J].文星,1986(9):120-124.

95.张恒豪.存其真貌——谈《送报夫》译本及其延伸问题[J].台湾文艺,1986(9):139-149.

96.张恒豪.杨逵有没有接受特务工作？[J].南方,1986(11):122-125.

97.张季琳.日本的杨逵研究[J].中国文哲研究通讯,1996(9):77-87.

98.张季琳.台灣プロレタリア文學の誕生——楊逵と『大日本帝國』[D].东京大学博士学位论文,2001.

99. 张季琳. 杨逵和和沼川定雄——台湾作家和公学校日本教师[J].中国文哲研究集刊,2004(3):155-182.

100.张季琳.杨逵和入田春彦——台湾作家和总督府日本警察[J].中国文哲研究集刊,2003(3):1-34.

101.张简昭慧.台湾殖民文学的社会背景研究——以吴浊流文学、杨逵文学为研究中心[D].中国文化大学硕士学位论文,1988.

102.张剑.论杨逵小说的现实主义及其艺术特征[J].世界华文文学论坛,2008(4):30-34.

103.张惟智.战后初期(1945—1949)台湾文学活动研究——以杨逵为论述主轴[D].静宜大学硕士学位论文,2003.

104.张炎宪.覆刻缘起[J].文化交流,1945(1):3.

105.张禹.忆杨逵[J].清明,1980(6):195-197.

106.张钰.民主的·阶级的·文学的——论杨逵《送报夫》的思想和艺术[J].华文文学,2019(4):52-61.

107.赵惠敏.自书与他叙——叶陶的文学与生命史研究[D].中兴大学硕士论文,2012.

108.钟天启.瓦窑寮里的杨逵[N].自立晚报,1985-03-29.

109.钟元祥.杨逵纪念馆[D].东海大学硕士学位论文,2004.

110.朱立立,刘登翰.论杨逵日据时期的文学书写[J].中国现代文学研究丛刊,2005(6):49-65.

111.朱立立,刘小新.近20年来台湾地区"本土论"思潮的形成与演变[J].烟台大学学报(哲学社会科学版),2009(1):37-43.

112.朱立立.打捞台湾红色历史的见证文学——蓝博洲左翼文学书写的意义[J].世界华文文学论坛,2017(3):69-75.

113.朱双一."反共文艺"的鼓噪与衰败——兼论50—60年代国民党的文艺政策[J].台湾研究集刊,1994(1):93-101.

114.朱双一.光复初期台湾文坛的胡风影响[J].安徽大学学报,2012(7):10-19.

## 三、资料汇编、工具书

1.[日]船桥治编.『文学案内』解题·总目次·索引.东京:不二出版株式会社,2005.

2.[日]黄英哲,许雪姬,杨彦杰编.台湾省编译馆档案.福州:福建教育出版社,2010.

3.李承机编.台湾新民报(1932—1935).台南:台湾历史博物馆,2009.

4.台湾近现代史研究会编.台湾近现代史研究.东京:绿荫书房,1993.

# 后　记

　　进入台湾文学研究领域，在我算是比较偶然的。硕士阶段，我的研究方向是中日文学比较。2013年，我得到可以申请访学的机会，为了更好地实现工作、学习两不误，同时也为了更好地衔接硕士时期所学，几经权衡之下，我辗转找到了朱立立老师，从此开始真正接触到台湾文学，并对台湾文学研究产生了越来越浓厚的兴趣。2014年，我很幸运地考取了朱老师的博士，继续专注于台湾文学研究。因为有日语基础，也想充分利用硕士阶段所学，为此早早地便选定了以日据时期台湾文学作为我博论的主要研究方向；为了发挥作品细读的优势，避免文学理论储备的不足与整合能力的欠缺，我决定做作家论；在台湾日据时期众多作家中最终选择杨逵作为我的研究对象，则是与朱老师反复沟通交流后决定的。

　　2015年底至2016年初，为了更好地查阅资料完成博士论文写作，在朱老师与台湾大学黄美娥教授的帮助下，我到台湾大学进行了近二个月的访学。在台期间，我通过台大图书馆、台师大图书馆、台湾图书馆和台湾"中研院"搜寻相关资料，而这期间所获得的众多资料，对我本书的写作起到了极为重要的作用。

　　2020年我结束了博士阶段的学习，完成了博士学位论文的写作，并于当年即申请获得了"南京大学白先勇文化基金"的出版赞助，在此基础上形成本书。然而因诸种问题，本作至今才得以付梓成书。值此付梓之际，我要对那些曾经在本书写作过程中给予我关心和帮助的师长们、同学们、朋友们、家人们道声感谢。感谢导师朱立立老师,在我博士论文撰写过程中给予我的关切与指导;感谢刘小新老师,在我博士论文选题时给我的宝贵意见。同时,我还要感谢汪文顶、郑家建、蔡春华、黄美娥、许俊雅、魏贻君等诸位老师在我的学术之路上给予我的指导与帮助。此外,我还要感谢陈建芳学姐、林娟芳学妹、袁飘学妹、吕婉学妹以及李光辉博士、汲安庆博士、欧薇蘋博士,福建社科院的张帆副研究员、郑海婷博士等在我写作过程中提供的种种便利。当然,我还要感谢这些年一直支持我,为我默默付出的亲爱的家人们,没有你们一路无私的付出,不可能成就今天的我。最后,我还要感谢南京大学白先勇文化基金会的刘俊教授和天津人民出版社的王琤编辑在本书出版过程中所付出的诸多努力。

蔡榕滨

2023 年 12 月 24 日

# 南京大学白先勇文化基金·博士文库"丛书书目

丛书主编：白先勇

执行主编：刘　俊

**已出版**

联合副刊文学生产与传播研究　　　　　　　　　　　李光辉

白先勇小说的翻译模式研究　　　　　　　　　　　　宋仕振

空间书写与精神依归

　　　——抗战时期旅陆台籍作家研究（1931—1945）　王　璇

杨逵及其文学研究　　　　　　　　　　　　　　　　蔡榕滨

台湾当代散文批评新探索研究　　　　　　　　　　　林美貌

**待出版**

消解历史的秩序

　　　——当代台湾文学中的历史叙事研究　　　　　肖宝凤

20 世纪 80 年代以来香港小说中的"香港书写"研究　徐诗颖

新文学传统的延续

　　　——以 20 世纪 50 年代台湾文学教育为中心的考察　陈秋慧

大转折时期的旅美左翼知识分子研究

　　　——以郭松棻为中心　　　　　　　　　　　　尹姝红